KB253716

식장산 편지

국립중앙도서관 출판시도서목록(CIP)

식장산 편지 : 리헌석 에세이 / 지은이: 리헌석. -- 대전
: 오늘의문학사, 2013
    p. ;   cm

ISBN 978-89-5669-559-4 03810 : ₩15000

한국 현대 수필[韓國現代隨筆]

814.7-KDC5
895.745-DDC21   CIP2013009096

식장산에서 띄우는 정겹고 아름다운 이야기

식장산 편지

리헌석 에세이

오늘의문학사

책을 펴내면서

지역신문 창간호 축시로 「웅비하는 영광 앞에서」를 집필하였다. 그때가 2010년 5월 3일이었다. 이를 계기로 2013년 창간 3주년을 맞을 때까지 격주로 단상(斷想)을 연재하였다. 발표한 글의 타이틀이 '식장산 편지'였다.

초심(初心)은 아름답고 훈훈한 이야기를 찾아 발표하는 일이었다. 그 사이사이에 문인이나 예술가에 대한 에피소드, 예술 단체에 대한 소개도 곁들여서 동시대(同時代)를 살아가는 이웃의 정을 나누려고 하였다. 서로가 정겹게 마주 잡는 손이 되고, 안심하고 기댈 수 있는 어깨이고 싶었다.

글에 비판이라는 칼 빛이 어설프게 스며 들었다. 내 칼날에 내 손을 베이는 아픔으로 후회하였다. 딴에는 정의감이라는 수식어를 붙였지만, 다른 분에게 상심(傷心)을 안겼을 글은 과감히 버렸다. 지워도 남아 있을 흉터겠지만, 미안한 마음으로 그 흉터를 지우기로 하였다.

이 책에는 연재한 글 중에서, 아름다운 이야기(1부), 본받고 싶은 예술가(2부)와 문인들(3부), 작고하셔서 그리운 분들의 온기(溫氣)(4부)를 되살려 내기로 하였다. 집필 시기에 전시, 공연, 수상, 저서 발간 등을 통하여 내 심안(心眼)에 투영된 분들이다.

원고지 9장 내외의 연재였다. 그 분량을 맞추기 위하여, 머리를 자른 글, 꼬리를 자른 글, 논거를 생략한 글, 급하게 서두른 글이 있어서 보완(補完)하였다. 그로 인하여 신문 연재보다 길어지고 깊어진 글이 여럿이다. 월간 《예향대전》에 집필하였던 글 몇 꼭지도 보태었다.

지역 일간 신문의 독자가 몇 명이나 되겠는가? 또한 내 글을 몇 명이나 읽겠는가? 이러한 자조(自嘲) 속에서도 한 권으로 묶는다. 오랜 기간 지면(紙面)을 허락한 《금강일보》, 힘을 북돋우어 주신 몇몇 분들의 고마움 때문이다. 하루 만에 버려지는 글의 운명이 안타깝기도 하였다.

나는 저널리스트가 아니다. 그저 시와 산문을 쓰면서 행복한 문인일 뿐이다. 일상의 행복을 위하여, 다시금 문학과 동침(同寢)해야 한다. 그래서 3년 외도(外道)의 흔적을 깨끗이 지우려는 작업이기도 하다.

2013년 6월, 저자 리헌석

목 차

목 차

제2부 예술의 숲에서

목 차

제3부 문학의 길에서

목차

목 차

제4부 그리운 마음으로

제1부

아름다운 이야기

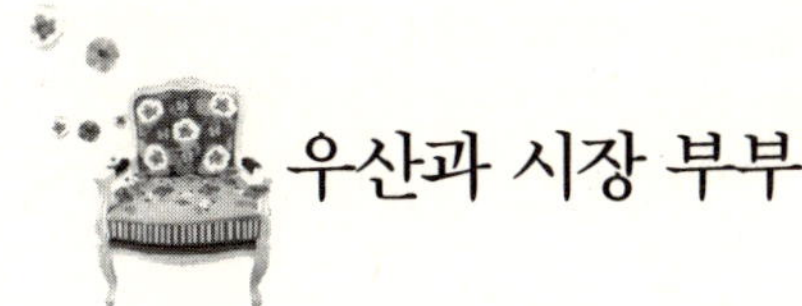 우산과 시장 부부

행사에 참석했던 김보성 전 대전시장 부부께서 충남대학교 건물을 나설 때 비가 내렸습니다. 어떤 사람은 뛰어가기도 하고, 또 누구는 준비한 우산을 쓰고 종종걸음을 쳤습니다. 두 분은 방법이 없어 건물 입구에 서서 비가 그치기를 기다렸습니다. 그때 노란 우산을 쓰고 오는 소녀가 있었습니다. 고등학생일지, 혹은 어려 보이는 여대생일지, 그 소녀가 두 분 앞으로 다가왔습니다.

"어르신, 이 우산을 쓰세요."

"학생은 어떻게 하고?"

"저는 뛰어가거나, 친구 우산을 함께 쓰면 됩니다."

"고마워요. 알지도 못하는 사이에 이래도 되는지 모르겠네요."

"어르신, 안녕히 가세요."

두 분에게 우산을 넘긴 그 소녀는 성큼성큼 걸어서 인파 속으로 사라졌습니다. 두 분은 사라지는 소녀를 바라보다가 걸음을 옮겼습니다. 우산 속에서 고마운 생각에 뜨거운 사랑을 느꼈습니다.

*

김보성 전 시장께서는 오래 전에 월남 이상재 선생을 기리기 위해 제정한

'월남장'을 받았습니다. 국가와 사회를 위해 혁혁하게 공헌한 분에게 드리는 이 상은 훈장보다도 더 귀하게 여깁니다. 해마다 헤아릴 수 없을 만큼 많은 사람들이 훈장을 받지만, 월남장은 소수의 적격자를 선정하여 시상하기 때문입니다. 월남장을 수상한 김보성 시장은 이상재 선생을 기리는 사업이나 행사에는 늘 참석하였습니다.

그 날도 월남 이상재 선생을 기리는 행사가 있었습니다. 월남 선생의 우국충정, 독립을 위한 선지자적 식견, 청소년 교육에 쏟은 열정, 사회를 위한 봉사 자세 등에 대한 발표가 있었습니다. 선물로 받은 우산을 쓰고 버스 정류장을 향하여 걸으면서 두 분은 도란도란 이야기를 나누었습니다.

"강연을 듣고 감복한 학생일까?"

"그럴 수도 있지요."

"참, 보기 드문 학생이네."

"그렇기도 하지만, 요즘 우리 젊은이들 중에는 착한 일을 하는 사람이 참 많아요."

김보성 시장도 종교적 염결성(廉潔性)을 실천에 옮기는 분이지만, 그 부인도 '걸스카우트' 충남연맹(당시는 대전 포함)의 연맹장을 역임할 정도로 청소년 교육에 관심이 큰 분이었습니다. 그런 인연 때문인지 청소년들에 대한 무한한 사랑, 사회와 나라에 대한 청소년의 원대한 꿈 등에 변함없는 신뢰를 보내는 분입니다.

특히 월남 이상재 선생은 기독교 정신을 바탕으로 소년 연합척후대(보이스카우트)를 창설하고 1대 총재를 맡아 청소년 교육에 앞장선 분이었기 때문에 김 시장 부인의 월남 선생에 대한 존경심은 남달랐습니다. 김보성 전 시장 부부는 이름 모를 소녀가 건네준 우산을 쓰고 귀가하였습니다.

*

　김보성 시장 부부는 노란 우산을 잘 보관하고 있습니다. 자신과 같이 어려운 상황을 맞은 사람에게 도움을 줄 수 있기를 소망하고 있습니다. 그 우산으로 직접 도와도 좋지만, 다른 방법으로 그와 같은 봉사를 다짐하고 있습니다. 두 분을 뵈었을 때, 그 때도 두 분께서는 '노란 우산'에 대해 진지하게 고마워하였습니다.

　"혼자도 아니고, 아내와 함께 비를 흠뻑 맞게 되어 난감하였지요. 그런데 그 소녀가 이 우산을 주었으니, 생각할수록 더욱 고맙단 말이지요. 가브리엘의 화신인지도 모르겠어요."

　"그렇고 말고요. 우리도 그 학생처럼 좋은 일을 해서 사회에 갚아야지요."

　부창부수(夫唱婦隨)로 뜻을 모은 두 분을 보는 사람들의 가슴도 훈훈하였습니다. 김 시장을 모시는 정진철 사무처장도 감복하였는지 머리를 끄덕였습니다. 배정기 소설가도 아름다운 콩트 소재라고 탄복하였습니다. 우리 모두, 어려운 상황에 처한 분들을 대하게 되면, 그 소녀처럼 '노란 우산'을 나누자고 뜻을 모았습니다.

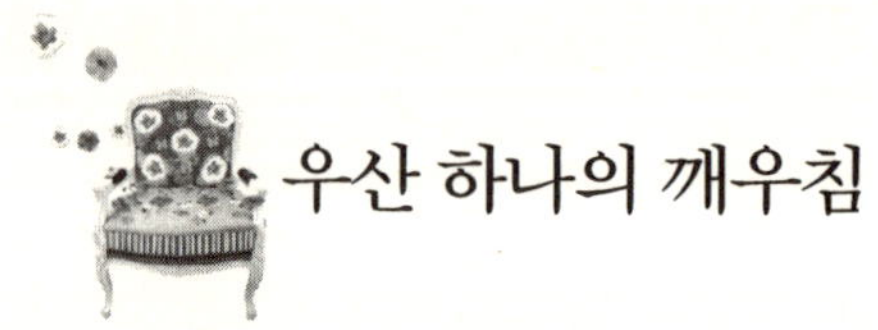# 우산 하나의 깨우침

소나기가 내리거나, 우기를 맞아 간헐적으로 비가 내릴 때, 불현듯 떠오르는 우산 하나가 있습니다. 그 우산을 생각하면, 내 마음에 '너도 우산을 준비하라'는 속삭임이 들려옵니다. 무심히 지나칠 수도 있었던 일이지만, '오른손이 하는 일을 왼손도 모르게 하라'는 말씀을 떠올리게 하던 그 분, 사랑을 실천하던 천변 도로의 정경이 오늘이듯 생생하기 때문입니다.

*

유성을 향하여 가는 길이었습니다. 천변도로에서 삼천교에 진입하기 직전인데, 갑자기 소나기가 내렸습니다. 우회전 차들이 노란 등을 깜박이며 줄 지어 서행을 하였습니다. 차량 몇 대 앞의 우측 인도에서 호미를 든 채 서둘러 걸어가시는 할머니 한 분이 보였습니다. 천변의 노지에서 '손바닥 농사'를 짓다가 소나기가 쏟아져서 급히 나오신 듯하였습니다.

늘어서 있는 자동차 걸음은 느리고, 비를 피하느라 서두시는 할머니 걸음이 빨라서, 그 할머니 모습은 저만치 삼천교 중간쯤에 보일 듯 말 듯 앞서 가셨습니다. 그러다가 우회전 차량들이 쭉 빠지면서 할머니가 코앞에 보였습니다. 조그만 손수건으로 머리를 가리며 걸으시는 모습이 시골에서 농사를 짓던 우리 어머니 같았습니다.

'저러시다가, 감기라도 걸리면 어떻게 하시나?'

보는 마음이 안타까웠습니다. 걸어가시는 모습으로 보아, 가시는 곳이 그리 멀지 않으리라는 것을 짐작하게 하지만, 비는 쉬지 않고 쏟아져서, 할머니의 몸은 온통 젖어 보였습니다.

할머니 곁을 지나치려고 할 때였습니다. 우회전 전용 차선에 있는 차들이 시원하게 달리는데, 바로 앞에 가던 차가 비상등을 켜며 멈추었습니다. 나도 깜짝 놀라 비상등을 켜고 멈추었습니다.

'앞의 차들은 쭉 빠져서 비어 있는 차도를 두고 앞차는 왜 섰을까?'

궁금하여 전면을 살피는데, 인도를 걸어가던 할머니가 차를 향하여 다가서는 모습이 보였습니다.

'아, 가족을 만난 모양이다. 참 다행이다.'

그런데 차 문이 열리면서 우산이 나왔습니다. 3단 접이 우산일까, 자그만 우산이 자동차 문 밖으로 나오고, 그것을 받아든 할머니가 몇 번이나 고개를 끄덕이는 모습이 보였습니다. 할머니가 우산을 폈을 때에는 그 차가 저만큼 달려가고 있었습니다. 나도 뒤를 따라 출발하여 그 차의 운전자를 볼 수 있었습니다. 빗물 때문에 흐릿하였지만, 나보다 젊어 보이는 남자 분이었습니다.

'내 차에도 우산이 있었는데……'

내 차에도 우산이 있었지만, 그 분과 같은 생각을 하지 못한 것이 사실입니다. 그 분이 할머니에게 우산을 드리는 모습을 보고 나서야 내 차에도 우산이 있음을 깨달았습니다. 이름도 모르고, 다시 만난다고 해도 그 얼굴을 기억할 수는 없겠지만, 그 분이 보여준 사랑의 실천은 귀한 본보기였습니다.

*

다음에 어디선가 그러한 상황에 마주친다면, 나도 그 분처럼 하고 싶었습니다. 그리하여 내 차에도 우산을 두세 개쯤 예비하고 다닙니다. 물론 우산 하나가 중요한 것이 아니고, 가까이에서 실천할 수 있는 마음자세가 중요함을 알고 있습니다. 소나기가 내릴 때면, 내 마음의 껍질을 깨뜨려준 그 분에게 다시금 감사드립니다.

# 혼자 알고 있기가 미안하여

초등학교 급식실에서 봉사하는 어머니로부터 비닐 쇼핑백을 받고 서둘러 학교를 나서는 선생님이 계셨습니다. 쇼핑백을 건넨 분과 몇 분의 선생님들이 얼굴을 마주하고, 흉을 보는 소리가 들렸습니다.

"저는 부끄러워서 못 살겠어요. 우리 반 학부모가 당번할 때에도 그랬다네요."

"애들 배식 끝나고, 밥과 반찬이 남으면 싸 달라고, 일회용 그릇과 쇼핑백을 맡기더래요."

"박 선생님은 시어머니를 모시기가 싫어서, 방 하나 얻어 내쫓고, 밥도 여기저기서 얻어다 드린다는 소문이 있어요. 사실이에요?"

"그럴 리가 있겠어요? 얼마나 예절 바르고 품위 있는 분인데요."

그날 김 선생님은 박 선생님의 뒤를 따랐습니다. 박 선생님은 작은 핸드백을 왼쪽 어깨에 걸치고, 오른손으로 쇼핑백을 들고 바쁘게 걸었습니다. 가을 햇볕이 보석처럼 쏟아지는 길에 당단풍나무 잎이 빨갛게 물들었습니다. 가끔 이파리가 아스팔트에 떨어져 내리지만, 지나가는 자동차에 날려 사라졌습니다.

박 선생님이 큰 길에서 골목길로 들어섰습니다. 꼬리를 놓칠까봐 김 선생님도 재게 걸었습니다. 골목길을 한참 들어가더니 몇 개의 계단을 올랐습니다. 자전거도 다닐 수 없을 정도로 좁은 골목을 지나 전봇대 옆의 녹슨 대문을 밀고 들어갔습니다. 김 선생님이 대문 밖에서 안을 엿보았습니다. 마루도 없는 방 안에서 두 사람이 나누는 소리가 들렸습니다.

"어머니, 요즘은 좀 어떠세요?"

"그만, 그만, 하지요."

"어머니, 오늘 점심은 드셨어요?"

"에구, 점심은 무슨 점심?"

"그래요? 그럼 이걸 드세요."

부시럭거리는 소리가 들렸습니다. 아마도 학교 급식실에서 얻어온 밥과 반찬을 내놓는 것 같았습니다. 김 선생님은 머리가 텅 빈 듯 정신이 아뜩해졌습니다. 주저앉을 것만 같았습니다. 녹슨 쇠기둥을 잡고 간신히 버텼습니다.

'아, 시어머니를 밖에 모시고, 밥을 얻어다 드린다는 말이 사실이구나.'

오랜 기간, 마음을 터놓고 사귄 시간이 파노라마처럼 스쳤습니다. 시부모 문제를 의논할 때마다 살아계실 때, 부모님을 잘 모시라고 말하던 박 선생님의 모습이 이상한 얼굴로 클로즈업되어 다가왔습니다. 쓰러질 듯 몸을 가누며 김 선생님은 대문을 향하였습니다.

그때 대문이 열리며 꼬마가 뛰어 들어왔습니다. 눈이 마주쳤습니다.

"선생님! 3반 선생님 오셨어요?"

"아니, 너는 효주?"

"네, 저희 집이에요."

"너희 집?"

　김 선생님은 고개를 돌려 방문을 바라보았습니다. 말소리가 들리자 문을
열고 박 선생님이 나왔습니다. 머리에 수건을 묶은 효주 어머니가 손으로 마
루를 짚은 채 나왔습니다. 김 선생님은 깜짝 놀랐습니다. 효주가 지난 해 박
선생님 반의 아이였다는 것이 생각났습니다. 효주 아버지가 교통사고로 숨지
고, 어머니가 거동을 못 한다는 이야기도 들었습니다.

　후일담입니다만, 효주네는 교통사고 후에 아파트를 팔고 옆 동네로 이사를
갔습니다. 효주도 전학을 갔습니다. 어려운 상황을 알고 있던 박 선생님은 밥
과 반찬을 퇴근길에 전달하였습니다. 출근하지 않는 날에도 가끔 박 선생님
의 남편분과 함께 효주네를 찾았습니다. 김 선생님은 박 선생님의 시부모께
서 오래 전에 돌아가셨다는 기억도 떠올렸습니다.

　　　*

　금년의 상황이 얼마나 안 좋은지, 연말인데도 고아원과 양로원을 찾는 분
들이 줄어들었다는 신문 보도를 접합니다. 12월인데도 크리스마스 캐럴이 들
리지 않는다는 TV뉴스도 접합니다. 휘황하게 밝히던 연말연시의 〔루미나리〕
등불도 전기 절약 때문에 점등을 하지 못 한다고 합니다. 모두 남의 탓인 양
소리만 요란합니다.

　그 사이로 아름다운 미소를 머금게 하는 분의 이야기를 들었습니다. 겨울
추위를 녹일 수 있는 따뜻하고 아름다운 이야기를 혼자 알고 있기에는 너무
큰 감동이었습니다.

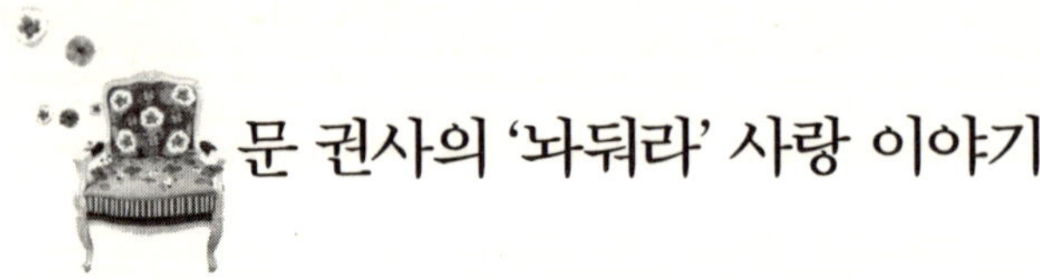# 문 권사의 '놔둬라' 사랑 이야기

아들만 넷을 둔 문 권사 문간방에는 어린 것들 넷을 둔 젊은 과부가 세 들어 살았습니다. 젊은 과부는 부업으로 가짜 꿀 장사를 하였는데, 박스공장에서 일하고 들어오면, 가마솥에 꿀 두어 병, 설탕 몇 봉지, 물을 넣고 주걱으로 휘휘 젓습니다. 밤늦도록 젓다가 피곤해서 조는 모습이 안쓰러워, 매번 문 권사가 대신 젓습니다.

그 모습을 보고, 막내아들이 가끔 농으로 퉁을 놓습니다.

"어머니는 권사님이 돼 가지고, 가짜 꿀을 만들어요?"

"그럼 어떻게 하냐. 저 어린 것들 먹여 살려야지."

함께 살고 있는 막내아들이 뭐라고 하거나 말거나, 문 권사는 늘 젊은 과부를 감쌉니다. 자기 손주들처럼 어린 것들을 돌보느라 여념이 없습니다. 정말 친할머니 같습니다. 젊은 과부는 박스 공장에서 받는 쥐꼬리만한 월급에 가짜 꿀 장사도 시원치 않아 아이들 등록금이 나올 때마다 문 권사를 찾아와 돈을 빌립니다.

"미안해서 어떻게 해요? 권사님!"

"괜찮다. 어린 것들 공부는 시켜야지. 이자나 꼬박꼬박 잘 챙기거라."

  *

  어느 날 90이 넘은 문 권사가 쓰러졌습니다. 막내아들이 병원에 모시고 갔습니다. 의사는 문 권사가 만성 당뇨에 심부전까지 겹쳐, 더 이상 가망이 없으니 집에 모시고 가서 보내드릴 준비를 하라고 합니다. 막내아들은 울면서 어머니를 집으로 모십니다. 형제들에게 연락을 취합니다.

  박스 공장에서 돌아온 젊은 과부가 여느 때처럼 가짜 꿀을 만들다 그 소식을 듣고, 안방으로 들어와 문 권사를 붙들고 통곡을 합니다.

  "권사님, 그 동안 주신 사랑, 받은 은혜 너무 감사합니다. 권사님은 우리 친정어머니보다 더 진짜 내 어머니셨어요. 그 동안 꾸어 간 빚도 다 못 갚았는데… 이렇게 편찮으셔서 어떻게 해요. 흐흐흑!"

  살 쉬인 가죽보다 더 애설한 젊은 과부의 어깨에 슬픔이 출렁입니다. 젊은 과부가 나간 뒤, 막내아들이 문 권사에게 묻습니다.

  "어머니, 문간방 여자에게 빌려준 돈이 얼마예요? 액수나 알아야 나중에라도 받지요."

  그러자 문 권사가 눈을 똑바로 뜨며 마른입을 엽니다.

  "놔둬라. 어린 새끼들하고 살기도 힘든데. 너희들까지 힘들게 하지 마라."

  *

  문 권사가 먼 길을 떠나는 날 아침이었습니다. 문 권사는 막내아들을 시켜 젊은 과부를 불렀습니다. 그가 들어오자, 통장 둘을 손에 쥐어주며 말합니다.

  "이거는 그동안 너한테 받은 이자를 모은 돈이고, 이거는 내가 너 주려고 따로 모은 돈이다. 힘내서 애들 잘 키워라. 그리고 너 오늘부터, 내 딸 하면 안 되겠나?"

  그러자 젊은 과부가 문 권사의 손을 잡으며 울음을 터뜨립니다.

"네, 권사님…, 어머니! 엉엉…!"

양딸의 손을 잡은 문 권사가 아들에게 마지막 말을 건넵니다.

"애야, 내가 가더라도, 이 사람 잘 부탁한다."

아들이 무릎을 꿇고 대답하였습니다.

"예, 어머니, 걱정 마세요."

문 권사는 젊은 과부를 바라보다, 막내아들을 바라보다, 둘러선 교우들을 바라보면서 미소를 짓습니다. 밖에서는 얼어붙을 듯 추운 겨울이지만, 방 안에는 따뜻한 눈물이 서로의 가슴을 적십니다.

"하늘가는 밝은 길이 내 앞에 있으니…."

가족과 교우들의 찬송을 들으며 문 권사가 자는 듯 눈을 감습니다.

*

2012년 12월에 들은 문 권사의 아름다운 사랑 이야기가 세밑을 따사롭게 합니다. 이 이야기를 최영호 목사님으로부터 전해 들으면서 가슴이 먹먹하였습니다. 함께 들은 사람들 모두 눈시울을 적실 정도로 훈훈한 이야기여서, 그 감동을 여러분과 나눕니다.

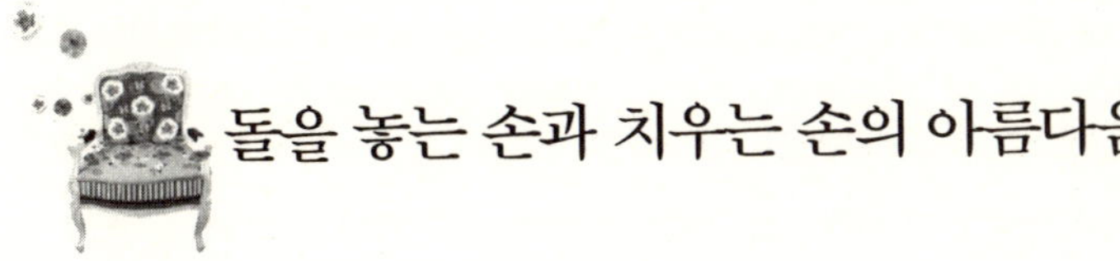 돌을 놓는 손과 치우는 손의 아름다움

〈나 아닌 다른 이가/ 마음 놓고 걸어갈 그 길을 나는 만들고 싶다.〉고 안도현 시인은 말합니다. 연탄이 빨갛게 불타면 추운 사람들의 마음을 녹이겠지요. 타고 난 연탄재는 눈이 내려 만들어진 빙판에 '나 아닌 다른 이'가 안전하게 걸어 다닐 수 있게 뿌려졌을 터이지요. 시인은 버려진 연탄재를 보면서 자신의 희생과 봉사 의지를 노래하고 있습니다.

녹음 짙은 여름에 '나 아닌 다른 이'를 위해 보이지 않게 선행을 실천하는 분들을 만났습니다. 오늘은 그 분들의 이야기를 하면서 부끄러운 손을 반성하려고 합니다. 가끔은 눈에 보이는 봉사, 더러는 눈에 보이지 않을 정도로 작은 도움을 준다면서 살아왔지만, 새삼 부끄러운 마음으로 두 어르신의 아름다운 손과 마음을 나누고 싶습니다. 우리 곁에 그러한 분들이 계셔서 얼마나 행복한지 모릅니다.

*

수원지를 곁에 두고 식장산을 오르면 작은 개울이 나타납니다. 건너는 곳에는 대부분 다리를 놓았거나, 큰 돌로 징검다리를 만들어서 언제나 고마운 마음으로 건너다닙니다. 고마운 마음이 들면, 속삭이는 개울소리도 아름다운 노래가 됩니다. 거기에 산새가 화음이라도 맞추면 그야말로 별천지가 되지요.

이러한 행복감으로 계속 올랐습니다. 구절사로 가기 위해서는 급하게 오르는 길과 부드럽게 오르는 길이 있습니다. 자연을 감상하면서 오르다 보면 좀 너르지만 얕은 개울을 건너야 합니다. 큰 돌로 징검다리를 만들어서 누구나 쉽게 건널 수 있습니다. 그런데, 어르신 한 분이 바지를 걷어 올리고 징검돌 아래에 작은 돌을 고이고 계셨습니다. 밟고 지나면서, 약간 흔들린다고 생각을 했었는데, 어르신이 쐐깃돌을 고이시는 것입니다.

"더우실 터인데 수고하십니다."
"산을 타시우?"
"힘드시지 않으세요?."
"뭘. 우리 애들도 자주 오르는 산인데. 혹시 넘어져 다칠까봐 그러지."

빙그레 웃으십니다. 어르신께서는 아무 것도 아닌 것처럼 말씀을 하시지만, 그것이 겸양의 말씀이라는 것을 잘 알고 있습니다. 훌륭한 일을 하면서도, 그 일이 칭찬을 받기 위한 것이 아니라, 많은 사람들을 배려하기 위한 아름다운 모습임을 잘 알고 있습니다.

*

텃밭에 가느라 새벽에 판암동 4거리를 지났습니다. 가오동에서 철길 아래 터널을 지나면 판암동 4거리가 나옵니다. 우회전을 하기 위하여, 지나는 차량을 살피다가, 횡단보도 중간에 주먹보다 좀 더 큰 돌이 하나 떨어져 있는 것을 보았습니다. 무심코 우회전하여 밭으로 향하였습니다. 주산동 밭에서 돌아오는 길에는 좌회전을 하면서 그 돌을 다시 보았습니다. 혹여 차바퀴에 튕겨나가면 큰일이 날 것 같다는 생각이 들었지만, 신호에 따라 지나쳐야 했습니다.

다시 삼성동으로 향하는 출근길, 좌회전 신호를 받아 지나치려는데, 마침 적색 신호등이 들어와서 멈추어야 했습니다. 넘어진 김에 쉬어 가라는 말이 있지요. 그래서 그 돌을 주워야겠다고 생각하고 차문을 여는데, 배낭을 짊어진 어르신 한 분이 지나다 그 돌을 주우셨습니다. 한 손으로 들기에는 좀 컸는지, 두 손으로 들어 올린 채 녹색 신호등을 따라 횡단보도를 건너셨습니다. 할일을 잃어버린 사람처럼 우두밍칠 바라보다가, 나도 몰래 머리를 스치는 깨달음이 있었습니다.

'나도 주울 수 있었는데.'
'나도 할 수 있었는데….'

# 연탄에 작은 사랑을 담아서

안도현 시인은 우리의 삶을 〈나 아닌 그 누구에게/ 기꺼이 연탄 한 장 되는 것〉이라고 노래합니다. 〈해야 할 일이 무엇인가를 알고 있다는 듯이/ 연탄은, 일단 제 몸에 불이 옮겨 붙었다 하면/ 하염없이 뜨거워지는 것〉이라고 말합니다. 〈온몸으로 사랑하고 나면/ 한 덩이 재〉로 쓸쓸하게 남는 것이라고 합니다.

며칠 사이에 바람이 차가워져서 제법 겨울답습니다. 이보다 조금 덜 추울 때, 대전쪽방상담소에 전화를 드렸습니다. 우리 대전 클럽에서 연탄 1,000장을 후원하기로 하였으니, 나누어 드릴 분을 한두 가구 찾아달라고 부탁드렸습니다. 며칠 후에 5가구를 선정하였으니, 도와주실 날짜를 알려 달라는 전화를 받았습니다.

"그러면 한 가구당 200장밖에 안 되는데요. 너무 작은 양이 아닌가요?"
"쪽방은 집과 창고가 좁아서, 한 가구에 200장 이상은 쌓아 놓을 곳이 없습니다."
"아니, 정말 그렇습니까?"

"한번 와 보시면 알게 됩니다."

토요일 오전에 자원 봉사를 자원한 로타리안 6명이 모였습니다. 쪽방촌 골목 입구에 서 있는 트럭의 연탄을 나르는 일입니다. 대전쪽방상담소에서도 관계자 4명이 나왔습니다. 연탄을 받는 가구에서도 한분씩 나와서 도와 주셨습니다. 살펴보니, 정말 가구마다 200장 정도밖에 쌓을 수 없었습니다. 이렇게 사시는 분들도 있구나, 이런 생각으로 미안하였습니다.

한쪽 편에 늘어서 있는 가구에 연탄을 날랐습니다. 그 맞은편에 사시는 분들도 거의 같은 수준임을 알게 되었습니다. 여러 가구들이 쪽방에서 어렵게 생활하고 있는 것 같았습니다. 우리가 도움을 드리지 못하는 가구에 사시는 분 같았습니다. 한 분은 못내 서운한 모습을 지으며, 가던 길을 멈추고 계속하여 우리에게 말을 걸었습니다.

"우리 이웃이라도 도와 주셔서 고맙습니다.…우리는 불을 때지 않아도 괜찮습니다.…사진 실컷 찍고 가세요.…우리는 아무리 추워도 얼어 죽지 않습니다..…우리에게는 겨울이 없습니다."

총무는 미안해하면서 그 분을 바라보지도 못하였습니다.

"회장님, 다음에는 좀 더 준비를 해야 할 것 같습니다. 저 분들에게 잘못한 것은 아닌데, 죄를 지은 느낌입니다."

사실 연탄 2,000장을 준비하였지만, 다른 지역에 있는 분들에게 1,000장을 미리 드렸기 때문에 그 날은 어쩔 수 없었습니다. 이 연탄 봉사는 국제로타리 3680지구에서 각 클럽에 500장씩을 지원하여 비롯되었습니다. 이에 상응하여 각 클럽에서 500장을 준비하여 어려운 이웃의 겨울나기를 돕습니다.

우리 대전 로타리클럽에서는 500장을 준비하면 되지만, 1,500장을 준비하여 따뜻한 마음을 나누기로 하였습니다. 그러나 어려운 이웃을 위한 또 다른 봉사를 하고 있기 때문에 한 곳에 집중할 수 없는 한계를 지니고 있습니다. 모든 분에게 사랑을 나누는 것은 거의 불가능합니다. 그래서 넉넉하지 않아도 서로 나누는 사랑이 소중함을 알고 있습니다.

등에 땀이 배는 만큼 마음도 뿌듯하여졌습니다. 한 번에 2장씩을 들고 골목길을 지나서 연탄광에 차곡차곡 쌓는 일을 50번은 한 것 같습니다. 그러면서 다시금 안도현 시인의 시가 떠올랐습니다. 〈생각하면/ 삶이란/ 나를 산산이 으깨는 일//눈 내려 세상이 미끄러운 어느 이른 아침에/ 나 아닌 그 누가 마음 놓고 걸어갈/ 그 길〉을 만드는 일이라는 것을 깨닫습니다.

올 겨울도 참으로 추울 것이라고 합니다. 그 겨울에 따뜻하게 지낼 몇 분들을 떠올리며 나도 연탄 한 장이 되고 싶었습니다. 그런 마음으로 겨울을 나고 싶습니다.

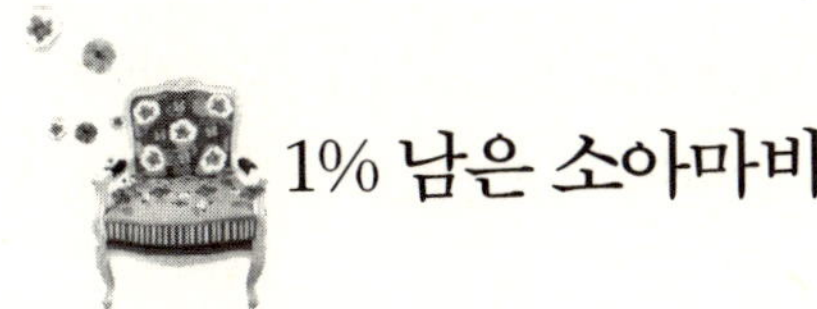# 1% 남은 소아마비

"우리나라에서 소아마비가 없어진 게 로타리클럽 덕분이군요. 로타리클럽이 조금만 일찍 손을 썼더라면, 내 다리도 성했을 터인데. 그렇지만, 소아마비가 이제 지구에 1% 정도만 남아 있다니 놀라워요. 마지막 남은 1%까지 퇴치하기 위하여 저도 힘을 모으겠습니다."

어릴 때 소아마비 균에 전염되어 두 다리가 불편한 채로 평생을 살아온 분의 말씀입니다. 보조 장구에 의지하여 생활하는 것이 숙명이려니, 체념하며 살아온 그 분은 긍정적인 사고로 장애인들의 복지를 위하여 앞장 선 분입니다. 그 분 말씀처럼, 요즘에는 소아마비 예방 백신을 무료로 접종하기 때문에 소아마비 환자가 자취를 감추었으니 참으로 다행스런 일입니다.

*

저의 가족에도 소아마비로 한쪽 다리가 불편한 아우가 있습니다. 머리도 명석하고 심성이 고왔으나, 신체적 장애로 입시와 취업에서 여러 번 좌절을 하다가, 신체를 크게 활용하지 않는 직업을 선택하여 어느 정도 성공하였습니다. 그 아우는 로타리클럽의 봉사 활동을 전해 듣고 자진하여 회원에 가입한 후 성실하게 봉사하고 있습니다.

자신은 불편한 다리로 고생을 하지만, 자녀들이 그러한 고통을 겪지 않은 것만 해도 평생 잊지 못할 고마움이라고 말합니다. 울산에서 로타리클럽 회장을 역임하고, 이제 지구 임원을 맡아서 봉사에 앞장서고 있습니다. 지역 봉사와 국제 봉사를 위하여 불편한 몸으로 국내외에서 활동하는 모습이 때로는 눈물겹습니다.

집안에 환자가 있으면, 그만의 아픔이 아닙니다. 아픈 사람은 아파서 괴로울 것이지만, 그를 바라보거나 간병하는 사람들은 그 아픔을 대신하지 못하는 괴로움에 젖어야 합니다. 말 한 마디도 조심해야 하고, 대부분의 가족은 자신의 생활을 일정 부분 희생해야 합니다. 그 질환이 단기적이면 좋겠지만, 소아마비처럼 평생을 안고 가야 하는 경우에는 가족의 애환도 길게 이어집니다. 경험해 본 사람은 그 고통을 알고 있습니다.

아우를 생각하여 로타리클럽에 참여한 것은 아니지만, 아우의 아픔을 알고 있기에 클럽의 임원을 맡아 봉사하는 것은 사실입니다. 가까운 분들을 위한 지역 봉사도 소중한 것이지만, 보이지 않는 지역의 어린이들을 위해 국제적으로 사랑을 전하는 일도 귀하기 때문입니다.

*

국제 로타리(RI)는 1905년, 미국의 변호사 폴 해리스에 의하여 제창되고, 친구 3명이 뜻을 모아 단체를 출범시켰습니다. 로타리는 국제적 인도주의 봉사 단체입니다. 로타리의 회원들은 사업이나 전문직의 리더들로, 지역사회나 세계를 위하여 자신들의 시간과 자원을 할애하고 있습니다. 로타리는 예방접종 프로젝트나 의료 봉사, 지역의 급수 시설 마련, 문맹 퇴치 프로그램을 주도하거나 협조하고 있습니다. 그 중 가장 큰 업적이 소아마비 퇴치입니다.

1985년에 시작된 폴리오플러스 프로그램을 통해 100만 명이 넘는 로타리

회원들은 122개국, 20억 명의 어린이들이 소아마비 백신을 투여받을 수 있도록 시간과 자원을 할애했습니다. 오늘날까지 국제 로타리는 7억 달러 이상을 기부했으며, 이 금액은 전세계의 소아마비 박멸이 공인될 때까지 8억 5천만 달러로 증가될 것입니다.

특히 소아마비 박멸을 위해 〔빌 게이츠 재단〕이 〔로타리 재단〕에 2차례에 걸쳐 기부하는 3억여 달러에 상응하기 위하여 로타리도 2억 달러 챌린지 기부를 합니다.

이러한 봉사활동에 참여하고 있는 로타리 회원들은 누구나 자부심으로 충만합니다. 작은 정성들이 모여 인류 질병 역사에서 소아마비 균을 완전히 박멸할 것이니, 스스로 생각해도 위대한 업적이라 하겠습니다. 이런 믿음으로 로타리안들은 봉사의 손을 맞잡습니다.

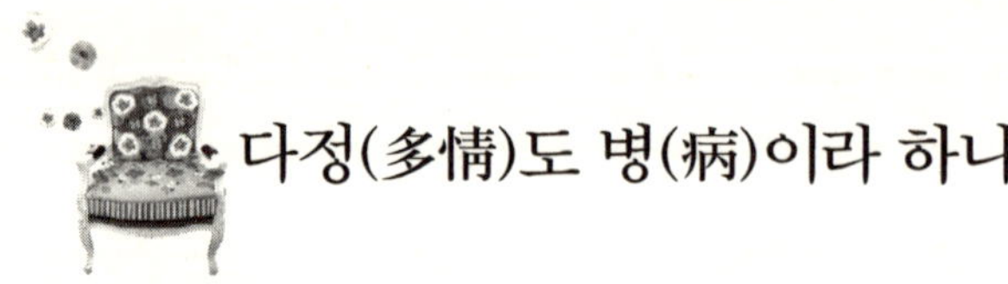

다정(多情)도 병(病)이라 하니

　유명한 연예인의 집 앞에 진(陣)을 치고 낮밤을 보내는 청소년들의 모습이 텔레비전에 나옵니다. 먼발치에서라도 유명한 한류(韓流) 배우를 보기 위해 촬영장마다 따라다니는 일본의 아줌마들도 보입니다. 자신이 좋아하는 사람을 만나기 위해 열광적으로 집착하는 모습을 보면서 미소를 짓습니다.

　어떤 연예인은 광적으로 집착하는 팬을 고발하여 벌금형을 받게 하였다고 합니다. 매일 꽃을 보내거나, 하루에도 몇 차례씩 이메일을 보내는 것은 애교랍니다. 이상한 사진을 합성하여 유포하기도 하고, 악성 리플을 달아서 명예를 실추시키는 일이 비일비재하여 개인의 존엄성이 무너진다고 합니다.

*

　이런 일들은 특정한 사람에 대한 다정(多情)에 연유합니다. 다정이 집착으로 바뀌고, 집착이 병으로 굳어져서, 상대방을 배려할 줄 모르는 스토커가 되는 것입니다. 존경하다가, 사랑하다가, 미워하다가, 원망하게 되는데, 어떤 상황이든지 그 대상을 배려하는 것이 우선일 터이지요.

　사실 나도 별반 다르지 않음을 깨닫고 놀랍니다. 다만 그들과 나는 좋아하는 대상에 차이가 있을 뿐이지요. 그들이 어느 특정한 사람에게 집착하는 것임에 비하여, 나는 지나칠 정도로 자연을 사랑하고 자연에 집착합니다. 내가 살고 있는 대전 가까이에는 보문산 식장산 계족산 구봉산 등이 꼬리에 꼬리를 잇고 있으며, 좀 멀리에는 계룡산 장용산 서대산 등이 이웃으로 자리하고 있습니다. 그 중에서 새 천년 해맞이 때부터 〔식장산〕을 사랑하게 되었습니다.

바람에 날리는 흰 눈을 맞으며 새해를 맞이하는 것도 뜻이 깊었습니다. 벚꽃이 산을 치장하고, 진달래가 고운 자태를 뽐내고, 철쭉이 붉고 아름다운 노래를 짓는 봄에 식장산을 오르면 그야말로 숨이 막힙니다. 전문 등산가도 아니면서, 여름철을 맞아 녹음 속 등산을 1주일에 2~3회 할 정도라면 빠져도 분별없이 빠진 셈입니다. 또한 가을이 되어 호수에 어린 단풍, 산에 머무는 흰구름이라도 물 위에 비칠 때면 그야말로 금수강산을 만들어 온갖 시름을 잊게 합니다.

식장산에 반해 버린 나는 산 아래로 이사할 것을 결심하였습니다. 먼저 그 이웃에 작은 밭을 마련하였습니다. 텃밭처럼 채소도 가꾸고, 땀을 흘리면서 도시의 찌든 일상을 털기도 하고, 더불어 노동의 기쁨도 맛보자는 치기어린 호사였습니다.

그 다음해에는 식장산 가오동(加午洞)에서 분양한 은어송 3단지 현대 아파트로 이사를 하였습니다. 거실에 앉으면 식장산 자락이 마중 나와서 친구처럼 편안합니다. 집을 나서면 갈 곳도 많습니다. 개심사 고산사 식장사 구절사 등이 마음을 씻어 줍니다. 집에서 정상까지 오르는 데에는 1시간 남짓 걸립니다. 오르며 내리며 산에서 만나는 풀과 나무, 새와 벌레, 그리고 이웃들의 발자국 소리가 정겹습니다.

먼저 마련한 텃밭에 비닐하우스도 만들어 채소를 가꿉니다. 농기구를 준비하고, 관정(管井)을 파고, 농업용 전기를 끌어들이고, 거금(?)을 들여 관리기(管理機)까지 구입하여 얄궂게 농사 흉내를 냅니다. 동대전 농업협동조합의 조합원까지 되었으니, 농민이 다된 셈입니다. 거기에 사무실마저 동구 삼성동에 있으니, 이제 명실상부한 동구 사람인 셈이지요.

*

식장산이 좋아서 남들이 선호하는 둔산동 집도 팔고, 식장산 아래로 이사를 와서 요산요수(樂山樂水)의 정취를 실감합니다. 이러니, 나도 연예인을 따라다니는 광적인 팬과 별반 다를 게 없다는 생각입니다. 이 모든 것이 다정(多情)에 닿아 있습니다. 가까이에서 자연을 사랑하여 깊어진 천석고황(泉石膏肓)이니, 병(病)일진대 고칠 수 없이 깊은 병에 틀림없습니다. 다정(多情)도 병이지만, 고치고 싶지 않은 병입니다.

# 마음의 빗장을 열라고 하셨나요?

일초(日超) 스님!

스님의 텃밭을 돌아보며 정갈하게 가꾸신 손끝을 생각하였습니다. 밭에 널려 있는 돌로 야트막한 경계를 지어 만든 자잘한 뙈기마다 서로 다른 채소들이 자라고 있었지요. 초봄에 입맛을 돋우는 돌나물도 한 자리를 차지하고 있었습니다. 어느 뙈기에는 달래들이 수줍게 손을 내밀었고, 참취도 윤기가 흘렀습니다.

스님의 밭을 돌아보고 나서, '나도 텃밭을 가꾸어야겠구나.' 생각을 하였습니다. 인연이 닿아 밭을 마련하고 여러 작물(作物)을 가꾸었습니다. 고추도 심고, 토마토도 심고, 감자도 심고, 옥수수도 심고, 고구마 싹도 묻었습니다. 밭에서 자라는 잡초를 뽑고 가꾸며 수확의 기대로 설렜습니다. 고단하였지만, 참을 수 있었습니다.

일초(日超) 스님!

때로는 깨달음의 경지에 이른 착각을 하기도 하였습니다. 작물과 섞여 자라는 잡초를 뽑으며, 내 마음에 깃드는 망상(妄想)과 오욕칠정(五慾七情)까지 씻어내는 듯하여 몸과 마음이 가벼울 때도 있었습니다. 우거진 잡초를 뽑고 나면 깨끗하게 드러나는 밭의 이랑과 고랑 사이에서 산뜻한 마음이 되었습니다.

그래서 시간이 있을 때마다 밭에 가서 풀을 뽑으며 땀을 흘렸습니다. 이 일은 흡사 예전에 어르신들이 농한기에 가마니를 짜거나, 짚신을 틀고 난 뒤에 삐죽 나와 있는 터럭을 뜯어내는 작업과 같았습니다. 거칠던 멍석도 창칼로 터럭을 뜯어내면 매끈하게 변신을 하였습니다. 곡식을 널기도 하고, 여럿이 앉아 쉬기도 하였습니다.

일초(日超) 스님!
텃밭 농사를 지으며 마음의 작은 근심을 털어내는 느낌으로 행복하였습니다. 그러나 아직도 수양이 덜 되어서인지, 밭은 순간적으로 미움과 분노의 원천으로 변하였습니다. 감자알이 굵어질 무렵, 올고구마 알이 한창 들어설 무렵에 멧돼지가 들어와서 성한 곳 하나 없이 밭을 헤집어 버렸습니다. 그야말로 쑥대밭을 만들어 버렸습니다.

참을 수밖에 없었습니다. '같이 먹고 살아야겠다.'고 마음을 가다듬지만 고구마 밭을 볼 때마다 솟아나는 분노를 가라앉히느라 고생하였습니다. 남은 땅에 열무씨를 뿌렸습니다. 노랗게 솟아나는 모습처럼 사랑스러운 것은 보기 드뭅니다. 햇빛과 바람과 물을 먹고 조금씩 자랐습니다. 그때 고라니가 나타나서 대패질을 하듯이 모두 핥아 먹었습니다. 눈물이 핑 돌았습니다.

일초(日超) 스님!

마음의 짐을 벗어 놓으라고 하셨지요? 몇몇 작물을 가꾸며, 잡초를 뽑으며, 그러한 느낌이었습니다. 그런데, 이제 그런 평정심을 유지하기가 어렵습니다. 마음의 빗장을 열고 욕심을 버리라고 하셨지요? 그런데, 나는 고라니가 들어오지 못하게 밭의 둘레에 말뚝을 박고 야트막한 철망을 두릅니다. 고라니는 어떠한 방법으로든지, 울타리의 빈틈을 찾아 들어옵니다. 들어와서 작물을 뜯어 먹습니다. 그럴 때는 고라니가 마음의 깊은 곳에서 사는 마구니로 보입니다.

그렇지만, 스님, 생각해 보면 고라니도 작고 귀여운 놈입니다. 겁이 많고 순진한 녀석입니다. 그 놈의 눈을 바라보면 미워할 수 없습니다. 깜짝 놀라 달아나는 그 녀석을 바라보며 오늘도 텃밭에서 땀을 흘립니다.

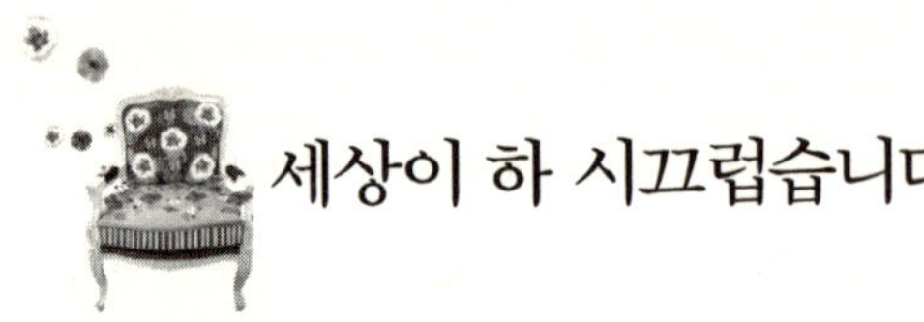

세상이 하 시끄럽습니다

일초(日超) 스님!

여름이 아직 머뭇거리는데도, 아침에는 맑은 이슬이 발을 적십니다. 풀벌레소리가 귀를 울립니다. 가끔 새끼를 찾는 뻐꾸기 울음소리가 이른 아침부터 산과 호수에 여울집니다. 그래서일까, 텃밭으로 나가 풋고추와 애호박을 따는 마음이 편안합니다. 이런 노래 속에서 걱정 없이 살면 참 좋겠다는 생각을 합니다.

그런데 집에 돌아와 신문을 펴면서부터 일상은 고단해집니다. 대통령 형님이 어느 기업으로부터 돈을 받아 구속이 되었답니다. 밥을 먹고 살기 어려워 받은 돈이라면, 동정심이라도 가질 것이겠지만, 묘한 데에 썼다고 하니 답답한 일입니다. 대통령 측근들까지 여러 명이 조사를 받거나 구속이 되는 것을 보면서 가슴이 무너지는 아픔입니다. 사회 지도층들의 일탈이 도를 넘은 것 같습니다.

일초(日超) 스님!

어느 당의 원내대표인 국회의원도 그런 돈을 받았다고 합니다. 그런데도,

검찰의 조사를 받지 않겠다고 우겨서 체포영장이 발급되었다고 합니다. 그 국회의원이 구속되지 않게 하려고 그 당의 국회의원들은 '방탄 국회'라는 것을 열겠다고 합니다. 그리고 '필리버스터'라는 것도 준비를 한답니다.

낯선 말을 찾아보았습니다. filibuster라는 용어는 원래 16세기의 해적 사략선(私掠船)에서 비롯되었다고 합니다. 19세기 중반 라틴아메리카 폭동에 참가했던 미국인들과 같이 변칙적인 군사모험가를 지칭하는 말로도 사용된다고 합니다. 그러다가 미국 상원에서 시간을 끌기 위하여 길게 발언을 하였는데, 그렇게 비정상적인 편법을 우리나라 국회도 도입하였다고 합니다.

일초(日超) 스님!
방탄(防彈) 국회라는 말도 새삼스럽습니다. 우리나라를 이끄는 국회의원을 누군가 저격한다면, 그리하여 우리 국회의원이 살상(殺傷)된다면, 이 얼마나 큰 불행입니까? 그래서 국회에 방탄 창을 덧씌우는 것이라면 돈이 들거나 미관을 해치더라도 좋을 것 같습니다. 그런데, 이 방탄 국회는 그런 것이 아니랍니다.

국회가 열리는 동안은 유죄로 추정되는 국회의원이라도 체포할 수가 없답니다. 이를 악용하여, 유죄 추정의 국회의원이 체포되지 않도록, 계속적으로 국회를 여는 것이라 합니다. 이렇게 비정상적인 국회를 열면서, 동료 국회의원들은 얼마나 얼굴이 뜨겁겠습니까? 이와 같은 편법과 비정상의 중심에 있던 국회의원이 검찰에 자진 출두를 했다고 합니다. 그나마 다행입니다. 유무죄는 검찰과 법원에서 가려지겠지요.

일초(日超) 스님!

물론 서민들에게도 부끄러운 모습은 있습니다. 수많은 사람 중에는 마음이 염결한 사람도 있고, 욕심이 큰 사람도 있고, 욕심에 눈이 먼 사람도 있게 마련입니다. 그러나 지도자들은 좀 달라야 합니다. 여러 사람의 앞에 서는 지도자라면 도덕적으로 흠결이 없어야 합니다. 그들에게 완전무결한 사람이 되라는 것이 아닙니다. 스스로 부끄러워할 줄 알고, 다음에는 그러한 일을 거듭하지 않으려 노력하는 일이 필요합니다.

이런 마음을 아는지, 새벽이슬이 발을 적십니다. 세상의 번뇌를 씻기 위해 세족(洗足)이라도 하라는 것 같습니다. 방송의 뉴스에 찌든 귀를 씻으라는지, 풀벌레소리와 새소리가 새벽하늘에 낭랑합니다. 무더운 여름이어서일까, 삽상한 새벽이 더욱 반갑습니다.

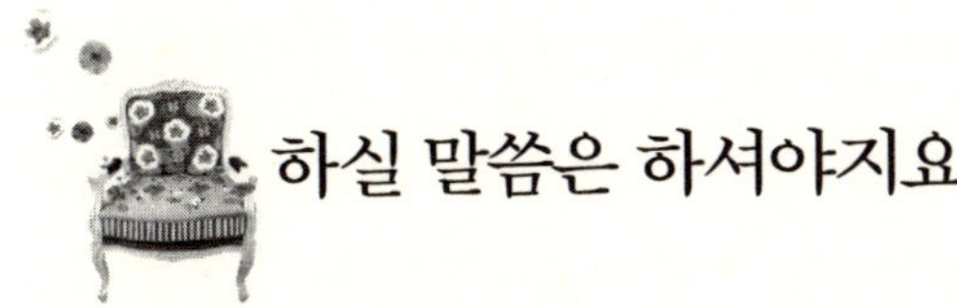

하실 말씀은 하셔야지요

일초(日超) 스님!

추분을 지나면서 아침저녁으로 삽상합니다. 풀벌레 소리가 보름달을 부는 것 같습니다. 여러 마리가 노래를 하여 반가우면서도 한편으로는 귀가 간지럽습니다. 그래도 이들의 노래는 들어줄 만합니다. 이들의 노래는 거짓이 없어 보이기 때문입니다. 다른 사람을 욕하지 않는 것 같아서입니다.

그런데 선거철만 되면, 자칭 애국자들이 참으로 많이 나타납니다. 지역을 발전시키고, 나라를 이끌어 갈 사람이 자기밖에 없다고 확성기를 틉니다. 그런데 바로 그 옆에서는 이 사람이 돈을 받아먹어 교도소에 갈 사람이라고 더 큰 소리를 냅니다. 파렴치범이어서 도저히 나라 일을 맡길 수 없는 사람이라고, 귀를 막고 싶을 만큼 욕을 해댑니다.

일초(日超) 스님!

귀를 막고 계시는 이유를 알기 때문에 더 답답합니다. 엊그제 들은 몇몇 말씀을 곰곰이 묵상하면서 그 뜻을 다시금 새깁니다. 스님의 말씀에 부합되는 사람이 정녕 없을 거라면, 그 차선이라도 현명하게 선택할 수 있었으면 좋겠습니다. 완벽한 사람이 어디 있으며, 흠이 없는 정치인이 어디 있겠습니까?

스님께서는 [국회의원 선거와 대통령 선거는 다르다]고 말씀하셨습니다.
국회의원은 300명이기 때문에 그 중 한두 명을 잘못 뽑아도 큰 영향을 주지
않을 수 있다고 하셨습니다. 물론 미꾸라지 한 마리가 흙탕물을 일으킬 수도
있지만, 몇몇 때문에 나라의 운명이 바뀌는 일은 없을 것도 같습니다.

그러나 대통령 선거는 한 사람의 지도자를 선택하는 일이라 하셨지요. 그
사람의 판단에 의하여, 가난한 나라로 돌아갈 수도 있을 것이고, 지금보다 훨
씬 잘 사는 나라가 될 수도 있을 것입니다. 겉에 드러난 인기보다, 우리의 운
명을 맡길 수 있는, 그리하여 신뢰할 수 있는 사람이라야 한다는 말씀에 동의
합니다.

일초(日超) 스님!
스님께서는 [사익을 초월한 사람이라야 자유로운 법]이라고 하셨습니다.
세상에 욕심 없는 사람이 어디 있으며, 부자로 살고 싶지 않은 사람이 어디
있겠습니까? 그렇지만, 오랜 기간 살아온 발자취를 보면 그 사람의 됨됨이를
알 수 있다고 하신 말씀이 새삼스럽습니다.

스님께서는 [정치적 경험과 행적이 뚜렷해야 한다]고 하셨습니다. 모든 일
을 원칙이라는 잣대로 처리할 수는 없겠지만, 그 바탕은 '원칙과 신뢰'여야 한
다고 하셨습니다. 초등학교 반장을 뽑는 일이 아니고, 연예인 인기투표를 하
는 것도 아니며, 오로지 우리의 삶을 책임질 능력자를 선택하는 일이라고 하
셨습니다.

스님께서는 〔위기 극복의 리더십〕을 지닌 사람이어야 한다고 하셨습니다. 평소에 좌절을 체험하지 않은 사람은 피해야 한다고 하셨습니다. 단 한 번의 위기 관리 누수로, 나라의 운명을 그리스처럼 만들 수도 있음을 명심하라고 하셨습니다. 남과 북이 대치하고 있는 상황에서 자신을 지키고, 조국과 겨레를 지킬 수 있는 사람이라야 한다고 하셨습니다.

일초(日超) 스님!

가을 풀벌레 소리가 편안합니다. 현실에 발을 굳건하게 디디고, 우리의 꿈을 실천해 줄 든든한 지도자가 그립습니다. 우물쭈물하지 말고, 눈치 보지 말고, 되는 것은 된다고, 아닌 것은 아니라고, 분명하게 소신을 밝힐 지도자가 그립습니다. 그래서 우리는 우리가 맡은 일만 성실하게 할 뿐, 정치를 걱정하지 않았으면 좋겠습니다.

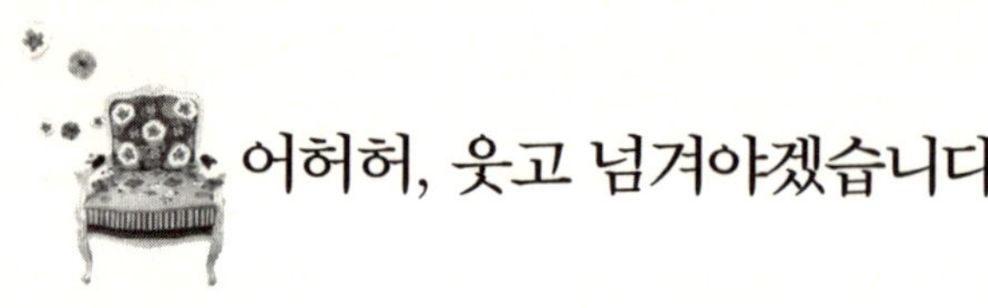# 어허허, 웃고 넘겨야겠습니다

일초(日超) 스님!

말사(末寺)를 지키는 비구(比丘)와 향토 서생(書生)이 세상 돌아가는 이야기를 나눈들 무슨 소용이겠습니까? 깊은 밤에 설해목(雪害木) 부러지는 소리는 가슴을 철렁하게도 하지만, 바람결에 흩어지는 우리들의 이야기가 뭔 의미겠습니까?

그럼에도 불구하고 두 심장에서 시작된 맥놀이는 그칠 줄 모르고 울려 퍼집니다. 진동수가 조금 다른 두 소리가 겹쳐졌을 때, 서로 간섭하여 주기적으로 강약을 되풀이하는 현상을 '맥놀이'라고 합니다. 사암(寺庵)의 범종을 칠 때 강약을 두고 흔들리는 울림소리가 그러합니다.

일초(日超) 스님!

스님께서 임진년 정초(正初)에 붓을 들어 '변(變)'이라 일필휘지를 하셨을 때만 하더라도, 그야말로 경천동지할 만한 혜안(慧眼)이라고 생각했습니다. 북한을 비롯한 국내외 정세가 그러하고, 화려한 무역성장의 그늘에서 고생하는 서민의 밥살이가 그러하며, 한류를 전파하면서도 어딘가 서늘하게 빈 곳

이 드러나는 문화가 그러하고, 서민을 위한 보편적 복지를 경쟁적으로 약속
하는 정치 지형이 그렇습니다.

그렇지만, 곰곰이 생각해 보니, 세상은 아침 다르고 저녁 다른데, 그 '변'이
라는 화두(話頭)는 아무나, 아무 때나, 써도 통용되지 않겠습니까? 그래서
무식한 사람이 용감하다고, 불문곡직 시원하게 물었더니, 생각보다 놀라운
경지를 보여 주셔서, 그 말씀이 맥놀이처럼 되살아납니다.

"변해야 합니까?"
"변할 것은 변해야지요."
"변하지 말아야 합니까?"
"일여(一如)할 것은 일여해야지요."
"화두의 핵심이 일여입니까?"
"변화 속의 일여이지요."
"정치입니까?"
"바탕이지요."
"스님, 정치가들은 법으로 허가를 맡은 거짓말쟁이라고 하셨잖습니까? 매
일 변하고, 매월 변하고, 매년 변하고, 그 사이사이 수도 없이 변하는 것이
정치요 정치가들이니, 변함없는 분이 돌연변이 같다고 하지 않으셨습니까?
너무 자주 변해서 어지러운 세상이라고 하지 않으셨습니까? 평형만 유지해도
훌륭한 분이라고 말씀하지 않으셨습니까?"

그러자 스님은 미소를 지으면서 붓을 들어 '평(平)'이라 일필휘지를 하셨지
요. 그 '평'은 평평하다는 뜻도 있지만 바르고 곧다는 의미가 있습니다. 정치

가로 치면 바탕이 되는 기본급인데, 요즘과 같이 혼탁한 정치 지형에서도 나라와 국민을 생각하며 꿋꿋하게 자신의 지향을 추구하는 분이지요. 당락을 따라 이 정당 저 정당 기웃거리지 않는 분들이지요. 리더십 이전에 갖추어야 할 기본 소양이라 하셨지요.

다음에 쓰신 '탁(濁)'은 하등급인데, 정치적 지향을 꿋꿋하게 지키지 못하는 분들이라 하셨지요. 우왕(右往)하고 좌왕(左往)하여 보기가 민망하다 하셨지요. 그 중에서도 가장 천박한 짓은 당락에만 매달려 스스로 우왕하고 좌왕하기를 반복하는 변태(變態)라 하셨지요. 시민을 위해 칼라를 바꾸었다고 하지만, 자신과 배(輩)거리를 위해 시민을 업신여긴 죄악이라고 하셨지요.

일초(日超) 스님!
그렇지만, 이만 접으시지요. 머지않아 흐렸던 눈이 밝아진 시민들로부터 그 또한 업신여김을 돌려받을 것이니 소이불문(笑而不問)하시지요. 그래서 어허허, 웃고 넘겨야겠습니다.

올해의 예술가상

일초(日超) 스님!

차가운 바람이 옷섶을 파고듭니다. 하늘에서는 가루눈이 언뜻 볼을 스치며 내립니다. 세밑에서 맞는 겨울바람이지만, 자신의 예술혼(藝術魂)을 실현하기 위해 최선을 다하는 예술가들의 아름다운 모습을 볼 수 있어 뿌듯해집니다.

스님도 아시는 것처럼, 예술가를 일컬어 새로운 창조자라고 합니다. 이미 존재하고 있는 현실의 바탕에 자신의 영감으로 작품을 창작하거나, 이와 같은 창작 활동에 종사하는 사람들을 일컫습니다. 자신만의 독창성을 통하여 예술의 경지를 새롭게 열어 가는 예술가들은 종종 구도자(求道者)의 자세를 취합니다. 예술가들은 온갖 어려움을 창작의 열정으로 극복합니다. 이와 같은 지향과 열정이 아름다운 열매를 맺기도 합니다.

일초(日超) 스님!

우리 지역에서 가장 열심히 활동한 예술가들을 발굴하여 드리는 상이 있습니다. 그해를 빛낸 〔올해의 예술가상〕입니다. 온갖 어려움을 극복하고, 정말 빛나는 활동으로 상을 받은 분들을 보면서 새로운 감동에 젖습니다. 지역성을 극복하고 창작의 삽질을 쉬지 않아 참으로 귀한 분들입니다. 어려운 과정을 거쳐 선정된 분들이어서 축하하는 마음이 더 컸습니다.

공연예술 분야에서 상을 받은 분들은 이웃 봉사 정신이 투철하였습니다. 전통춤 예술원 조정숙 원장은 수준 높은 공연과 이웃돕기를 통하여 우리 지역 국악 발전에 크게 이바지하였습니다. 목련예술단 황지연 부단장 역시 이웃돕기 공연에 앞장섰습니다. 대전교사 합주단 서종원 단장은 연주자로서 수준 높은 공연을 통하여 음악적 감동을 생성하였습니다.

조형예술 분야에서 상을 받은 분들도 한결같이 높은 수준의 작품으로 시민의 행복 실현에 이바지하신 분들입니다. 한국조형미술가협회 조은자 이사는 수준 높은 개인전을 통하여 지역 미술의 수준을 높였습니다. 한국서도협회 대전충남지회 김종인 이사 역시 작품 창작과 후진 양성에 뚜렷한 업적을 이루었습니다. 연꽃사진가회 소원섭 회장도 현대 사진 발전에 크게 이바지하였습니다.

일초(日超) 스님!

대한민국 청소년영화제 영상사업단의 이근일 단장을 보면서 눈물겹게 고맙다는 생각을 하였습니다. 2001년에 창설한 청소년영화제는 초등부, 중고등부, 대학부 등 3개 부문에 305편이 접수되어 놀라운 성과를 이루었습니다. 이후 더욱 많은 작품이 응모되어, 대전을 청소년영화의 중심이라고 인식되게 한 쾌거였지만, 돌아보면 암담하던 때가 한두 번이 아니었습니다. 그래도 대한민국 청소년영화제를 성황리에 마쳤습니다.

미래의 영화인들을 육성하는 귀한 자리여서, 매회 참석한 서울의 원로 영화인이 "창설 당시 시장이었던 사람이 국제적인 행사로 육성시키겠다고 호언장담하였다." "지금도 그 사람이 대전 시장인데, 하나도 해주는 게 없다!"고 마이크를 잡고 힐난하였습니다. 먼 곳에서 참석한 그 분들에게 미안하였습니다. 대전에서 사는 것이 이때처럼 면구스런 적이 없었습니다.

그러한데도 〔가자, 보자, 느끼자〕라는 구호로 멋있게 행사를 치룬 분들이 고맙고 자랑스러웠습니다. 그렇게 수고한 이근일 단장이 〔올해의 예술가상〕을 받게 되어 다행이었습니다. 그 동안의 노고를 위로하기에는 아주 작은 상이지만, 마음만으로도 행복하게 올해를 보냅니다.

일초(日超) 스님!
상을 받은 분들이거나, 상을 받지 않은 분들이거나, 그 분들은 아름다운 예술혼을 가꾸는 데 쉬지 않을 것입니다. 구도자(求道者)의 자세로 작품 창작에 심혈을 기울이고, 예술 활동에 최선을 다하는 것만으로도 행복하기 때문일 것입니다. 그런 예술가들이 있어, 한 해를 보내는 세밑에서 새삼스레 가슴이 뜨거워집니다.

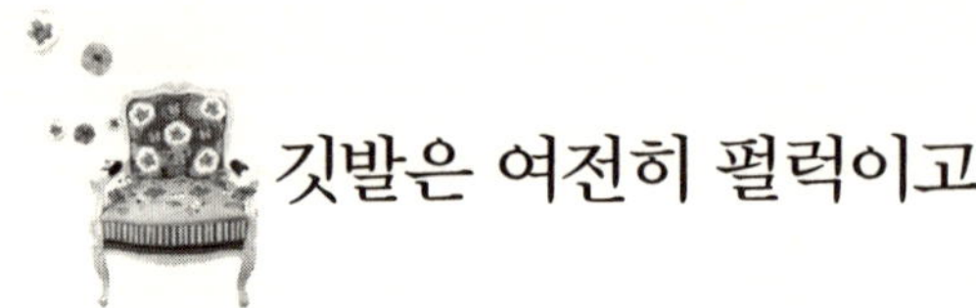# 깃발은 여전히 펄럭이고

에피소드에는 일상성을 뛰어넘는 의외성이 내재하고 있습니다. 어떻게 보면 단순하거나 평범하지만, 다시 생각해 보면 본질과 현상에 대한 깊은 사색이 담겨 있습니다. 최근에 읽은 글에서 마주한 중국 선불교의 5대 조사(祖師) 중 한분으로 알려진 혜능조사에 얽힌 일화(逸話)도 그러하였습니다.

어느 한 고찰(古刹)에서 한 고승(高僧)이 한참 설법을 하고 있을 때 갑자기 돌개바람이 불었습니다. 절의 마당에 세워진 깃대에 매달린 깃발이 큰 소리를 내면서 펄럭거렸습니다. 그러자 청중의 시선은 모두 그 깃발로 쏠렸습니다. 고승은 청중의 주의를 자기에게로 되돌리려 했지만, 청중은 고승의 설법에는 아랑곳하지 않고 여전히 소란스러웠습니다.

그러자 고승은 문득 청중에게 물었습니다.
"지금 마당의 바지랑대 위에서 깃발이 소리를 내어 펄럭이는 것은 바람의 탓이냐? 깃발의 탓이냐?"
그러자 대부분의 청중은 "바람이 불어서 깃발이 큰 소리로 펄럭거렸으니 바람의 탓이다."라고 대답하였습니다. 그러나 일부는 "깃발이 펄럭였으니 바람이 분 것을 알지, 바람이 눈에 보이느냐? 그러니 깃발의 탓이다."라는 의견으로 나누어졌습니다.

그 가운데에 빙긋이 웃고만 있는 더벅머리 청년 하나가 있었습니다. 그러자 고승은 그에게 물었습니다.
"당신은 바람 탓이라고 생각하느냐? 아니면 깃발 탓이라고 생각하느냐?"
그러자 청년은 빙그레 웃으며 대답했습니다.
"바람의 탓도 아니요, 깃발의 탓도 아닙니다. 그것은 마음의 탓입니다."
청년의 대답을 들은 고승은 단상에서 내려가 청년의 머리를 깎아주고는 그의 앞에 무릎을 꿇고 "가르침을 구합니다."라고 했는데, 그 더벅머리 청년이 혜능조사라 알려져 있습니다.

이 글을 읽으면서 참 많은 생각을 하게 되었습니다. 예술 작품을 감상할 때에도 본질(원관념)과 현상(보조관념)을 정확하게 인식하는 것은 어렵습니다. 표면에 나타나 있는 현상이 본질과 동일한 경우도 있고, 표면에 나타나 있는 현상이 본질을 보여주기 위한 도구일 때도 있습니다. 이 둘을 바라보는 것은 모두 마음에 연유합니다. 따라서 본질을 정확하게 파악하기 위하여 현상을 확인하는 것은 중요합니다.

몇몇 예술인들이 상을 받았습니다. 좋은 작품을 빚어서 상을 받기도 하고, 예술 활동이 뛰어나서 받기도 하였습니다. 예술가에 의하여 이루어진 현상을 점검하고 평가한 상이기 때문에 의미 또한 큽니다. 50여 년간 변함없이 비구상 작품을 창작한 공로로 상을 받은 박명규 선생의 외로운 길도 박수를 받았습니다. 이해하기 어렵다는 이유로 외면당하는 비구상 작품 창작을 평생 동안 일관한 예술가의 옹고집에 박수를 보내는 것은 당연한 일입니다.

　오랜 기간 창작과 발표에 열정을 불사른 예술가들, 그 중에서도 괄목할 업적으로 '올해의 예술가상'을 받은 분들의 예술정신은 더욱 빛났습니다. 소외된 이웃을 위한 봉사에 앞장선 비성자비예술단의 고선애 단장, 국가와 민족을 걱정하며 6.25와 베트남 전쟁에 참전한 팔순의 문용덕 시인, 감독과 기획자로 헌신하고 있는 박영선 메조소프라노, 대전을 홍보하는 작품에 심혈을 기울이는 신면호 사진작가, 훌륭한 개인전을 펼친 이경숙 화가, 서예 개인전을 열어 추사체 홍보에 힘쓴 한국추사연묵회 이용숙 서예가, 어려운 이웃을 위해 봉사하는 목련예술봉사단 장영주 단장 등이었습니다.

　이 분들은 앞으로도 우리 나라를 아름답게 가꾸기 위한 예술 활동을 쉬지 않을 것입니다. 깃발이 여전히 펄럭이고 있듯이, 깃발을 보고 바람의 향방을 알듯이, 그 모든 것이 일체유심조(一切唯心造)에 근원하듯이, 예술에 대한 창작 정신을 갈고 닦을 것이라 믿게 합니다.

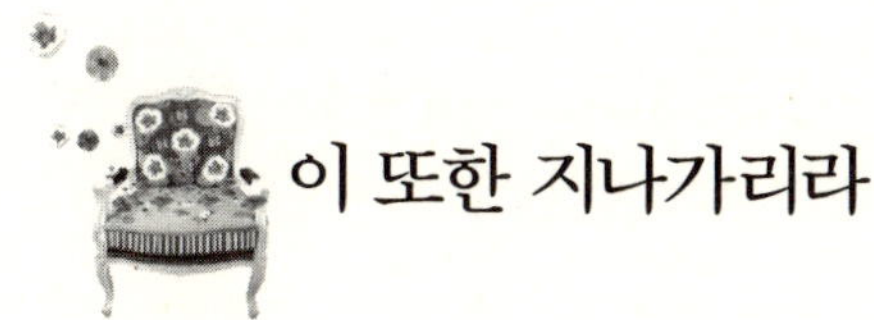# 이 또한 지나가리라

국회의원에 출마했다가 낙선한 분과 차를 마실 기회가 있었습니다. 지역구에 대한 자신의 애정, 지역 발전을 위한 원대한 포부, 지역민을 위한 헌신과 봉사 등을 열정적으로 설명하면서 절망어린 아쉬움을 토로하였습니다. 그러했을 것입니다. 자신이 봉사자로서 가장 적합하다고 믿었기 때문에 출마하였을 터이고, 자신을 선택해 주지 않은 시민들에게 서운했을 것은 당연지사였을 겁니다.

문인으로서 창작활동을 하거나 예술 단체에 참여하고 있을 뿐, 현실 정치와는 거리를 두고 있어서 적절하게 위로할 말이 없었습니다. 그때 전광석화처럼 떠오르는 잠언(箴言)이 있었으니 '이 또한 지나가리라'였습니다. 그래서 희망의 끈을 놓지 않는 한 소망은 이루어질 것이라는 것, 지금의 절망과 아픔 또한 머지않아 극복할 수 있는 일이라는 것, 하나님은 견디어낼 수 있을 만큼의 시련을 주신다는 것 등으로 위로를 하였고, 그 분은 나중에 당선의 영예를 안았습니다.

잠언 '이 또한 지나가리라'는 유대인의 경전 주석서 미드라쉬(Midrash)에 나오는 말이라고 합니다. 그 주석서를 직접 읽어볼 수는 없었습니다. 그렇지만, 젊은 시절에 교회의 주일학교 중등부 교사를 맡았었는데, 그 학습교재에서 읽었던 단편적인 기억이 뇌리에 깊이 박혀 있었습니다. 더구나 종교 서적은 물론, 수상록이나 수필 등 여러 저서에서 수시로 읽게 되어 새롭던 터였습니다.

이스라엘(유대)의 다윗 왕이 어느 날 세공인을 불러 명했습니다. 자신을 위해 아름다운 반지를 하나 만들되, 자신이 전쟁에서 큰 승리를 거두어 환호할 때 교만하지 않게 하고, 자신이 큰 절망에 빠져 낙심할 때 결코 좌절하지 않고 스스로에게 용기와 희망을 줄 수 있는 글귀를 새겨 넣으라고 했습니다. 이에 세공인은 지혜의 상징인 솔로몬 왕자를 찾아가 도움을 청했습니다. 이때 왕자가 제시한 글귀가 바로 '이 또한 지나가리라'였습니다. 세공인은 이를 반지에 새겨 넣어 다윗 왕으로부터 상찬을 받았다고 합니다.

슬프고 절망스런 일이 있다고 하십시다. 당장에는 어떠한 위로도 소용이 없을 것입니다. 그렇지만 참고 견디면, 러시아의 시인 푸쉬킨의 시 〔삶〕에 나오는 것처럼 이 또한 지나가 버림을 깨달을 것입니다. 고통스럽기야 하겠지만 '이 또한 지나가리라'는 잠언을 가슴에 새기고 노력하면 절망의 나락에서 스스로 벗어날 수 있는 것이지요. 낙담하고 있는 분을 만나면, '이 또한 지나가리라'는 말로 위로를 하였습니다. 물론 이러한 위로가 당장 효과를 볼 수 있는 것은 아니었을 터이지만, 한참 지난 뒤에 그 위로를 곱씹으며 참을 수 있었다는 말을 듣고 놀라기도 하였습니다.

그렇지만, 이 잠언은 절망을 극복하는 것보다 더 앞서 '전쟁에서 큰 승리를 거두어 환호할 때 교만하지 않게 하는 것이 첫 번째 경계(警戒)였습니다. 따라서 이 잠언은 승리한 분들에게 들려 드릴 명언입니다. 선거에서 당선한 분들은 한껏 고양되게 마련이지요. 그래서 시민을 위한 봉사자라는 자신의 본분을 자각하기 전에, 점령군과 같은 오만의 극치를 보일 때도 있습니다. 이때 다윗 왕의 초심(初心)을 상기하는 것이 중요할 것입니다.

'이 또한 지나가리라.' 이 말은 누구나 자신에게 주문처럼 반복해야 할 잠언입니다. 살다가 보면 어려운 상황과 행복한 일들이 다발적으로 일어나게 마련입니다. 그럴 때에 '이 또한 지나가리라'를 되새길 일입니다. 자신은 물론 우리의 이웃들에게, 위로와 경계가 절실한 때인 것 같습니다.

# 스승의 동산에서

김 선생님, 안녕하시지요?

유난스런 한파 속에서 선생님의 명예퇴직 소식을 들었습니다. 수많은 구직 자들이 마음을 졸이면서 추위에 내몰리고 있을 때인데, 정년퇴임을 6년이나 앞두고 선생님은 퇴직을 희망하셨습니다. 어찌 보면 젊은 교사 한 사람에게 자리를 내어 준 아름다운 퇴진이라고 할 수도 있겠지만, 그 연유의 중심에 교 단 경시 풍조가 자리하고 있다는 말을 듣고, 저는 까마득한 곳에서 떨어지는 아스라함을 느꼈습니다.

선생님과 저는 세 번이나 [스승의 동산]을 찾았었습니다. 이 동산을 조성 한 뒤 1년쯤 지났을 때 처음 찾았던 것 같습니다. 큰 나무 사이에 작은 나무 들이 잎을 반짝이고 있었습니다. 나무마다 표찰을 달고 있었습니다. 어느 학 교 선생님이 정년퇴임을 하면서 심은 나무, 어느 학교 동창회에서 심은 나무, 결혼 기념으로 심은 나무 등등 사연과 이름이 빼곡하였습니다. 그것을 보고 우리도 '우정의 나무' 표찰을 달기 위해 나무 한 그루를 심어보자고 했었지요.

물론 그 날의 의기투합은 식언(食言)으로 끝나서 미안한 마음을 달래야 했지만, [스승의 동산]을 조성한 대전직할시 이봉학 시장님께 진정으로 고마워했던 기억이 새롭습니다. 그때 우리들은 이런 이야기를 나누었습니다. 유성의 중심에 이처럼 큰 공원을 만드는 것은 아무나 할 수 있는 일이 아니라는 점, 나무들을 모두 기부 받아 식재한 것이 훌륭한 발상이라는 점 등이었습니다. 그러나 그 어떤 것보다 우리 가슴을 감동시킨 것은 [스승의 동산]으로 명명한 것이었습니다.

존경하는 김 선생님!

'유성의 허파'라 할 수 있는 이 공원을 거닐면, 교육에 봉직하는 사람들은 누구나 가슴 벅찬 희열과 고마움을 느낄 것입니다. 때로는 교육 현장의 작은 보람을 되새기기도 할 것입니다. 백발이 성성한 노 교육자는 어제런 듯 그리움의 무지개를 펼치기도 하겠지요. 일반인들도 이 공원을 지나면서 학교에 다니던 때를 회상하거나, 가슴에 새겨진 스승의 그림자를 떠올릴 것입니다. 잊고 살았던 학교와 스승을 한번쯤 회상하게 하는 힘을 지닌 아름다운 공간이지요.

유성관광호텔 앞에서 시작하여 국군휴양소 계룡스파텔까지 이어진 숲을 거닐며, 소신으로 밀어붙였다는 이봉학 시장님을 떠올렸습니다. 그 분이 아니었다면, 이곳은 호텔이나 상가, 혹은 오피스빌딩으로 가득하였을 것입니다. 빌딩과 건물로 가득하였을 국제적 관광도시 유성을 상상함에 이르면 몸서리가 쳐집니다. 그래서 이 숲을 조성한 시장님과 실무진 여러분들이 정말 고맙습니다.

이 숲은 1990년 제9회 스승의 날을 맞아 스승의 은혜를 기리기 위하여 마련되었다고 합니다. 자연스럽게 경관이 형성된 곳에 약간의 조경을 하고 기념비나 하나 꽂은 것이 아닙니다. 아름다운 뜻을 펼치기 위하여 계획적으로 조성된 공원이어서 더욱 소중한 것이지요. 최근에는 공연장, 야외 온천 체험장, 멋진 조형물 등이 설치되어서 둘러보고 스쳐 지나지 않습니다. 이 공원 둘레에 심은 이팝나무의 세월에 자연을 사랑하고 지역을 아끼는 마음이 오롯하게 배어 있습니다.

김 선생님, 아셔야 합니다.

선생님을 비롯한 대한민국의 여러 선생님들은 존경을 받습니다. 교육계의 수면에서 철썩이는 파문(波紋)만 있는 것이 아니고, 그 아래에는 도도하게 흐르는 소망의 물결이 있습니다. 교단을 경시하는 풍조로 '스승의 자존심'이 허물어지고 있다고 하시지만, 선생님들을 존경하는 사람들의 선한 눈빛이 〔스승의 동산〕에 있는 나뭇잎보다 더 많음을 아셔야 합니다. 누가 뭐라고 해도, 나라의 백년을 짊어질 청년들을 교육하신 보람은 눈부신 것입니다. 그 보람을 다시금 되새기기 위하여 〔스승의 동산〕에서 만나십시다.

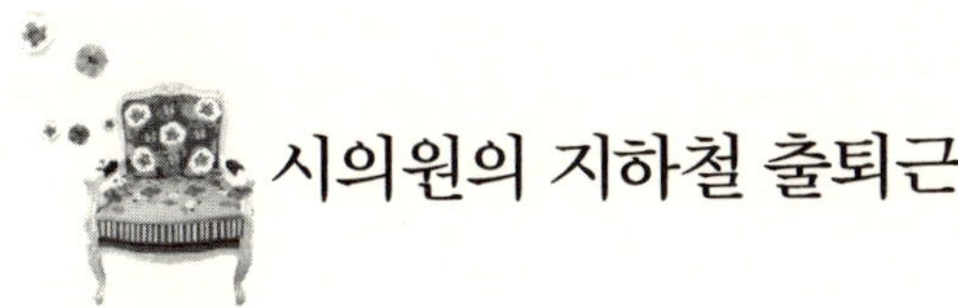# 시의원의 지하철 출퇴근

임 기사님, 안녕하십니까?

시내버스 운전기사를 그만두고, 다른 일을 하신다는 소문을 들었습니다. 2011년을 맞아 하시는 일마다 성공하시고 보람을 찾으시기 바랍니다. 저는 시내버스를 타거나 도시철도를 이용할 때에는 언제나 임 기사님을 떠올립니다. 독서를 좋아하신다면서 좋은 책을 추천해 달라기도 하고, 책을 읽고 나서 그 내용에 대하여 토론도 하였지요. 가끔 중앙시장 좌판에서 막걸리 몇 잔에 세상 돌아가는 이야기도 나누며 애달픔을 달래던 때가 그립습니다.

며칠 전에 대전도시철도 신흥역에서 대전광역시 의회 곽수천 의원을 만났습니다. 인사를 나누는 사이 열차가 들어왔습니다. 몇몇 화제를 나누다가 저는 대전역에서 내렸습니다. 대전역에서 저희 사무실까지 10여분을 걸으면서 훈훈함에 젖어들 수 있었습니다. 나눈 화제가 지극히 일상적인 이야기들이었지만, 잔잔한 감동이 여진(餘震)처럼 지속되었기 때문이지요.

출퇴근은 물론 일상생활에서도 도시철도, 시내버스, 택시를 이용할 정도로 곽수천 의원은 대중교통 마니아였습니다. 주택 가까이에 지하철 1호선의 판암역과 신흥역이 있다는 점, 시청역을 이용하면 시 의회 출퇴근이 편리하다는 점, 다른 교통보다도 시간이 절약된다는 점을 애써 밝혔지만, 그것만은 아닌 것 같았습니다. 시민의 뜻을 대변하는 시 의원으로, 서민의 애환을 생활 속에서 실천하려는 의미로 받아들여졌습니다.

임 기사님, 혹시 아세요?

지면을 통하여 읽었던 '대중교통 환승제'에 대한 기사의 주인공이 바로 곽수천 의원이었다는 것을요. 몇 년 전이었을까요. 시 의원 한 분이 끈질기게 '시내버스 환승제'를 주장하였습니다. 버스를 갈아 탈 때마다 몇 번이고 동일한 요금을 지불해야 하는 서민의 애환을 덜어드려야 한다는 취지였습니다. 그러나 시의 재정상황과 반대 여론에 밀려 당시 시장도 반대할 수밖에 없었던 일이었지만, 서민을 위하여 일관되게 주장하고 관철하였다는 눈물겨운 일화(逸話)를 읽은 기억이 떠올랐습니다.

이런 노력의 결과로 시작된 대중교통 환승제는 새로 선출된 시장 임기에 대전도시철도가 완공되면서 훌륭하게 결실을 맺었지요. 시내버스의 환승은 물론, 도시철도 운임 체계도 연계하여 카드 하나로 환승하도록 하였으니까요. 이러한 제도의 고마움을 저도 여러 번 경험하였습니다. 가오동 아파트에서 시내버스를 타고 신흥역에 내리지요. 신흥역에서는 도시철도로 갈아타고 대전역에서 내립니다. 어떤 때는 다시 버스를 타고 목적지로 갑니다. '절약'과 '편리'라는 두 마리 토끼를 잡아 주신 분들에게 정말 고마운 마음입니다. 그리하여 더 자주 대중교통을 이용하게 되고 더 가까워지게 되었지요.

임 기사님! 기억하십니까?

오랜 기간 버스 운전기사를 천직으로 알고 근무하다가, 퇴직을 결심한 어느 날 저녁에 만나서 소주 한 잔 나누며 분개하던 일이 어제였던 듯 또렷합니다. "시펄, 몇 년에 한번씩 사진이나 찍으면 다여? 지들이 천재여? 한 번 타 보았다고 다 알어? 알긴 뭘 알어!" 시장(市長)이 서민들의 생활을 확인하기 위하여 시내버스로 출근하였다는 텔레비전의 뉴스를 보면서 물기 젖어 반짝이던 임 기사님의 눈빛이 생생합니다.

그러나 이제 대전의 대중교통 운영 체계는 다른 도시의 모범이 되고 있다고 합니다. 이런 일들은 몇몇 분들의 뜨거운 열망, 그리고 이에 동참하는 분들의 관심과 실천 덕분인 것 같습니다. 임 기사님, 이제 2011년에는 지난날의 울분을 씻고 새로운 희망으로 나서십시다. 동녘에서는 매일 아침 밝은 태양이 솟아오르거든요.

감사드립니다

존경하는 박선규 박사님!

늘 인자하신 미소로 반기시며, 따뜻하게 손을 잡아 주시던 박사님을 떠올리면서 인사를 여쭙니다. 요즈음 편찮으셔서 자주 뵙지 못하게 되어 박사님의 빈자리가 더욱 커 보입니다. 안타까운 마음으로 박사님을 그리워하면서, 수많은 일에 앞장서 봉사하시던 훌륭한 모습을 되새깁니다. '백수(白壽)가 머지않으신데….' 속이 타는 마음으로 쾌유(快癒)를 빕니다.

남과 북이 첨예하게 대립되어 있던 시절에 박사님께서는 남북 적십자 회담의 수석대표가 되어서 민족 대화의 물꼬를 트신 분으로 유명합니다. 초아(超我)의 봉사를 실천하는 로타리안으로 더 큰 존경을 받습니다. 의학박사로서 세계 어린이들의 소아마비 박멸을 위해 봉사하는 로타리의 이념과 봉사에 가장 가까운 분이셨습니다. 그래서 박사님이 베풀어 주신 사랑과 의료 봉사는 저희를 숙연하게 합니다.

존경하는 박선규 박사님!
오래전 일입니다. 1980년 여름으로 기억합니다. 눈물의 시인으로 유명한 대전의 박용래 시인이 교통사고를 입었습니다. 병원에서 응급처치를 하고 오류동의 집에서 요양을 하였지만 시인의 다리 상처는 더욱 악화되었습니다. 그러나 눈물로 시를 쓰던 시인의 집은 너무나 가난했습니다. 박용래 시인의 집 청시사(靑柿舍)에 들렀다가 그 상황을 목격한 최문휘 시인이 환자를 박외과로 모시고 갔습니다.

당시 '박외과'는 전국에서도 유명하였습니다. 소야(素野) 박선규 박사는 더욱 저명한 분이셨구요. 대전에서 가장 크고 유명한 병원으로 모시고 간 최문휘 시인이 원장실을 찾아갔습니다.

"원장님, 저 왔습니다."

"어? 최형! 어서 오세요. 어떤 일로?"

"제 스승님 중에 시인이 계신데요. 그 분이 교통사고를 당해서 모시고 왔습니다."

"그래요? 응급치료를 하고, 입원을 시키지요."

"그런데, 그 분이 워낙 가난해서….

"아, 그게 어때서요. 병원은 환자를 치료하는 데지. 그리고 최형이 모시고 온 분이니까. 어서 입원을 시키세요."

이런 절차를 거쳐서 박용래 시인은 박외과에서 3개월간 치료를 받고 퇴원하였습니다.

존경하는 박선규 박사님!

박용래 시인이 퇴원을 하던 날, 시인의 사모님은 이만저만한 걱정이 아니었다고 합니다. 그래서 최문휘 시인과 함께 원장실로 동행하였습니다.

"박용래 선생님이 퇴원을 합니다."

"그래요? 1주일에 1번씩 통원치료를 해야 합니다."

"그런데, 입원비를 준비하지 못했습니다."

"처음, 입원할 때 최형이 말했잖아요? 가난한 시인이라고. 그냥 가세요."

"그래도….'"

"어서 가세요. 통원치료는 꼭 받아야 합니다!"

이렇게 박용래 시인은 퇴원을 하였습니다.

　지금도 대전의 시인들, 그리고 그 일화를 들어 알고 있는 원로 문인들은 소야 박선규 박사님에게 무한한 존경과 고마움을 간직하고 있습니다. 의료보험도 되지 않던 시절에 베풀어 주신 박사님의 후의와 사랑을 잊지 못하고 있습니다. 엊그제 몇 분이 모이셨을 때, 다시금 그 일화를 나누면서 박사님의 쾌유를 빌었습니다. 박사님, 이제 봄입니다. 좀 더 따뜻해지면 모시고 산책이라도 하고 싶습니다. 고마운 말씀이라도 나누고 싶습니다.

선수들이 시간을 연장하자네요

＊ 1박2일 프로가…

최근의 프로그램에서는 어느 정도 이해를 할 수준의 억지가 진행되고 있습니다만, 몇 년 전의 '1박2일' 방송프로그램에서는 신체적 우위를 점한 사람이 억지를 써서 재경기를 하는 경우가 많았습니다. 그것이 시청자를 끌어들이는 요인이었는지는 모르지만, 우리 사회에서는 억지를 쓰면 되는구나, 이런 생각으로 절망스러웠던 때가 있었습니다.

그 프로그램도, 시합이나 경기에 들어가기 전에 룰을 정하더라구요. 그런데도, 힘을 가진 사람, 떼를 잘 쓰는 사람이 억지를 부리면 재경기를 하기도 하고, 이긴 것을 취소하기도 하고, 우긴 사람이 이길 때까지 경기하는 것을 보았습니다.

시청률이 높은 프로그램인 만큼, 자라는 어린이나 청소년들에게 미칠 영향으로 걱정이 컸습니다. 단순한 오락 프로인데, 왜 그렇게 심각하게 받아 들이냐고 하지만, 규정을 잘 지켜 승복하고, 상식과 규범을 존중하는 아름다운 사회가 되기를 소망해서 하는 말입니다.

＊ 선수들이 주장하기를…

예를 들어, 공식 경기를 앞둔 축구선수들이 피파(FIFA)에서 정한 90분을 더 연장하자고 주장한다고 합시다. 직장에 다니는 사람들이 퇴근을 하고 축구 구경을 오려면 20분 정도는 더 연장하는 것이 사리(事理)에 맞다고 맹공을 퍼붓는다고 합시다. 그 선수들의 팬들까지 20분 연장이 최선책이라고, 최면 걸린 사람들 같이 목청을 높인다고 합시다.

재화팀 감독은 20분을 연장하지 않는 것은 소통 부재의 증거라고 목청을 높입니다. 마음을 열지 않는 기득권자들의 횡포라고 근화팀을 압박합니다. 철화팀 감독은 한 술 더 뜹니다. 축구 경기 시간을 20분 더 연장하지 않는 것은 직장인들에게 구경을 오지 말라는 것과 무엇이 다르냐고 압박합니다.

사실은 말도 안 되는 억지이지요. 여러 번 그 규정에 의하여 경기를 하였지만 큰 문제가 없었습니다. 정말 미비한 규정이었다면, 개정을 해야지요. 그러나 시합을 앞두고 주장할 것이 아니라, 이미 오래 전에 개정하였어야 하는 것 아닙니까? 현재는 기존의 룰에 따라 경기를 하고, 이후 절차에 따라 개정하는 것이 온당하지 않습니까?

* 정치가들도 그러네요

여당에서 자기 정당의 대통령 후보를 선정하기 위한 경선에서도 그런 일이 있었지요. 5년 전의 경선 규정을 그대로 준용하는데도 몇몇은 새롭게 룰을 바꾸어야 한다면서 경선을 보이콧하였습니다. 그 규정이 잘못 되었다면, 5년 전에 선출된 분은 어쩌지요? 보이콧하는 분들이 모두 힘을 가진 분들이었는데, 5년 동안 그 규정 하나 정비하지 않고 무엇을 했을까요?

야당에서도 경선 도중에, 룰을 바꾸지 않으면 참여할 수 없다면서 보이콧하기도 하였습니다. 그 룰을 꿋꿋이 지켜서 후보가 된 사람도, 이제는 말을 바꾸어 기존의 룰을 개정해야 한다고 어이없는 주장을 폅니다. 자신이 갑(甲)일 경우에는 당에서 정한 규정을 지켜야 하는 것이고, 이제 자신이 을(乙)이 되어 그런다면, 지나가던 소도 웃을 일이 아닙니까?

*** 상식이 통하는 사회가…**

억지를 부리던 연예인이 빠진 다음부터는 '1박2일'도 경기 결과에 승복하는 분위기입니다. 오락 프로그램의 내용에 대하여 왈가왈부하자는 것이 아닙니다. 시청자들의 사랑을 받는 것은 정말 필요한 일이고, 그들이 고생하면서 추구하는 지향이겠지요. 그러나 정한 룰이 자신에게 유리하지 않더라도, 아름답게 승복하는 세상이었으면 좋겠습니다.

정치가들도 그렇습니다. 이미 정해진 법령(法令)에 따라 자신들이 후보로 나선 것 아니겠습니까? 경기를 앞두고, 규정을 바꾸자는 운동선수의 억지 주장처럼, 시간을 연장하자고 부리는 떼거지가 답답합니다. 운동 경기는 말할 것도 없고, 이제 예능 프로그램도 상식을 찾아가는 이때, 정치계도 상식이 통하는 아름다운 분야가 되었으면 좋겠습니다.

제2부

예술의 숲에서

서예와 한국화의 앙상블, 쾌유를 빕니다.

창양 김동석 선생님!

살다보면 문득 보고 싶은 사람이 있습니다. 가까이 계셔도, 하시는 일과 성품이 존경스러워서 그리운 분이 있습니다. 창양 선생님이 그러합니다. 선생님께서는 우리 지역 최고의 서예단체인 양성서도회(회장 경운 전재환) 사무총장을 맡아 예술 발전에 이바지하시는 분입니다. 양성서도회는 1973년에 창립하여 40년의 역사를 자랑하는 단체라고 자부심이 대단하셨는데, 정말 그러하지요.

창립할 때의 회원들은 동계 홍성도, 만당 임영순, 석제 홍남표, 퇴암 고영희, 기산 이재기, 근원 정인용, 연파 최정수 선생 등 충청도 서단의 중심인물들이 참여하였습니다. 특히 만당 임영순 선생님은 우리 지역 서단의 대표적 인물로 손꼽히고 있는 존경받는 서예인이셨지요. 연파 최정수 선생님은 추사체를 연구하여 완당 김정희 선생의 서맥(書脈)을 계승하여 우리 고유의 서체를 확립한 분입니다. 그 정신이 오늘에까지 이어지고 있지요.

창양 김동석 선생님!

　이처럼 역사와 전통을 자랑하는 단체의 살림을 맡아보는 일이 쉬운 것만은 아닐 터이지요. 2012년 4월에 개최한 제38회 회원전은 대전 충청 출신 충현(忠賢)들의 어록을 30명의 서예가들이 작품으로 창작한 '충현기획전'이어서 특별한 관심을 환기시키셨지요. 계백, 이색, 길재, 맹사성, 김수온, 박팽년, 성삼문, 조헌, 이순신, 임경업 등 역사적 인물들이 남긴 말씀을 현대인들이 감상하도록 설명도 곁들여서 좋았습니다.

　이와 같이 훌륭한 전시를 개최하느라 수고하던 창양 선생님이 갑자기 환후에 들었습니다. 그렇게 강건하던 선생님이 5월부터 항암 투병을 하십니다. 굳건한 예술혼으로 극복하리라 믿지만, 그래도 사람의 일이라서 얼마나 걱정이 큰지 모릅니다. 그 까짓것 술 한 잔에, 남보다 더 큰 눈을 한 번 부라리면서 훌훌 털고 일어나시리라 믿습니다. 그런 마음으로 선생님께서 그려주신 '청송도(靑松圖)'를 마주합니다.

　창양 김동석 선생님!

　선생님께서 직접 쓰신 화제(畫題) 〔송백내설상(松柏耐雪霜)〕을 소리 내어 다시 읽습니다. 소나무와 잣나무가 눈과 서리를 감내하고 만고상청(萬古常靑)함을 역설하신 뜻을 새깁니다. 그 말씀처럼 서리와 눈을 이겨내고 독야청청하는 낙락장송의 기상으로 서둘러 일어나시기 바랍니다. 선생님께서 걸어온 서예가의 길과 화가의 길이 아름다운 것처럼, 선생님, 환하게 웃는 모습으로 뵙기를 청합니다.

　선생님은 우리 민족의 뿌리를 계승하는 데에도 앞장을 서시는 분입니다.

성균관의 전의, 성균관 유도회 총본부 상임위원, 진잠 향교 장의를 역임하고 창양서실의 지도교수로 후학을 양성하는 모습 또한 아름답습니다. 또한 성균관 유림서전 초대작가, 아시아 서전 초대작가, 한국서도협회 초대작가, 한중일 국제서화 전시회 초대작가 등으로 수많은 전시회에 초대를 받으셨습니다. 이와 같은 전시회에서 창양 선생님의 작품을 보는 것은 행복한 일입니다.

창양 김동석 선생님!

이처럼 선생님의 작품을 보는 것만으로도 행복한 우리들을 위해서라도 쾌차하시기 바랍니다. 언제 그랬냐는 듯이 당당한 걸음으로 문을 활짝 열어젖히고 호쾌하게 웃으시며 들어오시기를 청합니다. 그리하여 차 한 잔의 향기를 나누며, 그 동안 풀지 못하였던 정담노 나누기를 소망합니다. 디운 계절입니다. 그야말로 푸르른 계절에 다시 한 번 선생님의 쾌유를 빕니다.

대작으로 승부하는 순정한 탐구정신

* 열정으로 화폭을 채우고

한 마디로 놀랍다. 혜강 김해선 선생의 작품은 여러 번 감탄을 자아내게 한다. 대범한 남자들도 엄두를 내기 어려운 10m 혹은 20m가 넘는 대작을 전시하기도 한다. 전시할 공간이 없어서 전국으로 대형 화랑을 찾아다녀야 하는 어려움이 있지만, 시야를 압도하는 스케일에 놀라게 된다. 이와는 달리 아기자기하고 섬세한 꽃 그림이거나, 소품으로 부채에 그림을 그려 전시하기도 한다. 그리하여 감상의 폭을 넓힌다.

미술평론가 신항섭은 혜강 선생의 작품에 높은 점수를 준다. 〈사전 지식 없이 그의 대작과 마주하면 도대체 여성의 작업이라고는 믿을 수 없을 정도로 스케일이 크다.〉〈수십 리의 풍경을 장악하면서, 화면을 경영하는 솜씨가 녹녹치 않다. 규모만으로도 능히 한 세상을 거뜬히 갈무리할 수 있음을 보여주는 것이다. 이 경계에 이르는 과정이 어떠했을까 짐작할 만하다. 작업에 대한 뜨거운 열정과 치열함의 결과물일 수밖에 없기에 그렇다.〉

혜강 선생의 대작에 대한 집념은 남다르다. 표구를 할 수 없을 정도로 크기 때문에 작품 주위에 옅은 비단으로 바탕을 하고, 그 테두리에 짙은 비단으로 정리를 하여, 전시하였을 경우에는 제대로 표구한 것과 같은 효과를 준다. 두루마리로 말아도 너무나 크기 때문에 소형차로는 운반도 못할 정도이지만, 조형적인 완성도를 이루기 위한 선택으로 보인다.

* 서예, 묵화, 채색화에 능하고

혜강 선생이 조형예술에 심취한 것은 20대 후반이다. 일찍 결혼을 하여 행복한 가정에 충실하면서도, 새로운 시도를 해야겠다는 깨달음에 이른다. 처음 만당 임영순 선생에게 서예를 사사받는다. 대전에서 가장 오랜 역사를 갖고 있는 [양성서도회] 창립 멤버로 활동한 만당 선생은 당시 지역 최고의 서예가였다. 이 모임에서 혜강 선생에게 참여를 권하기도 하였지만 스승이 활동하는 단체여서 감상자의 역할에 만족하셨다. 스승이 작고한 후에도 거의 거르지 않고 전시회를 감상하고 있으니, 스승에 대한 연모 또한 지극하다. 한때 [한밭묵지회]의 회원과 회장을 역임하면서 15년 이상 유지하였으나, 어느 순간에 사라지는 아픔을 맛보기도 하였다.

어느 순간, 서예와 한국화를 겸하기로 결심하였다. 1080년에 주부교실에서 운영하는 [수요한국화모임]에서 공부한 수강생으로 8회까지 참여한다. 그 이후 전시를 열기가 어려울 정도로 세력이 약화되어 9회~10회는 지도교수를 모시지 못한 채, 새로운 회원을 확충하면서 이끈다. 11회부터는 회원들이 투표로 결정한 [초연회]로 명칭을 변경하여 전시회를 가진다. 2011년 현재 37회 전시회를 갖고 있으며, 한밭대학교 사회교육원 제자들이 참여하여 모임이 활성화된다.

1990년부터는 서울에 있는 홍익대학교 미술교육원으로 10년간 한국화 공부를 하기 위하여 열차로 통학한다. 1주일에 2번씩 아침 6시에 대전에서 출발하는 무궁화 열차를 타면 8시 30분 서울역에 도착한다. 이렇게 결석과 지각 한 번 하지 않을 정도로 10년간 절차탁마를 한다. 학교에서 하는 공부도 중요한 것이려니와 시간이 날 때마다 인사동에 들러 여러 전시회를 보면서 깨닫는 것도 소중한 경험이었다. 마지막 1년은 대학원 과정에서 연수를 하면서 인간관계를 맺어, 서울에 많은 화우(畫友)들과 인연을 맺게 되고, 그 결과 서울에서 여러 번 개인전을 개최하는 기회를 갖는다.

* 피난민의 절심함으로 창작하고

혜강 선생의 고향은 평양이다. 1944년 4월 1일에 평양에서 태어나 유복하게 살던 중, 1950년 민족 전쟁이 발발하고, 1951년 1.4후퇴 때에 월남하여 부모님과 3남매가 대전에 정착하게 된다. 군무원이셨던 부친의 직장에서 배급이 나와 굶주렸던 당시의 피난민보다는 덜 고생한다. 그러나 20대 초반에 모친이 별세하여 맏이로서의 책임감은 어깨를 짓눌렀지만, 성심으로 극복하고 결혼 생활에도 충실하여 자녀들을 훌륭하게 양육한다.

이러한 성품과 작품 창작의 열정을 미술가 이원좌는 다음과 같이 평가한다. 〈작가 혜강 김해선 여사를 만나면 우선 환한 웃음에 남자 못지 않은 체력과 그림에 대한 열정에 믿음직하고 든든한 거목 그늘에 다가선 느낌이라서 좋다. 그래서 수처작주(隨處作主)라는 옛말을 연상하게 한다. 적어도 혜강이 그러하다.〉〈혜강은 좋은 그림을 얻기 위해 치열하리만큼 현장 스케치에 열중하는가 하면 화조화, 인물화, 문인화, 산수화, 도시 풍경 등 다른 화가에 비해 삶의 현장을 따뜻하고 조용하며 편안한 마음의 평온을 느끼는 것을 소재로 삼는다는 것이니, 그림의 폭이 넓고 깊음을 다시 확인하게 된다.〉

혜강 선생은 서예와 그림에 전념하면서도 봉사단체에도 앞장을 선다. 국제적 여성 봉사단체인 〔존타 클럽〕의 회원으로 시작하여, 한 클럽의 회장을 역임하고, 지역 대표를 역임하면서 지역 봉사와 국제 봉사에도 앞장을 섰으니,

여성 장부라 하겠다. 마음이 따뜻한 혜강 선생은 다른 미술인들의 전시회에도 빠지지 않고 참여한다. 2000년대에는 마음의 그림을 글로 표현하기 위하여 시와 수필을 빚고 있으니, 명실상부한 시서화(詩書畵)를 갖춘 예술인이라 하겠다.

* 신앙처럼 정진할 것이고

혜강 선생은 고희에 가까운 연세임에도 지칠 줄 모르는 체력과 예술혼을 가졌다. 고등학교에 진학한 손자와 이러한 약속을 하였다 한다. 손자는 공부를 열심히 할 것이고, 자신은 서예로 성경을 모두 필사하여 작품화한다는 것이다. 현재는 신약을 완성하고 구약을 시작한 지 꽤 되어 서예 낱장으로 1800장을 예상하는데, 1000장을 넘어섰다고 한다. 가정 생활을 하면서, 사신의 그림을 그리고, 대학에서 강의를 하고, 여러 전시회에 참여하고, 여러 단체의 임원을 맡고, 그야말로 분망(奔忙)할 시간을 쪼개어 성경을 필사하는 일은 정말 놀랄 수밖에 없는 일이다.

다음에 계획하고 있는 것은 대작(大作)의 전시를 하는 일이다. 5m, 10m, 30m 등의 대작을 전시할 공간을 찾아 묵화 전시를 계획 중이다. 이보다 앞서 채색화 소품전을 개최하고 [도록]을 제작하는 일이다. 수묵화 대작이 대명사처럼 알려졌기 때문에 채색화 소품전을 개최하는 것도 중요하다는 인식에서다. 그 다음으로 한밭대학교 강의 교재를 좀 더 심층화하고 책으로 발간하는 일이다. 지금까지 이루어낸 성과로 볼 때 모두 이루리라 믿는다.

그 다음에는 시와 그림이 어우러진 시서화(詩書畵)만으로 도록을 제작하고 전시회를 갖는 일이다. 이러한 목표가 있기 때문에 혜강 선생은 아파 누울 새도 없다. 아침마다 두세 시간씩 걷고 뛰면서 건강을 지키는 것도 목표를 향한 집념 때문이다.

새로운 길을 찾는 관악의 개척자

*** [희망울림]--장애우를 위한 사랑과 봉사**

2010년 6월, 한국철도공사(코레일) 강당의 800여 관중은 숨을 죽인 채 무대를 응시하였다. 어딘가 부족한 듯한 사람들이 클라리넷 트럼펫 색소폰 호른 비슷에 입을 대고 혼신을 다하여 연주하고 있었다. 바로 정신지체 장애자들로 이루어진 관악 밴드 [희망 울림]의 연주였다. 한 곡이 끝날 때마다 박수소리가 터졌다. 박수소리에 신이 난 장애우들은 온몸으로 연주하였다. 세 번의 앙콜곡을 연주하고 나서 장애우들도 울었고, 철도 가족들도 눈시울을 적셨다.

희망울림은 한국관악협회 노덕일 회장이 감독 겸 지휘자다. 2/3 이상이 정신지체 장애우들로 구성되어 있으며, 이들의 가슴에 희망의 씨를 뿌리고, 가꾸고, 거둔 분이 노덕일 회장이다. 이 악단은 2005년 1월 당시 충청남도 심대평 지사의 제의에 의해 태동하였다. 일본과 교류를 하던 중, 일본의 장애인 관악대 연주를 들은 심지사는 이것이야말로 진정한 장애인 복지라고 생각하였다. 귀국하여 충청남도 복지담당 공무원에 지시를 하였지만 모두 머리를 내둘렀다. 이때 심지사에게 '노덕일'이라는 얼굴이 섬광처럼 떠올랐다. 수소문 끝에 만났다.

"고민을 하기는 했습니다. 그러나, 장애우들을 위한 일이고, 노년을 보람 있게 보낼 수 있다고 생각하여 응락했습니다. 평생을 관악과 더불어 살아온 삶이고, 관악을 통하여 장애우들이 희망을 찾을 수 있다면, 어떻게든지 해보자고 다짐하였습니다. 몇몇 복지관에서 단원을 선발하였습니다. 악기를 들 수 있는 정도의 사람들로 뽑았습니다."

그러나 이들은 많은 시간을 낙담하게 만들었다. 주로 뇌병변으로 요양하고 있는 사람들은 자신의 불행과 가족의 어려움을 공유하고 있었다. 대학에 다니다가 연탄가스에 중독되어 말을 잊은 청년, 교통사고를 입은 사람, 약물 과다로 지체를 맞은 사람, 식물인간이었다가 소생한 사람 등이어서 음악은커녕 우리말도 어색하였다. 그들에게 '도'를 가르치고, '레'를 가르치고, '미'를 가드치지만, 돌아서면 허망하였다. 여러 번 포기하려고 하였지만, 악기를 잡고 놓지 않는 그들의 눈망울을 외면할 수 없어 최선을 다하였다. 그러던 어느 날 누군가가 '삐' 소리를 내었다. 그리고 또 다른 '삐' 소리가 났다. 바라보는 순간 눈물이 핑 돌았다.

"3개월이 지나자 귀가 뚫렸습니다. 기적 같은 일이었습니다. 한 사람, 한 사람에게 같은 음을 반복하여 들려주고, 따라서 소리를 내게 하고, 그렇게 11개월이 지났습니다. 그때서야 쉬운 곡을 서툴게나마 연주할 수 있었습니다. 정말 감격적이었습니다."

2005년 12월, 장애우들과 가족, 그리고 심대평 지사와 복지 관계자들을 모시고 창단연주를 했다. 연주를 하면서 무대의 장애우들도 울었다. 바라보는 객석도 눈물바다였다. 연주하는 사람도 울고, 부모도 울고, 심지사도 울었다. 지휘를 하면서 노덕일 단장도 울었다. 이후 1년 동안에 10회 정도 공연을 계속하였다.

충남 공주 치료감호소에서 공연을 할 때였다. 관계자들의 전언(傳言)에 의하면, 유명한 교향악단이 와서 연주를 해도, 듣는 사람도 없고, 아무런 호응이 없이 하품만 해서 연주를 하는 둥 마는 둥 하고 떠났다는 거였다. 그러니 장애우들이 서툴게 하는 연주를 수용할 것 같지가 않다며 걱정을 하였다. 그래서 노덕일 단장은 의연한 자세로 인사말을 하였다.

"심신이 부족한 친구들이 음악으로 여러분을 위로하러 왔습니다. 첫 곡을 듣고 마음에 들지 않으면 자리를 떠나도 됩니다. 그렇지만, 들을 만하다고 생각하면, 장애우들에게 따뜻한 박수를 부탁드립니다."

첫 곡이 시작할 때 시큰둥하던 눈빛들이 점차 빛나기 시작하였다. 연주가 끝나자 우레와 같은 함성과 함께 박수로 집중하였다. 다음 곡부터는 열화와 같은 호응 속에서 연주를 마쳤다. 장애우들을 붙잡고 눈물을 글썽거리는 수용자도 있었다. 자신들보다 더 험한 처지에서, 그와 같이 아름다운 음악을 연주하는 것을 보고, 마음으로부터 수용하는 거였다.

장애우 관악단 〔희망울림〕은 초청을 받을 때마다 기쁜 마음으로 연주를 하였다. 시골 학교도 찾아갔고, 자신들과 비슷한 처지인 사회 복지시설도 찾아가서 삶의 하모니를 이루어냈다. 바로 인간 승리의 진정한 모습이었고, 그 중심에 노덕일 단장이 있었다.

＊ 한일 민간 교류--관악의 위상을 높이다

2009년 11월, 일본의 이시카와현 고마쓰시의 시장으로부터 노덕일 회장은 감사장을 받았다. 한일(대전-고마쓰) 우호친선협회의 회장을 지내고, 이제 고문을 맡고 있는 한국관악협회 노덕일 회장의 공로를 되새기는 자리였다. 감사장 한 장으로 새삼 보람을 느끼는 것은 아니지만, 30여 년간 한결같이 우정을 나눈 양국 간의 관악 교류는 우리나라 관악의 수준을 한 단계 업그레이드 시키는데 공헌하였다. 양국의 교류로 인하여 지역의 음악적 품격을 높인 것도 사실이다.

"1973년에 한국관악협회 창립을 주도하고, 서울의 본회와 각 지역의 지부를 조직하였습니다. 그리고 대전에 있는 공군교육사령부의 군악대장으로 부임하였을 때였습니다. 충남지부 설립을 기념하기 위하여, 1974년 3월에 일본의 관악합주단을 초청하여 연주회를 개최하였습니다. 당시 양국 간의 교류가 쉽지 않았지만, 일본의 관악 명문인 가호고등학교 관악대를 초청하였는데, 그 관악 수준이 워낙 높아서, 동행했던 가스가 미나부 일본 회장에게 부탁하여 관악교류부터 시작하였습니다."

그리하여 이시카와현, 도야마현, 후쿠이현과 교류를 하던 중, 충청도 사람들의 기질과 잘 어울리는 고마쓰시와 1979년부터 정기적인 교류를 갖게 되었다. 정치 경제 문화 등 대부분의 중심이 서울이지만, 관악만큼은 대전-충남이 대한민국 1번지가 된 바탕은 대전-고마쓰시의 관악 교류를 통하여 상대적으로 수준이 높아졌기 때문이다. 1990년에는 관악 교류를 확대하여 한일(대전-고마쓰) 우호친선협회를 창립하여 회장으로 활동하였다. 그리하여 관악은 물론 합창, 오케스트라, 교육, 관광 등 다각적인 교류가 이루어졌다.

"일본의 취주악단은 1978년부터 3년을 주기로 대전을 다녀갔습니다. 그들의 수준을 거울 삼아 우리의 수준도 높아졌습니다. 시작할 때 약30년 정도 떨어졌었다고 생각하였습니다. 그러나 이제 몇 년 정도밖에 떨어지지 않습니다. 기능은 양국이 비슷할 수 있지만, 그 뿌리와 음악적 배경은 아직도 뒤처지고 있는 것이 현실입니다. 그러나 개인적 기능이나 연주 솜씨는 양국 간의 차이가 많이 좁혀졌습니다. 이런 과정을 통하여 대전-충남의 관악 수준은 언제나 전국에서 가장 앞서고 있습니다."

교류를 맺고 있는 이시카와현은 민족 분단의 아픔이 그대로 남아 있는 곳이었다. 대한민국의 '민단'과 북한의 '조총련' 중에서 우리가 열세인 지역이었다. 그렇지만, 관악 교류가 이어지고, 양국 간 친선 방문이 잦아지면서, 그 상황이 뒤집혀졌다.

그 중에서 음악교사 '무라모토'의 예는 특별하다. 그의 아버지는 조총련의 핵심인사였다. 그리하여 아들이 공연을 위하여, 한국에 가는 것을 극구 말렸다고 한다. 잘 사는 평양을 먼저 다녀와야지, 거지처럼 못 사는 한국에 갈 필요가 없다는 것이었다. 그러나 무라모토는 두 곳을 다녀온 후에 비교하고 말씀드리겠다고 하여, 관악대를 이끌고 대전에 와서 연주하였다. 이때 그의 눈과 귀가 열렸다. 조총련의 선전이 거짓이었음을 확인하였고, 아버지를 설득하여 함께 한국을 방문하였다. 이후부터 그의 아버지는 조총련 활동을 접고 친한(親韓) 인사가 되어 대한민국을 위하여 적극적으로 활동하였다.

한일 친선 교류의 지도적 위치에 있던 '요시다 도시쓰구'는 시 의원이었다. 양국 교류를 위하여 여러 번 방한하였다. 그러던 중, 일본의 편파적 국사 교과서 파동이 일어났다. 공분(公憤)하는 사회 분위기로 인하여 양국 교류가 위기에 봉착하였다. 일본을 방문할 수 없는 이유가 일본의 국사 교과서 채택 문제임을 전해들은 그는 앞장서 해결하겠다고 약속하였다. 이시카와현 의회 의장까지 역임한 요시다 도시쓰구는 자기 지역의 학교에서 그 국사 교과서를 채택하지 못하게 하였다. 그 결과, 그 지역에서는 왜곡 교과서를 채택한 학교가 한 곳도 없었으니, 이는 관악 교류에 의한 외교적 승리였다.

"30여 년을 교류하였다는 것은 참으로 많은 어려움이 있었습니다. 양국의 지도자들, 그리고 음악인들, 그리고 시민들의 사랑과 협조로 이루어진 역사입니다. 특히 어려움을 겪을 때마다 음악을 중심으로 마음을 나누어서 한일 교류가 성공하였다고 믿습니다."

관악으로 50여 년, 이제 고희를 넘긴 노덕일 회장이지만, 관악 사랑은 한계를 모르고 타올랐다. 그의 눈에서는 맑고 강열한 안광(眼光)이 맴돌았다.

*** 군악대장을 마치고, 음악교육에 헌신하다**

1970년대부터 2000년대에 이르는 기간, 대전 충남 관악대가 전국 학생 관악협주대회에서 30여 년 연속하여 금상을 받은 바탕에는 노덕일 회장(당시 음악교사)의 희생적 공로 덕분이었다.

선생은 중학교 시절부터 클라리넷을 연주할 수 있는 환경 속에서 자랐다. 양복 디자이너셨던 선생의 선친께서는 일제 시대였지만, '제니스' 전축을 구입하여 음악을 감상하셨다. 음악을 사랑하신 부친의 영향으로 일제시대에 베토벤과 모차르트를 접할 수 있었다. 부친께서는 70여 년 양복점을 운영하였는데, 기능올림픽 심사위원을 역임하시기도 하면서, 대전의 의상계를 대표하시는 분이셨다.

연주활동과 본격적으로 인연을 맺은 것은 동네 선배가 멋지게 연주하던 플루트 소리를 듣고 난 후였다. 이를 계기로 음악에 매료된 한밭중학교 2학년 청소년은 대전공업학교 밴드부 선배로부터 클라리넷을 빌려 연습을 하였다. 그 영향으로 대전공업학교에 진학하여 본격적인 밴드부 활동을 하였다. 열심히 공부하여 대학에 진학하려던 그에게 청천벽력과 같은 일이 일어났다. 어머니가 쓰러지셨고, 대학 진학을 포기할 수밖에 없었다. 한때 마음을 잡지 못하고 방황하던 그는 공군에 지원하여 공군 군악대로 편입되었다.

"공군 군악대는 여기저기로 뽑혀 다녔습니다. 미8군부대에 가서 연주를 하기도 하였지요. 클래식에서 트로트까지 음악의 여러 장르를 경험하여, 후일 음악 활동에 큰 자양분이 되었습니다. 요즘 유행하는 음악을 이해할 수 있는 밑천이 된 것이지요."

공군에서는 우수 군인을 육성하기 위하여 군 장학생을 선발하였다. 이렇게 선발된 군인에게 위탁 교육을 시켰는데, 서울에 있는 서라벌예술대학에서 음악을 전공할 수 있었다.

"낮에는 군악대에서 연주를 하고, 밤에 대학에서 음악 공부를 하였습니다. 말하자면 나라의 배려로 주경야독하면서 학업을 마쳤습니다. 서라벌예술대학은 지금의 중앙대학교 예술대학의 전신(前身)이지요. 학업을 마치고 공군 상사로 진급하여, 대전 소재의 공군교육사령부 군악대장으로 발령을 받았습니다. 그때부터 고향에서 관악 활동을 할 수 있었습니다. 저에게는 참으로 다행이었지요."

선생은 1978년 5월에 공군에서 제대를 하였다. 사모님이 운영하던 가구점을 같이 경영하였다. 그때 충남방적의 근로자를 위해 운영하고 있는 '충일고등학교' 교장께서 수소문하여 선생을 찾았다. 그 학교는 3교대를 하는 근로자들을 위하여 세운 학교였다. 그들에게 예술적 감수성을 되찾아 주기 위해 관악 교육을 시키려고 하는데, 노덕일 선생이 적임자라는 것이다. 중소업체 사장에서 실업학교 교사로 전직을 해야 하는 지경이었지만, 관악을 사랑하는 마음 하나로 1980년 3월 교직을 택하였다. 그리하여 피곤한 근로자들에게 관악의 맛과 멋을 가르쳐서 새로운 세계를 경험하게 하였다.

"그러던 중에 충남교육청 장학사가 찾아 왔어요. 사립학교에서 근무하고 있는 선생님의 음악 수준이 높아서 공립학교 교사로 특채를 하려고 한다는 것이에요. 교장과 이사장의 추천만 있으면 가능하다면서 지역 공립학교의 음악 발전을 위해 도와달라는 겁니다. 그래서 고민을 하다가 선택을 했습니다. 그런데, 이사장님이 허락을 하지 않으셔서 힘들었습니다. 결국 교장 선생님께서 설득을 하여 공립학교 교사로 특채되었지요."

공립학교에서 음악교사로 근무하면서 관악 지도를 하였다. 근무하는 학교마다 관악대를 설립하였고, 전국 대회에서 최고상을 휩쓸었다. 그래서 충남

천안에서 개최한 제82회 전국체전에서는 '음악 총감독'으로 봉사하여, 성공적인 대회를 치르기도 하였다. 그리하여 대전과 충남의 관악연주단이 30여 년간 전국에서 금상을 차지하는 위대한 업적을 남기었고, 그 중심에 노덕일 선생이 있었다.

* 음악에 생을 걸고--남은 이야기

선생의 인생은 음악과 함께였다. 결혼 역시 음악이 맺어주었다. 연주회 관객이었던 최용숙은 한 눈에 반할 정도로 미인이었다. 그날 연주회 사진을 찍었던 그녀가 사진을 전달하겠다고 연락을 하여 차를 나누게 되었다. 그 만남을 인연으로 사귀어 결혼을 하였으며, 1남 2녀를 두었다. 장녀는 피아노를 치다가 대학에서 미술을 전공하였다. 차녀는 일본어를 전공하여 아시아나 항공사 직원으로 근무하였다. 아들은 미국의 마이애미 대학에서 스포츠마케팅을 전공하여 '키즈 골프 학원'을 운영하고 있다. 부인과 자녀들은 음악과 더불어 살아가는 선생을 이해할 뿐만 아니라, 관객이 되고 어드바이서가 되었다.

선생은 충남교사악단을 창설하고 지휘자를 맡았다. 충남관악단 희망울림의 감독 겸 지휘자를 맡았다. 대전 중구 관악합주단을 창립하고 감독 겸 지휘자로 활동하였다. 대전 중구문화원에서 운영하는 문화학교 교장으로도 봉사하고 있다. 고희를 넘긴 선생이 노익장으로서의 면모를 일신하기 위하여 늘 새로운 일에 도전하였다.

학생들에게 관악을 지도하던 교사, 장애우들에게 음악적 재능을 일깨워 삶의 기쁨을 누리게 하던 봉사자, 지역 음악 발전을 위하여 고희를 넘긴 연세에도 지칠 줄 모르고 일하는 프로슈머, 국제 교류를 통하여 양국 관악 발전을 이끌어 온 민간 외교관, 이러한 수식어가 자연스러운 사람이 바로 노덕일 클라리넷 연주가이다.

춤추며 사는 것이 가장 즐겁다!

* 발레하는 남자 문치빈 선생

자신의 감정을 표현할 수 있는 것은 행복한 일이다. 예술적으로 표현하는 방식은 그야말로 다양하다. 어떤 이는 글로써, 그림으로써, 노래로써, 춤으로써, 각자 자기 방식대로 표현을 한다. 흔히 여자들만의 세상이라고 생각하는 예술 세계에서 주목받는 남자가 있다.

발레 하는 남자 문치빈! 남자가 무슨 무용이냐고, 그 어느 누구도 인정하지 않았던 길이었지만, 대전에서 활동하는 남자무용수로서 이제 문 선생은 단연 독보적인 존재가 되었다.

"세상에서 춤추면서 사는 것보다 즐겁고 멋있는 일이 또 있습니까."

주위의 곱지 않은 시선을 뒤로 하고 단지 춤추는 것이 좋아서 무용을 시작했던 문 선생. 누가 뭐래도 상관없다고 그는 이제 당당하게 말한다. 문 선생이 처음 무용을 시작할 때만 해도 사실 남자무용수는 찾아보기 힘들 정도로 적었다.

* 발레 인재를 발굴하며

'문치빈 발레아카데미' 무용가 문 선생이 원장으로 있었던 발레전문학원이다. 1984년 말 대전과 처음 인연을 맺은 것도 이 학원과 함께였다. 무용인구가 극히 적었던 당시 대전, 그 중 발레는 더욱 그러했다. 그 불모의 땅에서 문 선생은 대전 최초의 발레전문학원을 고집했다. 처음에는 우려의 목소리가 높았지만, 그 동안 그가 길러낸 많은 제자들이 국내 프로 발레단, 대학강단, 후진양성자로 전국각지에서 모두 제몫을 해내고 있어 이제는 떳떳하고 자랑스럽다.

"대전에서 뛰어난 실력을 가진 아이들이 아주 많습니다. 전국 어디에 내놔도 뒤쳐지지 않는 아이들이죠."

발레인구가 절대적으로 부족한 대전에서 이 아이들만이 대전을 빛낼 수 있는 인재들이라고 서슴없이 말하는 문선생의 제자사랑은 남다르다. 그는 또 25년 동안 함께한 그 제자들로만 자체 공연을 치러 내고 있어 주위의 부러움을 사고 있다. 전 공연을 발레만으로 만들어 무대에 올린 것도 대전에서 전무후무한 그만의 노하우였다.

* 한국적 소재, 혹은 사회의 반영

문치빈 선생은 한국적 소재와 우리 사회가 안고 있는 문제점이라는 두 시각을 예술적 중심으로 삼아 창작에 반영한다. '마(魔)의 피리' '꿈의 땅', '떠도는 그곳을 꿈꾼다', '삭·망', 'Black & White', '바람의 날개', '생명의 숲' 등이 그의 대표작이다. '마(魔)의 피리'는 한국적 소재를 바탕으로 하고 있다. '꿈의 땅', '떠도는 그곳을 꿈꾼다', '삭·망', 'Black & White', '바람의 날개', '생명의 숲'은 현실적인 문제를 작품으로 승화시킨 것이다.

특히, '꿈의 땅'은 97년 전국무용제 대통령상과 안무상을 수상했다. 작품

'꿈의 땅'에서 그는 외국인 노동자의 삶을 보여주었다. 꿈과 희망을 안고 찾았던 한국은 그들에게 또 다른 절망과 좌절이 기다리고 있었다. 그들은 절망했고 또 분노했다. 문치빈 선생은 그들 모습을 보았다. 그리고 그들을 통해 우리 모습을 재조명할 수 있는 기회로 삼았다.

* 무대에 서는 것이 문치빈의 운명

문 선생은 무용가로서 어느 정도 제자도 키워냈고, 화려한 경력과 인지도로 대외적으로 유명한 이름도 얻었다. 안무자로서도 성공한 그에게 느슨한 생활을 할 때도 된 듯싶다. 그러나 그는 여기서 고삐를 늦추지 않으려 한다. 공연 후 진이 빠져서 아무생각 없이 푹 쉬고 싶고, 다시는 작품을 하고 싶은 생각이 없어지지만, 그런데 벌써 머리에서는 다음 작품을 구상하고 있다. 쟁이란 어쩔 수 없는 쟁이다. 공연으로 진이 빠져 있어도 머릿속에서는 다음 공연을 준비한다.

"발레의 매력은 기본동작 자체가 과학적이고 기계적이라는데 있습니다. 그리고 신체로 표현하는 아름다운 선은 발레를 따를 춤이 없죠."

안무자로서 그는 발레 예찬론을 펼치면서 발레에 빠져들면 헤어날 수 없는 마력을 설명했다. 대전 발레의 효시, 최고의 발레리노 문선생은 그렇게 좋아하던 무대도 이제는 힘든 모양이다. 무용 중에서 가장 힘든 무용이 발레이다 보니, 해가 거듭될수록 무대가 점점 멀어지는 느낌이 들고 있는 것 같다. 그래서 우리 나라 무용 발전을 위한 조언을 아끼지 않는다.

"우리 나라 무용 공연들은 하나같이 무대장치나 조명에 치중하고 이미지에 승부를 걸고 있어 모두 비슷비슷한 것 같습니다. 신체의 움직임이나 변화를 통한 새로운 작품이 필요합니다."

무용은 어디까지나 신체에 의하여 표현한다는 논리다. 무엇이든 표현할 수 있는 몸을 만들자는 이러한 결심이 문선생을 발레의 길로 들어서게 했다. 하지만 발레도 나이를 먹는다. 발레는 한국무용처럼 나이의 깊이를 소화해 낼 수 없는 모양이다.

"무대에 올라 발레를 하기엔 제 나이가 너무 무거워졌습니다. 이제 막 익어간다고 생각했는데 이렇게 금방 가르치는 입장으로 돌아서야 한다는 게 너무 안타까울 따름이죠."

그렇다고 그 좋아하는 춤을 포기할 수는 없다. 그래서 요즘 그는 한국무용 연구에 매진하고 있다. 올해 제9회 군산전국국악경연대회 무용부문 대상, 제4회 남도전통예술전국대회 무용부문 대상, 제8회 승달전국국악대제전 무용부문 우수상, 제20회 정읍전국국악경연대회 무용부문 우수상, 제28회 진안전국국악대전 무용부문 최우수상 등을 받았다. 발레를 통한 화려한 수상 경력으로 명성을 얻은 그가 일반적인 사고방식으로 이해하기 힘든 대통령상 수상 당시만큼 전통무용으로의 수상은 대단히 획기적인 사건이다. 한국적인 멋으로 가장 한국적인 발레를 만들어내는 것과 봉사활동, 해외활동 등 그 누구도 알 수 없는 문 선생이 그리고 있는 또 다른 꿈의 실현 때문일 것이다.

공연을 마치면서 다시는 공연을 하지 않겠다고 다짐한다. 공연준비에서 공연이 끝날 때까지의 과정이 너무 힘든 과정이기 때문이다. 그러나 그는 다시 무대에 설 수밖에 없다. 그것이 그의 인생이고 또 하늘의 뜻인지 모른다. 낯설고 어색하기만 했던 남자 무용수로의 길, 이제 문 선생은 당당하고 초연한 자세로 그 길 가운데에 섰다. 늘 배우고 도전하는 자세로 춤꾼으로서의 자리를 묵묵히 지키고 있는 그의 행로가 자못 궁금해진다.

* 한국무용, 초심으로 돌아와서

문치빈 선생은 1957년 전라남도 영암군에서 태어났다. 그의 고향인 영암

군에 대하여 큰 자부심을 갖고 있다. 그 곳은 소백산맥이 목포 앞 바다로 뻗어가다 평지에 돌출된 지역인데, 천황봉(809m)을 중심으로 수석의 전시장이라 할 만큼 기암괴석으로 이루어진 호남의 소금강이라 불리는 월출산이 있다. 백제의 왕인 박사와 신라 말 도선국사의 탄생지이기도 하다. 또한 '가야금 산조'를 창시한 악성 김창조 선생을 비롯하여 김병호 한성기 김죽파 등 가야금의 명인들이 태어난 곳으로 한국전통음악의 성지로 새롭게 등장하고 있다고 한다.

영암 동초등학교를 졸업하고, 목포에 있는 공광중학교에 진학하여 3학년 때부터 한국무용을 공부한다. 목포 문태고등학교에서도 한국무용을 전공하여 서라벌예술대학에 진학한다. 대학에 진학하고 발레의 매력에 빠져 전공을 발레로 바꾼다. 그러나 한양대학교에 '현대무용'으로 편입하고 졸업한다.

그러나 국립발레단에 입단을 하면서 전공이 발레로 굳어진다. 군에 다녀오고, 다시 국립발레단에 복직하여 무용가의 길을 걸었다. 그 과정에 발레 강사로 초빙을 받아 대전을 찾게 되고, 1984년 이후로 대전에 삶의 둥지를 틀어 오늘에 이른다. 물론 대학의 초빙을 받아 몇 년간 대전을 떠나 있었던 적도 있으나, 열정을 바쳐 살고 있는 대전이 바로 삶의 중심이라 말한다. 그는 앞으로도 어린시절부터 익숙하던 한국무용의 연구와 공연에 모든 역량을 집중할 것이라고 한다. 그래서 대전의 한국무용이 좀 더 풍성해지기를 기대한다.

남들이 걷지 않는 추상화의 중심축

* 전통 서정의 미학적 정채(精彩)

비구상 미술의 중심축을 이루어온 박명규 화백이 화력(畫歷) 반세기를 맞아 도록(圖錄)을 발간한 것이 2009년이다. 1964년 첫 개인전을 가진 이래, 수많은 창작 중에서 가장 아끼는 대표 작품들을 수록하고 있다. 이 도록에는 창작에 대한 뜨거운 열정을 간직한 채, 평생 동안 일관한 외곬의 삶이 그대로 투영되어 있다.

박명규 화백은 채움과 비움의 조화를 통하여 고유의 정서를 작품에 담는다. 서양에서 비롯된 대부분의 현대 회화가 캔버스를 가득 채우는데 비하여, 동양의 회화적 전통은 여백의 미를 화폭에 담아내는 특징이 있다. 충만(充滿)의 감동도 중요한 것이지만, 여백을 통한 심리적 조화로움 역시 소중함을 체득(體得)한 선생의 감성적 선택으로 보인다. 여백의 멋을 살리면서, 현대적인 비구상을 완성시키는 선생의 작품은 한국인의 내면에 흐르는 전통적 가락을 그려내어 근원적 감동을 생성한다.

박명규 화백의 작품에는 전통적 정서를 환기하는 옛 사물들의 이미지가 살아 있다. 비가 내린 날 나뭇가지에 매달린 물방울을 통하여 바라보는 산천의 모습이 담겨 있다. 통과 제의적 사물로서의 '솟을대문'에 태극 모양도 보인다. 동심을 되살리는 색동 문양(紋樣)이 세상을 아름답게 가꾼다. 작품 속에는 꽹과리의 높은 음도 보이고, 가슴 깊은 곳에서부터 울려 퍼지는 징소리도 들어 있다. 점(點), 선(線), 호(弧), 원(圓), 면(面), 적(積), 할(割) 등의 미적 조합으로 한국의 전통적 이미지가 생동하고 있다.

* 현대 미술계의 선구자다운 풍모

박명규 화백은 한국 현대 미술계의 선구자다운 풍모를 작품에 투영한다. 사실화에 가까운 구상 작품 창작에도 능란한 선생이지만, 내면의 깊이를 화면에 담아내는 추상에 몰입(沒入)하여 평생을 지속한다. 구상 작품은 쉽게 감상할 수 있는데 비하여, 추상 작품은 생각하게 만드는 요인으로 인하여, 쉽게 접근할 수 없는 특성을 지니고 있다. 한국의 미술계도 그러하겠지만, 지역에서는 더욱 외로운 작업을 해야 한다. 이와 같은 외로움을 반세기가 지나도록 일관한 것은 놀라운 힘이고, 경탄(驚歎)할 예술 정신이다.

박명규 화백은 화가로서의 높은 긍지로 창작의 불꽃을 태운다. 작품에 대한 뜨거운 사랑은 오랜 시간이 지나도 변하지 않는다. 작품을 분신(分身)과 같이 아끼고 사랑하는 모습은 경건성을 동반(同伴)한다. 그래서 선생의 작품은 어디에서나 높은 가치를 인정받는 것 같다. 화력 50년을 기념하여 개인전을 갖고, 도록을 발간하면서 미술 창작의 깊이를 새롭게 열고 있어 진심으로 축하하는 소이연(所以然)도 여기에 있다.

선생은 대전충남 미술계에서 추상미술 1세대로 불린다. 무려 500여 회 이상에 달하는 작품 활동 경력이 있다. 임홍식 화가는 추상에 담긴 박명규 화백의 그림을 시기적으로 구분하고 있다.

-1960년대 : 평화로운 분위기 녹색추상 시리즈

-1970년대 : 기하 도형 등장을 통한 화면 변혁기

-1980~90년대 : 적극적 조형행위로서 심신의 파장 담기

-2000년대 : 오방색 구조로 내면 보기

-2007년 : 점과 기하도형 재등장-한국의 얼 연작

-현재 : 잔잔한 색조로 편안해지기

이중 적극적 조형행위로서 심신의 파장 담기인 1980년대부터 15년간 집중한 '뚫음 속의 靈' 시리즈는 강한 긴장과 절박성이 엿보이는 작가의 정신석 컨디션이 짙게 깔려 있다. 즉 그림에 어떤 조형론을 담는 것만이 아닌 작가의 정신 진동이 들려온다. 제작과정을 보면 부드러운 두세 겹 배접된 한지 위에 칼 송곳 등으로 뚫기도 하고, 만수향·전기 고대·연탄에 달군 쇠붙이·다리미 등으로 태우거나 지지고, 유화 물감을 칠한 후에 그것을 다시 배접하고 다시 뚫는 과정을 대략 2~3번 반복한 후 완성하기도 한다.

* 미술계를 이끄는 거인의 걸음걸이

박명규 화백은 1942년 1월 14일, 충남 공주시 중동 147에서 출생한다. 이후 우성면에서 지내기도 하였으나 초등학교와 중고등학교 시절을 공주에서 보낸다. 특히 공주고등학교 재학 중에 미술반에 들어 그림을 그렸다. 한 학급에 1~2명 정도였는데, 2학년 때에 훌륭한 은사를 만난다. 후에 서울대학교 교수로 재직하고, 현재 서울대학교 명예교수인 최종태 선생의 지도를 받는다. 그리하여 미술에 대한 시선을 새롭게 하는 계기가 된다.

선생은 1961년에 홍익대학교 미술과에 합격하여 회화를 전공한다. 함께 입학한 평생의 지기들이 있는데, 유재일 최태식 이명자 등이다. 이 중 이명자 선생과는 부부의 인연을 맺어 평생 생활과 미술의 동반자가 된다. 대전시립미술관장을 역임한 송번수 선생도 같은 해 입학 동기였는데, 그는 공예를 전공하였다. 이때 선생은 이봉상 교수를 평생의 스승으로 만난다. 구상계열을 전공한 교수였기 때문에 구상의 바탕에 추상의 멋을 접합시킬 수 있는 능력을 사사받아 오늘에 이른다.

선생은 중등학교 재직시에 대구에 소재한 계명대학교 대학원에 진학하여 미술 창작의 심층적 연구를 하게 된다. 대학원에서는 이지휘 교수로부터 영향을 받았는데, 고등학교 때의 은사이신 최종태 교수와 친구이셔서 사제의 인연을 맺는다. 창작도 중요한 것이지만, 자신의 지향이 바르게 하기 위해서는 이론도 겸비해야 하기 때문이다. 그리하여 해프닝으로 남지 않고 예술적 성취가 빛나는 비구상 계열의 작품을 빚게 된다.

선생은 현재 '굿모닝 유치원'의 이사장이며, 같은 건물에 있는 '굿모닝 갤러리'의 관장이다. 한국전업미술가협회 대전충남지회 회장을 역임하고, 현재는 상임고문으로 활동한다. 한국미협 충남지부장을 역임하고, 현재는 한국조형미술협회 이사장으로 봉사한다. 이렇게 지역은 물론 전국적인 미술 발전에 이바지하고, 비구상 조형 예술계의 거인으로 우뚝하게 서있다.

우리의 흙을 되살리는 예술혼

대전 시가를 벗어나 대청댐에 거의 이르러 동구 비룡동이 농촌의 모습으로 나타난다. 1차선의 아스팔트 곁으로 띄엄띄엄 주택들이 들어선 가운데, 황토 흙으로 벽을 바른 [비룡도예]가 반긴다. 흙담을 끼고 좁은 골목으로 올라가면 차를 몇 대 주차할 수 있는 마당이 나오고, 그 마당에서 온갖 흙으로 화장한 시골집이 기다린다. 그 문 앞에서 전화를 받던 박성수 도예가, 그가 바로 [비룡도예]의 주인이자 대청호 지킴이 예술가이다.

흙을 그대로 두면, 천년만년 흙의 본성을 지키는 자연 그대이다. 그러나 그 흙에 도예가의 손이 닿고, 다시 도예가의 혼을 불어넣으면, 그 흙은 예술품으로 탄생한다. 정성을 다하여 손으로 빚거나, 하나의 틀을 만들고 그 틀로 다량 찍어내기도 한다. 그러나 도예가 박성수는 기계로 찍어내는 것을 거부하고 오로지 손으로 빚는 것을 고집한다. 자연의 산물인 흙을 자연인의 손으로 새로운 생명을 부여하고자 한다.

두고 바라보는 예술품을 만드는 것도 매우 중요한 일이다. 그런 작품도 빚어내지만, 도예가 박성수는 생활에서 직접 사용할 수 있는 작품들을 주로 만든다. 그러다보니 다기(茶器)가 중심을 이루게 된다. 백자를 재현한 다기, 분청을 원용한 다기, 청자를 닮은 다기를 빚다 보니 이제 자신만의 색깔을 띠게 되었다. 때로는 손을 대면 솜처럼 부드럽게 느껴지는 다기를 만들어 새로운 세계를 열어간다.

흙으로 빚고, 가마에서 굽고, 유약을 바른 뒤 다시 구워서 도자기를 만든다. 예전에는 흙을 쌓아서 만든 커다란 가마에 장작을 가득 채운 다음 불을 지펴서 도자기를 만들었다. 그렇게 하면 예기하지 못했던 그릇들이 발생하여 다양한 제품을 생산할 수 있었다고 한다. 그런데, 도예가 박성수는 현대적 가마를 들여놓고 자기를 굽는다. 다기마다 일정한 색깔과 모양, 자신이 원하는 작품을 빚기 위해 선택한 일이다. 이와 함께 나무를 때는 것은 자연 훼손에 심각한 영향을 주기 때문이기도 하다.

그는 요즘 다양한 작품을 빚어 놀라게 하기도 한다. 어린이영화에서 보게 되는 괴물 슈렉의 형태를 띤 형태도 취하고, 그 작품에 여인의 유방을 접목하기도 한다. 이런 작품에 색깔을 입혀 약간은 공포스러운 이미지를 띠기도 하는데, 이는 작품의 소용적 측면보다 착상의 신선함을 취한 결과로 보인다. 그 괴물 슈렉은 공주와의 갈등과 사랑에 의하여 왕자로 거듭나는 것처럼, 도예가 박성수도 이런 작품을 통하여 더 멋있고 훌륭한 작품 세계를 펼치기 위한 새로운 시도로 보인다.

대청호는 대전광역시 대덕구와 동구, 그리고 충북의 옥천군과 보은군, 청원군 등에 둘러싸여 있다. 그 중에서 대전광역시 동구를 중심으로 추동, 주산동, 비룡동, 세천동, 신성동, 오동에서 활동하고 있는 예술인들이 모여 〔대청예술인협회〕를 결성하고 활동하고 있는데, 도예가 박성수도 그 중심에 있다. 아름다운 자연과 더불어 멋진 예술을 창작하는 그의 모습이 흙담에 긴 그림자를 걸어놓는다.

그림으로 장애를 극복한 인간승리

* 예술 창작은 벽이 없다

현당 송근호 화백은 환갑을 넘긴 상애 예술인이다. 정각장애 2급으로 평생을 살아오며, 그의 가슴에는 수많은 생채기가 모여 시내를 이루었을 게다. 왼쪽은 실청(失聽)이고, 오른쪽 귀의 보청기를 통해서만 세상과 소통한다. 이러한 신체적 장애를 현명하게 극복하고 미술 작품 창작에 힘써 중견 화가로 자리한다.

작품 창작에 매달리는 시간을 많이 갖다 보니 많은 작품을 빚는다. 그리하여 2011년에는 두 번의 개인전을 갖게 된다. 2011년 9월 3일부터 29일까지 충남 보령시 성주면 개화리 274번지 〔모산조형미술관〕에서 9회 개인전을 갖는다. 이어 2011년 10월 1일부터 7일까지 한국토지주택공사 대전충남지역본사 사옥에 있는 〔아트갤러리〕에서 10회 개인전을 개최한다.

현당 선생이 2011년의 개인전에서 보여주는 스토리텔링의 주제는 '해바라기'다. 그는 개인전을 개최할 때마다 중심 제재를 바꿀 정도로 새로운 변화를 추구한 것으로 알려져 있다. 최근에 그는 새벽 시간을 내어 천변을 산책한다. 그 산책로에서 하늘을 향해 사랑을 전하는 해바라기의 밝은 미소를 만난다.

그 해바라기의 미소가 시인의 가슴에서 아름다운 사랑으로 거듭나게 되고, 이러한 이미지를 그림으로 빚는다.

이 그림들은 대부분 원색에 가까울 정도로 건강한 이미지를 발산한다. 장애로 인한 형상화였는지 초기의 여러 작품에서 보이던 그늘과 어둠이 사라지고, 화면마다 싱그럽고 건강한 화심(畵心)이 보인다. 밝은 색채이면서도 낱낱의 제재를 통하여 조화로운 상생의 내면을 표출한다. 그리하여 혼자 외롭게 성(城)을 쌓으며 견지하던 '정신적 우울'에서 벗어난다.

＊ 청소년기의 갈등과 그림 그리기

현당 송근호 선생이 장애를 극복하고 예술가로 우뚝 서기 위해서, 눈물을 흘린 세월은 얼마나 길 것인가. 그는 1949년 12월 11일 대전시 동구 가오동 134번지에서 출생한다. 우암 송시열 선생의 후손이었지만, 농사를 짓는 부모가 포도와 벼를 가꾸며 소를 기르는 전형적인 농가에서 자란다.

그는 어린 시절에도 스스로 들리지 않는 것에 답답증을 가졌다고 한다. 그러다가 초등학교에 입학하여 또래들과 어울리며, 다른 아이들은 듣는데 자신은 듣지 못한다는 사실을 인지한다. 듣지 못하기 때문에 말을 할 때마다 아이들이 이상하게 쳐다본다. 그래서 가슴에서 솟구치는 화를 풀기 위해 울기도 하고, 세상을 향하여 눈을 흘기기도 하였지만, 다른 사람과 잘 어울리지 못하고 소심하게 성장한다.

초등학교를 졸업하고, 서울의 큰 병원에서 치료를 받기 위해 세월을 보내다가, 뒤늦게 신설학교인 대전서중에 무시험으로 입학한다. 그때 청각을 상실한 사람으로서 열심히 할 수 있는 공부를 찾았는데, 그게 미술반이었다. 3년 동안 미술 공부를 하여, 충남의 중고등학생들이 겨루는 실기대회에서 입상을 하고, 홍익대에서 시행한 전국 실기대회에서도 입상을 하여, 일찌감치 자신의 진로를 화가로 정하기에 이른다. 청력의 장애로 인해 학습이 부족함을 깨달은 그는 충남상고에 진학한다. 이 학교에서도 3년 동안 미술반에서 공부하여 여러 상을 받는다. 특히 대전문화원에서 가진 〔상업미전〕에 작품을 출품하며 화가의 꿈을 가꾸었다.

좀더 전문적인 미술 공부를 하기 위해 그는 서울에 있는 홍익전문대학 요업과에 편입학하여 교양과 도자기 제작을 학습한다. 1년을 마쳤을 때 학제 개편에 의하여 폐교하면서 미술 공부에 대한 염원을 접게 된다. 낙향하여 부모의 농사를 도우며 생활하였지만, 그림을 그리고 싶은 욕망 때문에 몸이 삐쩍 마르고 죽을 정도로 쇠약해졌다. 그나마 문화원과 시민관 등의 전시회를 찾아 눈요기를 하는 것으로 미술 창작의 열망을 삭힐 수밖에 없었다.

* 미술 창작의 길에 오르다

농사를 지으며 그림 창작의 열망을 가꾸던 그가 35세쯤이었을까, 김치중 교수가 조직하여 운영하고 있는 '일요스케치' 모임을 소개받는다. 가끔 스케치를 하러 가는 것이 유일한 그리기였는데, 그 곳에서 송영호 화백을 만나 동행의 벗이 된다. 몇 년간 그 모임이 휴지기에 들어 아쉬워하던 차에, 송영호 화백이 새롭게 '대전사생회'를 조직하여 회장을 맡아 운영하게 된다. 송화백이 슈퍼를 운영하며 그림을 그린다는 말을 듣고, 그도 농사를 지으며 그림을 그릴 수 있겠다는 생각을 갖게 된다. 그리하여 헛간으로 쓰던 곳을 작업실로 개조하여 그림에 전념하는 계기가 된다.

몇 번 허물을 벗어야 성체(成體)가 되듯이 그 역시 허물을 벗고 새로운 지기(志氣)들을 만난다. 한국전업미술가협회 대전충남지회가 결성될 때, 그 역시 창립 멤버로 참여한다. 대전문화원에서 창립총회를 하여 신현국 선생이 회장을 맡고 박명규 선생이 부회장을 맡는다. 카메라를 들고 사진을 담당하기도 하고, 차량을 통하여 작품을 운반하기도 하는 등, 이 단체에서 그는 모든 행사의 실무를 맡아 봉사한다. 그리하여 이사와 부회장을 거쳐 현재는 자문위원으로 봉사한다. 매년 개최되는 전시회를 통하여 그의 그림도 발전하여감을 스스로 깨닫는다.

2010년에는 대전에서 '한국조형미술협회'를 결성하여 지역적 자주 독립을 선언하기에 이른다. 2010년 6월 4일에 개최한 창립전 도록에 의하면 박명규 선생이 이사장을 맡고, 송근호 선생을 포함한 몇 분이 부이사장을 맡아 지역미술 발전에 이바지할 것을 다짐한다. 또한 이 모임을 사단법인으로 등록하기 위한 준비를 하고 있는데, 그 과정에서도 현당 선생은 핵심 인물로 참여하여 중견 미술인으로서의 자리를 확고하게 다진다.

* 미술은 그를 행복하게 한다

현당 선생은 대전에서 생활하기 때문에 10회의 개인전을 대부분 대전에서 가졌다. 1995년 제1회 개인전을 서울의 신세계동방 갤러리에서 갖고, 제9회 개인전을 충남 모산조형미술관에서 가졌으며, 나머지 8번의 개인전은 대전에 있는 화랑과 갤러리에서 가졌다.

1980년부터 참여한 단체전 및 초대전은 헤아릴 수 없이 많다. 2008년부터는 1년에 10개 단체 이상의 초청을 받아 작품을 전시할 정도로 바쁜 나날을 보낸다. 국제 전시회에도 적극적으로 참여한다. 1996년 아라비아전(요르단 현대미술관), 1997년 한국-터키전(이스탄불 미술관), 한국-멕시코전(멕시코 시티미술관), 한국-호주전(부르스에트링미술관), 1998년 중국 하얼빈전(하얼빈 시립미술관), 한국-우제백전(우즈벡 국립미술관), 1999년 몽골리아전(몽골 국립미술관), 2001년 한국-캐나다 대륙을 향한 발언전, 2003년 국제 올림픽대회 유화부 국가대표(인도 뉴델리 경기장), 2005년 고난을 극복한 작가들(미국 LA 한국문화원), 2007년 한국-터키 미술교류전(시립미술관), 2008년 국제환경예술제(텐진시 태탈 국립도서관), 2009년 대한민국 현대미술작가 뉴욕초대전(뉴욕 나라갤러리) 등이다.

작품 수준을 높이면서 여러 상도 받는다. 2004년에는 국무총리 표창을 받고, 2005년에는 한국전업미술가협회 공로패를 받는다. 2006년에는 한국예총 이사장상을 받고, 2007년에는 대전광역시 시장 표창을 받는다. 2009년에는 한국전업미술가협회 미술공로상을 받고, 2010년에는 한국전업미술가협회 공로패를 받는다.

이제 사단법인 한국조형미술협회 부이사장, 한국전업미술가협회 대전지회 자문위원, 한국미술대전 초대작가, 한국미술협회 서양화분과 심사위원, 대전 사생회 운영위원 등으로 봉사하고 있다. 세상과 소통하며 조형예술 창작에 전념하는 그의 모습이 아름답다. 특히 청각장애 2급, 그 아픔과 어둠을 씻고 새로운 작품 창작을 위해 새롭게 거듭나는 모습이 존경스럽다.

사진작가 1호 신건이의 시간의 숨결

사진작가 신건이 선생은 대전 충남의 [초대작가 1호]라는 자부심으로 평생 사진 창작에 집중한 분이다. 동아일보 사진작가 동우회 대전 충남 회장, 대전일보 사진동우회 회장, 한국사진작가협회 대전지회장을 역임하기도 하였지만, 선생에게는 별반 커다란 의미로 다가서지 않았다. 이보다는 촬영 현장을 찾아다니는 것이 꿈이요 보람이었다. 20여 단체 사진 동호회 회원들을 지도하여 수십 명의 아마추어를 전문 사진작가로 탄생시킨 것을 생애의 가장 큰 보람으로 여기는 [영원한 사진장이]로 남기를 원한다.

*

선생은 2008년에 건국 60주년을 기념하여, 국립현대미술관에서 개최하는 [한국현대사진 60년전] 전시회에 대표 작가로 선정되어, 대전 충청권은 물론 대한민국 사진계의 선두 주자로 주목받았다. 선생의 사진은 1948년부터 1960년대까지 '시간 여행'에 대한 것인데, 선생을 포함하여 18명의 작품으로 전시되었다. 이 시기에 왕성하게 활동하였던 원로들이었고, 몇 분은 이미 별세하여 자리를 함께 할 수 없음을 가슴 아파하였다.

*

　2006년에는 민족사진가협회에서 〔한국사진의 재발견〕의 대표 작가 10명으로 선정되기도 하였다. 이보다 앞서 발간한 사진자료 CD집 〔신건이 한국 사랑〕이 발매되면서 〔대한민국 최고〕라는 찬사를 받았다. 사진작가들이 CD 1장을 만들어 세상에 내놓는 일도 어려운 때에 3권에 5000컷 이상의 작품을 수록하는 일은 전무하였고, 앞으로도 당분간 깨지 못할 기록이라고 한다. 이 외에도 아직 30,000여 컷이 필름에 담겨 세상에 나갈 것을 기다리고 있는데, 선생은 사진 한 컷, 한 컷이 모두 자식과도 같은 애정으로 남아 있다고 밝혔다.

*

　선생은 〔98 사진영상의 해〕를 맞아 소장하고 있던 카메라 수백 점으로 '한밭사진박물관' 〔포토갤러리〕를 개관하였다. 아끼던 카메라를 박물관에 회사하여 지역사회에 커다란 반향을 불러 일으켰는데, 이런 일은 아무나 할 수 있는 일이 아니었다. 가난한 경제사정으로 평생 눈물어리며 모은 카메라를 사회에 내놓는 일은 부자가 몇 십억 원을 출연하는 것보다 값진 일이었다. 충청도 초대작가 1호로서의 사명감 때문에 가능한 일이었다. 사진박물관에 기증하기 전에 들은 바에 의하면, 선생의 카메라 값을 환산하면 아파트 몇 채 값이라고 하였다. 그렇게 귀한 카메라를 모두 기증하고 현재 18평의 아파트에서 살고 있다. 카메라를 수집하여 개인적인 사진박물관을 조성하는 것이 꿈이었다며, 17세 때부터 모은 눈물자국이라고 회고하였다.

*

　대전 충청지역 사진계의 원로, 우리 예술계의 원로, 지역 최초의 국전초대작가라는 명예, 작은 아파트에서 먹고 살 수 있을 정도의 자그마한 경제적 여유, 그러나 선생은 채워지지 않는 사진에 대한 목마름으로 오늘도 카메라를 둘러메고 서둘러 길을 떠난다. 앞서 가는 선생의 뒷모습을 따르면서 경이로움으로 옷깃을 여민다. 동시에 선생이 잡아 놓은 [시간의 숨결을 찾아서] 다시금 동행의 시간 여행을 떠난다.

평생을 전업사진작가로 일관하다

* 프랑스 토로빌의 한국예술

프랑스 노르망디 해변 지역에 있는 토로빌 Truville 시청 전시실에서, 2011년 2월 26일부터 3월 20일까지, 대전의 예술인 8명이 합동으로 부스 전시를 통한 개인전을 열어 한국의 문화예술에 대한 인식을 새롭게 하였다. 이는 토로빌 시의 Christian Cardan 시장이 직접 초청하여 이루어진 초대전이다.

이 초대전은 손차용 정장직 박홍순 이희복 류법규 육만숙 화백의 서양화와 한국화, 신영팔 사진작가의 사진, 인화지 활용 예술로 유명한 신인순 작가의 작품을 전시하였다. 이들 8명의 예술가들은 유색인종에 대한 차별인식, 그리고 한국을 일본의 일부 정도로 알고 있는 프랑스인들에게 한국 문화의 놀라운 진면목을 확인시키는 전시였다고 전한다. 특히 토로빌 시민 중 일부가 한국을 방문하여, 한국이 어디인지, 얼마나 발전한 나라인지 알린 것도 중요한 일이었다고 밝힌다.

이 전시는 한국전업미술가협회 대전지회에서 활동을 하던 손차용 선생이 주선하였다. 프랑스의 토로빌에 화실을 열고 창작에 전념하던 손차용 선생이 시청으로부터 개인전을 초대받았다. 그렇지만, 자신의 개인전을 개최하는 것보다 대전 지역의 예술가들을 초청하여 그룹 전시를 하는 것이 한국 문화예술의 홍보에 효과적이라고 판단하여 새롭게 기획되었다. 노르망디 해변의 토빌에서는 국제 영화제가 열리고, 토로빌에서는 전시작품 초대전으로 문화예술 교류가 이루어지고 있다.

* 신영팔 작가의 사진사랑

토로빌 시청 초대전에, 사진작가로는 유일하게 참여한 신영팔 선생은 1943년 충청남도 공주시 정안면에서 출생하였다. 부친은 일제시대부터 그 지역에서 사진관을 운영하였기 때문에 신선생은 어려서부터 사진에 대한 기초를 다지게 되었다. 아버지의 영향으로 맏형인 신건이 선생이 충청남도 사진대전 초대작가 1호가 되었는데, 형제는 우리 지역 원로 사진작가로 존경받고 있다.

부친의 사진관은 형이 물려받았다. 그러던 중에 형이 사진작가로 유명해지면서 사진관은 자연스럽게 차남인 신영팔 선생의 차지가 되었고, 사진에 대한 무한한 열정을 단련하는 계기가 되었다. 청소년 시절에 사진관을 운영하다가 군에 입대하면서는 여동생 신인순이 이어받았다. 그리하여 3남매는 고향에서 차례로 사진관을 운영하였고, 후일에는 형 신건이 선생과 함께 대전 목동에서 〔프로칼라 현상소〕를 운영하기도 하였다.

사진예술 발전에 노력하던 중, 도로 확장으로 건물이 몰수되자, 형제는 용감하게 전업 사진작가로 나섰다. 40년째 전업작가로 활동 중인 신영팔 선생은 대한민국 사진대전 초대작가, 충청남도 사진대전 초대작가, 대전광역시 사진대전 초대작가, 한국사진작가협회 자문위원으로 활동하고 있다. 특히 디지털 카메라로 작품을 창작하는 시대에도, 신영팔 선생은 아날로그 사진만을 고집하면서 슬라이드 필름을 애호하고 있다.

* 사진 예술에 평생을 바치고

마음에 드는 사진 한 컷을 위하여 산과 들을 누비며 작품 창작을 하였기 때문에 신영팔 선생은 자연의 마술사로 불리기도 하였다. 그래서 사진에 대해서는 자신만의 뚜렷한 지론을 갖고 있다.

"자연은 자연 그대로의 색과 모양을 갖고 있기 때문에 사진을 찍을수록 새롭다." "같은 시간 같은 공간에 있더라도 자신만의 사진을 창작하기 위해서는 시간과 노력이 필요하다." "평생 사진에 들어간 돈만 해도 아파트 몇 채 값이 넘을 것이다." "사진을 촬영하는 기술이 중요하다고 하지만, 사진은 몸소 찾아다녀야 좋은 작품이 나온다." "수없는 반복에 의하여 좋은 사진을 만날 수 있다." "디지털 카메라가 유행하고 있지만, 나는 아날로그 사진을 고집하며, 슬라이드 필름으로 작업을 하고 있다."

예술 사진에 전념하면서 선생은 후진 양성에도 힘을 썼다. 여러 단체를 지도하였는데, 현재는 10여년 동안 〔한뉘사우회〕와 대전시 치과의사들의 사진 동호회 〔임프레션〕에서 사진작가 양성에 힘을 쏟고 있다. 앞으로도 자연을 통한 이미지 창조에 전심전력을 다하겠다고 다부진 표정을 지었다. 초년에는 사회의 어둔 면을 강조하는 리얼리즘에 집착하였지만, 세월이 흐르면서 자연의 아름다움에 매료되어, 자연 속에서 자연을 찾아 작품 활동에 심혈을 기울이겠다고 한다.

* 신영팔 사진작가의 작품 세계

신영팔 선생은 프랑스 토로빌 시청에서 가진 전시회에 1,700여 명의 프랑스인들이 관람하였다고 고무되어 있었다. 자신의 사진도 각광을 받았지만,

여동생 신인순의 인화지를 활용한 작품은 고가로 인식되어 세관 통과에도 어려움이 컸을 정도로 예술 수준을 높이 평가받았다고 말한다.

선생은 1986년의 개인전에서 자연에 대한 사랑을 이렇게 밝힌 바 있다. 〈저는 계룡산을 좋아합니다. 제가 사진 촬영에 심취할 수 있고, 감히 예술의 장을 넘보게 된 것도 계룡산이 저에게 준 교훈과 제가 계룡산에서 배운 생활이며, 산과 저의 진실한 대화 때문입니다〉〈천부적으로 사물을 통찰할 수 있는 능력과 자연을 보는 심미안, 그리고 깊은 내면을 헤쳐볼 소양〉을 갖추기 위해 평생을 다 바쳤다고 말하였다.

당시 한국사진작가협회 이명복 이사장은 격려사에서 이렇게 말하였다. 〈내가 아는 신영팔씨는 말없이 행동하는 작가이며 진실을 표현하고 새로움을 창출하려고 노력하는 작가입니다. 그는 계룡산을 떠나지 않는 고집쟁이〉라고 평하였다. 한국사진작가협회 충남지회 한의섭 지부장은 신영팔 선생에 대하여 〈명산 계룡산과 더불어 살면서 계룡산의 용이 승천하는 기상인 양 사진작품을 통한 정신세계를 개척하려는 몸부림으로 창작에의 의지를 불태우며, 자기의 발전을 거듭 채찍질하여 개성 있는 작가적 의욕과 정신자세를 확고히 정진해〉 왔다고 평가하였다.

이제 신영팔 선생도 고희(古稀)를 바라보는 연세다. 그렇지만 선생은 카메라를 들고 산과 들로 내달릴 것 같다. 정신적 충만함과 체력의 역발산(力拔山) 기세에서 비롯된 기대이고 믿음이다.

자연 사생(寫生), 그림 창작의 모태(母胎)

*** 추사(秋史)를 연모하는 서양화가**

유재일 화백의 집에는 목각 현판이 눈에 뜨인다. '잔서완석루(殘書玩石樓)' 추사 김정희 선생이 쓴 현판의 글씨를 모사하고, 나무판에 붙인 다음, 글씨를 오리고 붙여서 직접 제작한 것이다. 추사의 예술혼이 담긴 글이 좋아서 판각하였다니, 평생 서양화를 전공한 화백의 특이한 발상이다. 다른 한편으로는 예술의 궁극은 하나로 통한다는 잠언을 되살리게 하였다. 이는 어쩌면, 조선시대에서 일제시대에 이르기까지 대가(大家)를 이룬 집안 내력인 것도 같다.

선생은 1941년 서울 종로구 운이정에서 출생한다. 본가는 충청도 대전의 대흥동에 있었지만, 부모가 서울의 중심에서 생활을 한 연유라 한다. 그러나 4세에 대전의 본가로 돌아와서 자랐기 때문에 그의 고향은 대전이다. 대흥초등학교, 대전중학교, 보문고등학교를 졸업한 그는 고향에 대한 남다른 사랑을 그림으로 그려낸다. 대전을 비롯한 충청도의 자연을 작품에 담아내는 사생화의 대표적 화가이기도 하다.

그가 화가의 길에 들어선 데에는 보문고등학교 시절의 은사 임상묵 선생의 영향이 컸다. 서울대학교를 졸업하고 미술 교사를 하셨다. 감수성이 예민한 유재일 학생에게는 롤 모델(멘토)이기도 하다. 후일 충북대학교 교수를 지내시다가 작고하였다. 선생은 빼어난 사생 화가를 양성한 공로도 크지만, 충북 지역에서 활동하는 훌륭한 제자들을 많이 육성하였다고 하니, 미술을 전공한 분의 그늘이 참으로 크고 넓다 하겠다.

유재일 화백은 1961년에 홍익대학교 회화과에 입학한다. 2학년 1학기를 마치고 군에 입대하고 제대하여 1965년 복학하여, 1968년에 졸업한다. 그해 서울에 있는 동구여자중학교 미술교사로 부임하여 5년간 재직한다. 이때 그린 '온실' 그림은 후일 공모전에서 입상을 하여 화가의 길에 들어서는 기폭제로 작용한다.

* 이인영 화백과의 만남, 그리고 자연전

유재일 화백이 자연 사생에 몰두하게 된 바탕에는 숭전대학교(현 한남대학교) 이인영 교수와의 만남이 있다. 1973년 대전 성모여자고등학교 교사로 시작하여 30여 년을 봉직하고 2002년에 정년퇴임을 맞을 때까지 이인영 교수는 스승이요 동반자였다. 주로 1980년대에 들어 그와 이인영 교수는 둘이 지역의 산과 강을 섭렵하여 화폭에 옮겼다. 후일에는 대한민국의 섬이라는 섬은 거의 모두 답사하면서 아름다운 자연을 화폭에 담았다.

이러한 연유로 그는 현장 화가라는 닉네임을 얻기도 하였다. 현장에서 스케치도 하고, 색도 입혀 작품을 완성하는 것이 기질로 굳어졌다. 어떤 화가는 스케치만 하고 돌아와서 작품을 완성하기도 한다. 또 어떤 화가는 그릴 만한 소재를 카메라에 담았다가 사진을 보고 그림을 완성하기도 한다. 그러나 유재일 화백은 그렇게 할 수가 없었다. 그림에 현장감을 입혀서 작품에 사실성이 감돌아야 하기 때문이었다.

1983년에 이인영 교수, 정영복 화백, 김배히 화백, 유재일 화백 등 네 명이 '충남의 자연전'을 창립한다. 나중에 김철호 화백, 정성근 화백, 이성태 화백 등이 동참한다. 2010년 28회 '자연전'을 2010년 11월 1일부터 8일까지 대전갤러리에서 개최한다. 이렇게 오랜 세월을 거치는 동안 대부분의 화가들이 노쇠하여 탈회하게 되고, 새로운 화가들이 입회하면서 '자연전'은 아름다운 자연을 화폭에 담아 지역 사랑을 실현하고 있다. 대전을 비롯한 충청지역이 중심이지만, 어느 곳이나 눈을 사로잡는 자연은 그들의 붓끝에서 작품으로 태어난다. 현재는 유재일 정성근 이지은 황동희 임명애 이은길 김면유 성민우 등이 참여하고 있다. 유재일 화백은 '자연전'의 창립멤버로서 회장을 맡고 있다.

이인영 교수의 영향은 1984년 목우회에 참여하는 계기도 되었다. 이인영 교수 단독 회원으로 지부장을 맡고 있던 중에 이명자 유재일 임봉재 김배히 김치중 등이 참여하였다. 유재일 화백은 〔누드〕를 출품하여 우수상(당시 차석상)을 수상하여 입회 자격을 갖추어 입회하고, 5년간 참여한다.

* 이종우 화백과의 사제관계, 그 인물화

지금도 인촌 김성수 선생을 기려서 건립한 '인촌관'에 가면 유재일 화백이 그린 인물 9점이 전시되어 있다. 우연히 들렀다가 자신이 그린 초상화가 전시되어 있어 깜짝 놀랐다고 한다. 그에 따른 전말(顚末)은 다음과 같다. 홍익대학교 3학년 때 설초 이종우 교수의 지도를 받았는데, 그 분이 선택하여 문하(門下)에 들었다. 그 분은 홍익대학교 교수 중에서 프랑스 유학파 1호라 불리었고, 많은 학생들이 그 분의 문하에 들기를 소망하던 터였다.

그 분의 선택에 감읍하며, 그 분의 댁에 들어가서 그림을 그렸다. 이종우 교수도 그림을 그렸고, 유재일 학생도 그림을 그렸으며, 또 다른 학생도 있었다. 그림의 대상은 모두 양반가의 어른들이었고, 사실적으로 그려야 하는 초상화였다. 한동안 교수댁에 기거하면서 인물화 9점을 그렸다. 잘 그렸다는 칭찬과 고마운 인사도 받았다. 그때 그린 그림 9점이 '인촌관'에 모셔져 있어서 놀랄 수밖에 없었다. 그렇지만, 그 그림은 이종우 교수의 명의로 발표되었기 때문에, 아무도 모르는 그늘에서 바라보며, 자기 작품이라 만족할 수밖에 없다. 그것이 바로 특별한 인연이고, 그 그림과의 운명이다.

당시 회화과 학생들이 그리는 대상은 '정물' '누드'가 주종을 이루었기 때문에 초상화를 그리는 것은 특별한 기능에 들었다. 그때 교수로부터 실질적인 개인지도를 받고, 또 자신도 열심히 연습을 하여 초상화에 대해서는 어느 정도 마스터하게 된다. 그 바탕이 굳건하게 형성되었기 때문에 현재도 초상화 그리기에 주저하지 않을 수 있다. 초상화를 그려내면 "살아있는 인물 같다."는 평가를 받는 것도 그때의 숙련과정 때문이라고 밝힌다.

목우회에 입회하기 위한 공모전에 출품한 '누드' 역시 이때 그린 그림이다. 이후에도 몇몇 사람의 초상화를 그린다. 자연 사생으로 유명한 화가가 누드를 그리거나 인물화를 그리는 것을 보고 놀라는 사람들이 많은데, 그 까닭은 아는 사람만 안다.

유재일 화백은 1991년 대전 MBC 문화방송에서 주최한 '아름다운 금강 공모전'에 〔안영리 여름〕을 출품하여 대상을 받는다. 대상 작품은 방송국에 귀속됐으며, 대상 수상자는 개인전을 열어야 하기 때문에, 그는 다음해에 제2회 개인전을 개최한다. 당시로서는 상금이 500만원으로 매우 큰 편에 속했기 때문에 화가 및 지망생들에게는 선망의 공모전이었다. 여기에서 대상을 받으면서, 유재일 화백은 중견화가로서 한 단계 업그레이드 되었다.

수상 그 익년부터는 초대작가 및 운영위원 등으로 참여하였는데, 제1회 대상 수상자라는 상징성으로 인하여 시상식 및 작품 전시를 할 때마다 인터뷰를 하는 등 미술계의 중추적 인물로 자리잡는 계기가 되었다. 그렇지만 변하지 않는 것이 있었다. 정물도 그리고, 누드도 그리고, 인물화도 그리지만, 전시 작품으로는 자연을 제재로 한 것에 한정한다. 이와 같이 자연에 대한 순정을 간직하는 것이 쉽지만은 않았을 터이지만, 황소 같은 걸음걸이로 일관하였다.

홍익대학교 회화과 동문이며 동갑나기인 박명규 화백이 이렇게 평가하였다. "유재일 화가는 보이는 그대로 그려야지 직성이 풀린다. 어느 것 하나라도 빠지면 큰일 나는 줄 안다. 자연을 사실적으로 그리기에 공력을 쏟기 때문에, 이미지와 심성의 중요성은 간과하는 것 같다." 라고 말하는 것을 들었다. 그렇지만 유재일 화백은 이에 강변한다. "어찌 화가가 있는 그대로 그릴 수 있을 것인가. 수많은 사물 중에서 화가의 시선에 들어오는 대상을 붓으로 그려내는 것은 어쩔 수 없이 추상성을 띠게 마련이다. 그리하여 이미지와 심상을 화폭에 드러내지 않을까."

유재일 화백은 또 이런 말을 하였다. "사생(寫生)은 전투(戰鬪)다." 순한 황소처럼 눈이 커서 선량해 보이는 그가 그림 그리는 것을 싸움이라고 정의하는 것에 놀란 적이 있다. 그렇지만, 설명을 듣고 나서 고개를 끄덕였다. 아침에 사생을 하러 산이나 강을 찾는다. 캔버스를 차려놓고 그림을 그리다 보면, 아침에 비추던 햇빛의 시각이 정오에 다르고, 저녁에 달라 시각의 음영이 달라진다. 그래서 빛이 한 방향일 때 서둘러 그림을 완성해야 한다는 것이다. 그러자면 한눈 팔 여가가 없게 되는데, 이러한 상황을 전투와 비유하는 것이다.

* 대전사랑, 고향에 대한 화가의 집념

유재일 화백의 대전사랑은 특별하다. 사생화의 대상이었던 곳이 주인으로 들어앉은 것이다. 그림을 그리기 위하여 아름다운 곳을 찾다가 보니, 아름다운 자연에 매료되고, 그리하여 화폭에 담게 되고, 그 아름다운 감동을 여러 사람과 나누기 위하여 전시도 하고, 달력도 만들어 보급하게 되었다. 어찌 대전만이 아름다운 세상일까만 그의 가슴에는 대전이 가장 아름다운 곳으로 자리를 잡는 데에는 고향이라는 의미가 더 클 것 같다. 20세까지 대전에서 살고, 10여 년간 서울과 군대에서 지내고, 다시 대전에서 고희(古稀)를 맞은 그에게 대전은 바로 삶의 터전인 것이다.

"대전 근교의 풍경을 그리다 보니, 우리 고장이 참 좋은 곳이라는 것을 깨달았습니다. 서북으로 계룡산, 동으로 대청호, 서남으로 장태산, 남으로 보문산 대둔산 천등산 등이 있습니다. 그리고 식장산과 계족산이 아름다운 자태를 뽐내고 있습니다. 모두 나의 집 안마당 같이 정이 담뿍 들었습니다. 이렇게 아름다운 곳에서 사는 것이 바로 행복이라고 생각합니다."

그러면서 그는 유성구 도룡동에 있는 표준과학연구소를 한번 찾아가 보라고 한다. 철쭉꽃이 만발한 호수 공원이 있고, 그 물에 비친 꽃을 보면서 참으로 아름다운 곳이라는 것을 깨닫게 한다는 것이다. 중국의 도연명이 시로 남긴 아름다운 곳도 이만 못할 것이라는 생각으로 자주 찾는다고 말한다. 그러면서 그는 "옛적에는 화가들이 서울 궁궐의 비원을 찾아 자주 그림을 그렸습니다. 아무나 들어갈 수 없는 곳이어서, 그 곳에 가서 그림을 그리는 사람들을 '비원파'라고 했는데, 표준과학연구소의 연못을 찾아 그림을 그리는 사람들로 '표연파'를 결성하여 그림도 그리고, 전시도 하고 싶습니다."라며 의미심장한 표정을 지었다.

그는 2002년 정년퇴임과 동시에 자유로운 영혼이 되어 그림에 더욱 정진한다. "이제는 학교의 규칙적인 생활에서 벗어났으니, 작품 창작에 더욱 전념하렵니다."라는 그의 말처럼 연년(年年) 익수(益壽)하여 예술혼이 더욱 빛나기를 기원한다.

심정필정(心正筆正)과 법고창신(法古創新)

*** 하늘을 닮은 글씨**

〔내가 당신이 되고, 당신이 내가 되어, 영원히 함께 하리라〕 2004년 여름에 한내 이곤순 선생이 쓴 서예 작품에 담아 놓은 내용이다. 이 작품을 일견(一見)하며 마음에서 웃음기가 번지는 것을 어찌할 수 없다.

선생을 가까이에서 자주 모신 것은 아니지만, 여러 해 동안 짝사랑처럼 그리워하고 존경하던 분이었기 때문인 듯하다. 가까운 듯하여 특별한 격식을 차리지는 않지만, 쉽게 범접할 수 없는 위엄이 느껴져, 선생이 호탕하게 웃을 때에도 같이 박장대소할 수 없었다. 보통 사람 같으면서도 특별한 분이라는 점, 편안하게 대하지만 삶의 격조가 분명하다는 점, 그래서 마음으로 존경하는 짝사랑의 중병을 앓고 있다.

그래서 〔내가 당신이 되고, 당신이 내가 되어, 영원히 함께 하리라〕는 이 글의 '당신'을 그리움의 대상인 여인으로 쉽게 수용하려고 하다가도, 서예에 대한 의지거나 지향으로도 보이고, 더 나아가 물아일체(物我一體)의 경지에서 선생과 자연을 노래한 듯하다는 생각이 들었다. 선생이 추구하는 법자연(法自然)의 깊이를 어림으로 짐작하고 있기 때문이기도 하다.

한학(漢學)에는 비재(非才)라서 일부 작품은 요량껏 해석도 하면서 감상하였지만, 어려운 글이거나 초서에 이르면 그림으로 감상하게 마련이다. 그러는 순간에도 작품에서 느껴지는 강렬한 울림이 짜르르 전해진다. '아, 그렇구나'라는 깨달음 속에서 스스로 넉넉해짐을 찾는다. 이렇게 장암 이곤순 선생의 서예전은 새로운 의미로 다가선다.

* 장암 선생 살펴보기

장암(長巖) 이곤순(李坤享)은 일중 김충현 선생을 사사하면서 격조 높은 서예의 길을 걷는다. 또한 학산 조종업 교수로부터 한학을 배우게 되면서 학문적 깊이까지 더해져, 그의 서예는 웅장하고 유려한 필체로 문자향(文字香)과 서권기(書卷氣)가 독특하고 빼어나다.

1968년 제7회 한국신인예술상 수상과 함께 제1회 개인전을 시작으로, 1971년 한글학회가 주최한 전국한글서예대회에서 문교부장관상 수상, 1980년 유네스코 초청 일본 초대전, 1984년 현대미술관 초대전, 1988년 국제현대서예전, 1993년 한국서예100인 초대전, 1997년 세계서예전북비엔날레, 1999년 중국 서안의 국제서법 전각교류 초대전, 2003년 중국서법가협회 왕희지 탄생 1700주년 기념 초대전에 출품을 하면서 대한민국 서예의 중심인물로 부각되기에 이른다.

그는 제3회 충청남도 미술대전 초대작가(1973), 국립현대미술관 초대작가(1984), 제2회 대한민국서예대전 심사위원(1990), 충청서단 이사장(1994) 등으로 활동한다. 대한민국서예대전 운영위원과 심사위원을 역임하고, 1998년에는 대전광역시 문화상을 수상한다. 현재 사단법인 국제서법예술연합 한국본부 부이사장, 대한민국미술대전 초대작가, 사단법인 일중선생기념사업회 이사, 보문연서회 이사장으로 서예발전에 이바지하고 있다.

* 화갑 기념 초대전

　1948년 8월 26일 충남 보령에서 출생한 선생은 2008년이 화갑이다. 또한 1968년 서예계에 입문하였으니 서력 40주년이다. 이처럼 기념비적인 해에 대전시립미술관의 초대를 받아 전시회(2008. 5. 7~6.4)를 열게 되어, 선생으로서는 기쁨과 보람일 터이고, 우리 대전 시민들에게는 정말 가치로운 전시회라 하겠다. 양선규 시인은 이 전시회를 축하하기 위해 〔푸른 고집〕이란 축시를 발표한다.

　큰 울림으로 펄럭이며 달려오는
　거친 파도 푸른 바람의 무늬
　새처럼 가벼운 숨결로
　가만가만 만지며 가는 붓끝
　그 고요함이 길이 되었다.

　구수한 흙 갯내음 맡으며
　유년 시절 꿈을 키우던 묵법과 고졸함
　섬처럼 떠 있는 관촌리
　오서산 일렁이는 파도
　가슴속 뜨거운 노래가 되었다.

　차가운 밀물 썰물 오가는
　긴 모래톱에 새겨진 발자국
　묵(墨)과 붓 끝으로만 닿을 수 있는
　반백년 오랜 시간 동안

연(硯)에 고이는 푸른 고집

겨울 솔숲 성주산을 넘는다.

양선규 시인의 이 작품을 통하여 장암 선생의 일면을 유추할 수 있다. 밀물 썰물이 갯내음을 만드는 보령이 고향이라는 점, 반백 년 동안 외곬으로 서예에 정진하신 분이라는 점, 그리하여 새로운 [길]을 개척하였다는 점 등이 시의 행간에서 반짝인다.

대전시립미술관에서는 2005년부터 매년 대전미술의 현황을 집중조명하고 위상을 널리 알리기 위해 [대전미술의 지평] 전시회를 개최하고 있다. 이 전시는 대전의 화단뿐만 아니라, 한국 미술계에서 주목할 만한 성과를 올린 작가를 선정하여 녹자석으로 추구해 온 작품 세계와 화단에서 활동해 온 공적을 조명하여, 대전 미술의 현주소를 찾고 미래 지향적인 방향을 긍정적으로 모색하는 전시회로 정평이 나 있다.

2008년 [대전미술의 지평]은 대전 서예계의 역사와 현주소를 모색하는 기획전인데, 대전 서예계의 기틀을 마련하고 그 중심에서 활발하게 활동하고 있는 장암 이곤순, 석헌 임재우, 송암 정태희 선생의 전시회를 갖는다. 1차로 장암 선생의 작품을 초대하여 서예의 미적 가치를 확인하고, 독자적인 작품을 통하여 새로운 울림을 공유하는 전시회를 연다.

* 심정필정(心正筆正)의 작품 세계

장암 선생의 작품 세계에 대하여, 그의 문하생인 현강 박홍준(서예가, 대전미협회장 역임) 선생이 전시 도록에 해설을 달았다. 중요한 부분만을 간추려 [장암 이곤순 선생의 생애와 예술]의 일단을 확인하기로 한다.

* 1970년대 초 대전의 서예계에서 선생님의 역할은 하나하나가 새로운 개척의 길이었다. 구학과 신학의 연결에 전통과 현대와의 접목, 또한 새로운 사조와 구태의연과의 어려운 조화를 선생님은 그의 외모처럼 묵묵히 당신의 작업과 더불어 그 모든 것을 병행하셨다.

* 1984년 국립현대미술관 초대작가로 초대된 이후 선생님의 글씨는 한글판본고체와 한글 선비 서간의 진흘림과 국한혼서의 중요성을 강조하시면서 한글궁체로 일관되던 한글 서예에 새로운 방향 제시로 오늘의 한글 글씨의 다양성에 노력하신다.

* 1990년대에 들어와서 초서의 완성도에 힘을 가하셔서 이전에 한국 서단에서 볼 수 없던 기교와 태(態) 위주의 초서에서 탈피하여 독창적이면서 강건하고 웅대비려(雄大流麗)한 직필서법(直筆書法)으로 법자연(法自然)한 초서 글씨를 선보이고 계신다.

* 선생의 훈도 아래 개문(開門)의 연수가 거의 40여 년을 육박하니 경향 각지에서 인정받는 작가만도 수십인데 하나같이 독특한 개성의 작품성을 가지는 것이 특장(特長)이다.

* 일관되게 깔려있는 선생의 작품의 내면과 외양의 멋은 삼국사기 백제본기에 백제의 정신이요 백제의 마음이요 백제의 아름다운 미학인 〔儉而不陋 華而不侈〕(즉 검소하지만 누추하지 않고 화려하지만 사치스럽지 않음) 여덟자로 요약된다.

* 늘 하시던 것을 몇 마디 옮기면, 필법은 마음에 뿌리를 두는 것이니, 당 (唐) 유공권(柳公權)의 〔心正筆正〕이 중요하며, 글씨는 속기(俗氣)를 제일 금물(禁物)로 하나니 마음 속에 맑고 깨끗한 기운이 서려야 고사(高士)의 탈속한 흉중회포(胸中懷抱)를 허심탄회하게 풀어낼 수 있으며, 또한 정신으로 표현되는 것이니 정신이 살아야 생명력 넘치는 글씨를 표현할 수 있다.

현강 박홍준 선생은 이러한 글에 상세한 해설을 덧붙였지만, 이 예문만으로도 장암 이곤순 선생의 인품, 작품 성향, 작품 창작에 대한 철학 등을 확인하기에 부족함이 없다.

* 법고 창신의 예술성

장암 선생을 대면했을 때, 선생께서 하신 말씀 중에 가장 핵심은 〔法古創新〕이다. 평소의 단아한 품성과 작품의 격조 역시 이에 연유하는 것 같다.

예(古)를 지키는 것은 체(體)를 굳건하게 하는 것이다. 체가 굳건하지 않으면 뿌리가 깊지 않은 나무와 같아서 시류에 흔들리기 쉽다. 기초를 다지지 않고 쌓은 성처럼 작은 흔들림에도 쉽게 무너질 것이다. 그래서 예술작품의 정수(精髓)를 수용하여 자기화(自己化)하는 것이 예술가의 기본자세라 하겠다. 이러한 기본 위에 새로운 감동을 생성(生成)하는 창조성이 요청된다. 대표적인 예술작품을 거울삼아 새로운 가치를 창출할 때 예술의 발전이 이루어지게 마련이다.

장암 이곤순 선생이 지향하는 심정필정(心正筆正), 그리고 법고창신(法古創新)에 힘입어 선생의 예술은 세월이 흐를수록 더 큰 가치를 발현(發顯)한다. 그래서 선생의 작품은 소중한 가치를 지니며, 앞으로 새롭게 전개될 예술성을 기대하게 하는 마력(魔力)을 지닌다.

합창 지휘자, 그 연미복의 추억

"이 선생님, 한번 들르세요. 우리 교육센터에 한 번도 안 오셨었지요? 우리 센터도 보시고, 제가 하는 일도 좀 살펴보세요."

20여 년쯤일까, 까마득한 세월을 건너, 정말 오랜만에 반가운 인사를 나누자마자, 수녀님은 하실 말씀이 급하신 모양이다. 원래 좀 성격이 급한 분인 것을 익히 알고 있기에 얼른 시간 약속을 드렸다. 사실 교육센터가 무엇이고, 거기에서 하시는 일이 무엇인지, 궁금한 것도 많았지만 여쭈어 볼 짬도 주지 않으셨다.

시간에 맞추어 '예수 수도회' 수녀원에 들어섰다. '예수 수도회'는 영국의 메리워드 수녀님이 창립한 '동정성모수도회'의 새 이름이다. 영국과 독일 중심으로 활동하던 수도회였지만, 우리나라 교육의 여명기(黎明期)에 대전 성모초등학교와 성모여자고등학교를 설립하였으며, 이스라엘과 아랍 등 어린이와 여성교육이 뒤처진 나라에서 그들을 위한 교육기관을 운영하는 수도회이다.

수녀원 주차장에 차를 주차시키자, 정원 건너편의 웅장한 건물 앞에서 수녀님이 손을 흔드셨다. 중세 수도원을 연상시키는 아름다운 건물이다. 유럽 여행에서 보았던 장원(莊園)과도 같이 아름다운 뜰이다. 바삐 걸어서 악수를 나누었다. 오랜 세월이 지났지만, 반갑게 웃는 모습은 여전하였다.

이미숙 카리타스 수녀님. 이 분은 엄숙하리만큼 단정한 수도복, 안경 안쪽에서 반짝이던 눈빛, 합창단을 지휘할 때의 카리스마, 그러면서도 문학과 예술에 대한 정감어린 미소를 지니셨다. 늦게 시작한 음악 공부여서 더욱 열심히 하고 있다던 겸손함, 그리고 화음 하나라도 어긋나면 매섭게 다그치던 손짓, 그래서 합창단원들마저 악보의 음표처럼 조화롭던 모습이 떠올랐다.

카리타스 수녀님은 합창 지휘자라는 너무나 강렬한 이미지가 형성되어, 다른 일들은 그림자처럼 이해되었다. 여고 합창단을 조직하여 이화콩클 예원콩클, 한국일보 콩클, 난계음악제 등 출전하는 곳마다 거의 최고상에 입상할 만큼 대전에 합창의 회오리바람을 일으킨 장본인이기 때문이다. 가장 기억에 남는 일은 1984년 11월에 서울의 선화예고와 합동으로 익산 왕궁의 나환자 돕기 공연이라고 하였다. 사회에서 돌보지 않던 사람들에 대한 사랑이 바로 예수 수도회의 이념이기도 하기 때문에, 공연으로 그들을 위로할 수 있었던 것은 예술인에게 부여된 기쁨이고 보람이었을 터였다.

"어서 오세요. 이 건물 아름답지요? 이 건물은 코리아건추긴테리어종합건축 박경훈 사장이 지었지요. 인터리어는 노미경님이 했는데, 해리포터에 나오는 '마법의 학교' 스타일로 지었다고 합니다. 아이들의 무한한 상상과 사고에 제한을 두지 않는 창의적인 공간으로 지었어요. 우리 교육센터의 콘서트

홀, 대강당, 강의실, 회의실을 한번 둘러볼까요?"

건물 현관에서 엘리베이터까지 가는 짧은 순간에 수녀님은 여러 말씀을 다 하시고 싶은 것 같았다. 물론 이때 하신 말씀을 모두 그대로 옮길 수는 없는 일. 수녀님과 헤어지고 서재에 돌아온 후에, 그때를 되돌려 유추하면서 이어 붙였다. 정말 바깥에서 보는 외양도 훌륭한 건물이었지만, 안에서 바라보는 건물은 벽 하나에도 세심한 배려가 돋보였다. 말씀을 모두 기억하지는 못 하지만, 수녀님이 이끄시는 대로 교육센터를 둘러보았다.

1층에서 지하로 내려가니 25m 레인의 수영장이 깨끗한 모습으로 드러났다.

청고일여(淸高一如)의 화심(畵心)

*** 청고(淸高)의 아취(雅趣)**

2009년 가을, 오당 이영래 선생을 뵙기 위하여 대전광역시 중구 중촌동을 찾았다. 고만고만한 주택들이 늘어선 골목 입구에 선생의 '만석궁(滿石宮)'이 대문을 살짝 열어 놓고 있었다. 마당은 작은 화단으로 꾸며져 있고, 그 주위에는 크고 작은 돌들이 가을볕을 쪼이고 있었다.

2층으로 오르는 바깥 계단을 오르자, 수석(壽石)과 목본(木本)이 반갑게 맞았다. 문을 들어서면, 바로 오른편의 조붓한 화랑에 작은 돌들이 서로 다른 자태를 선보이는 가운데, 그 화랑을 거쳐 몇 발짝 들어서면 선생의 화실이다. 벽면이 모두 그림으로 가득한데, 붓과 물감이 서상(書床) 위에 가지런하다.

우리 지역 한국화의 대가라고 일컫는 오당 선생의 화실은 정적이 흘렀다. 이렇게 많은 작품과 수석을 갖추어 놓은 채, 나고 듦에 간섭하는 이 아무도 없는 것을 보면서 청고(淸高)의 아취(雅趣)를 실감하였다. 늘 그런 것은 아니겠지만, 몇 년 전에 찾아뵈었을 때에도 '만석궁'은 대문이 열려 있었다. 여러 제자들이 공부하러 드나들기 때문일 것이라고 생각을 하면서도, 허정(虛靜)의 경지를 지향하는 선생의 성품과 일치하는 것이어서 옷깃을 여미었던 기억이 새롭다.

* 새로움을 탐색하며

오당 선생을 충청권 한국화의 선각자라고 일컫는 것은 대전과 충남으로 분리되기 전의 도전(道展)에서 동양화(현, 한국화) 부문 초대작가 1호로 등극하였기 때문으로 보인다. 또한 평생을 붓과 함께 살아온 초심(初心) 일여(一如)에 대한 경외심(敬畏心)에 연유한 것으로 보인다. 시류(時流)에 휩쓸리지 않고, 또한 치부(致富)를 마음에 두지 않고, 화가로서의 본분을 꿋꿋하게 지켜왔기 때문으로 보인다.

오당 선생은 1954년에 제주도 미협전에 출품한 것을 계기로 하여, 19세에 대전에 정착하고, 강암(剛菴) 송성용(宋成鏞) 선생에게 사사(師事)를 받는다. 강암(剛菴) 선생은 전주에서 작품 활동을 하셨는데, 서예와 문인화의 대가였다. 강암 선생으로부터 문인화를 공부하면서 오당 선생의 작품 수준도 괄목상대(刮目相對)하게 향상된다. 그리하여 1974년에 충남 도전에서 특선을 하여 충청남도 교육감상을 수상하게 되고, 이로 인하여 화단(畵壇)에 '화가 이영래'를 확실하게 각인시키는데 성공한다.

이후 대전에서 작품 창작에 열중한다. 1983년부터는 제자들을 거두어 한국묵화회, 오묵회, 군자회 등의 모임을 결성하고 지도교수가 된다. 이렇게 후진을 지도하기 20여 년, 이제 초대작가로 선정된 문하생들만 해도 30여 명이 넘는다. '만석궁' 화실 벽에는 나무로 된 명패(名牌)가 일렬로 자리하고 있는데, 모두 초대작가 등단을 기념한 것이다.

오당 선생은 사군자로 일컬어지는 문인화부터 시작하였다. 오랜 기간에 걸쳐 작품을 빚게 되면서 '매란국죽'의 기품이 몸에 배어 들고, 자연스럽게 형성된 그 기품을 바탕으로 산수화(山水畵)를 그린다. 담담하면서도 고아한 품격을 지닌 한국화, 관념 중심에서 벗어나 실경을 화폭에 옮긴 한국화를 그린다. 당시 묵화(墨畵) 중심의 동양화 화단에서 채색화를 통한 작품 창작은 선각자들이 겪는 아픔을 동반하기도 하였으나, 이를 극복하여 오당류(悟堂類)의 작품을 선보인다.

sketch를 통한 실경 산수화, 그리고 채색화(彩色畵)의 창작 과정에서 선생은 서양화의 기법을 원용한다. 그것은 현대에 유행하는 fusion art를 미리 실험하였다는 의미를 갖는데, 이와 같은 기질은 젊은 시절에 형성되었다고, 선생의 회고를 들은 바 있다. 1936년에 경상북도 울진에서 태어난 선생은 어려서 부친을 여의고, 숙부의 슬하에서 자란다. 숙부는 충청북도 청주에서 목공소를 운영하였는데, 그 곳에서 조형미를 자학자습한다. 숙부는 업체를 제주도로 옮겨서 '미술공예사'를 운영하였기 때문에 제주에서 살게 된다. 이곳에서 선생은 공예와 회화 공부를 하게 되었고, 특히 그림에서 기본이 되는 sketch 습관을 들인 것이 가장 큰 수확이다.

그림을 그리다가 쉬어야 할 때 선생은 sketch 여행을 떠난다. 가까운 곳에서 잠시 쉬면서 sketch를 하기도 하고, 때로는 멀리 떠나서 작품 구상을 하기도 한다. 그때 의외의 자산으로 등장한 것이 수석인데, 40여 년간 탐석(探石)을 하다 보니, 헤아릴 수 없을 만큼 많이 모이고, 그 연유로 자택의 당호를 '滿石宮'으로 부른다. 선생의 화실과 옥상에서 진기한 수석을 만날 수 있다.

* 원융(圓融)을 지향하며

2009년, 오당 선생은 최근에 그린 작품을 중심으로 화집을 발간하여, 최근에 자신이 추구하는 미술 세계를 정리하기로 한다. 2000년대 초에 그린 작품도 있지만, 2007년부터 최근까지의 작품이 중심을 이룬다. 80여 점에 이르는 작품을 일견(一見)하고, 그림 속에 선생의 내면이 오롯하게 들어 있음을 확인하게 된다.

초기의 작품과 최근의 작품에서, 가장 큰 변화는 자연과 인간의 함수관계로 보인다. 초기의 작품들은 주로 자연에 대한 미적 형상화이기 때문에, 자연을 통한 관념이나 실경 묘사 중심이었다면, 최근의 작품들은 서양화적 추상성을 대입하여 구상과 비구상의 경계를 넘나드는 특성을 지닌다.

이처럼 경계에 위치한 작품들은 의도적 작업이었거나 혹은 의도하지 않은 의외성이었거나, 어떻든 fusion art의 특징을 띤다. 이 작품들은 화가의 내면을 여실하게 반영하고 있으며, 그로 말미암아 심상의 흐름을 읽어낼 수 있다. 자연을 그린 최근의 작품에서도 드러나는 특징이지만, 새롭게 창작한 구성(構成) 작품들에서는 오당 선생의 따스한 내면이 드러난다. 바닷가의 돌들이 수없는 세월을 견디어 몽돌이 되어가듯이, 선생은 원융(圓融)의 이미지를 작품에 투영한다.

「도시의 서정(抒情)」 시리즈에서 선생은 삼각형이나 사각형, 혹은 비정형의 직선이나 뾰족한 물체를 통하여 갈등과 아픔을 그려내기도 한다. 이것은 현대 물질주의가 만연하고 있는 도시의 삶에 대한 풍자를 담고 있다. 이웃과 이웃이 정을 나누지 못하는 도시 생활, 서로 믿을 수 없는 인간관계, 그리하여 금전 만능주의가 사람의 진실을 찌르고 허물어뜨리는 세태를 반영한다. 이는 선생의 바라는 것은 아니겠지만, 현실적으로 마주치는 삶이어서 작품으로 드러나고 있다.

이러한 형상화는 「상생(相生) 이미지」 시리즈를 통하여 원융의 미학으로 발전한다. 이 작품에서 드러나고 있는 밝은 색과 원, 이의 변형을 통하여 '사랑' '화합' '상생' 등의 이미지를 생성(生成)한다. 이는 「사랑을 위하여」 시리즈와 같은 따뜻한 정서로 승화되고, 이로 말미암아 「중촌동에 살어리랏다」 시리즈로 긍정적 세계관을 담아낸다. 이는 오랜 기간에 체득한 삶의 진실이 고희(古稀)를 넘기면서 발현(發現)된 것이라 하겠다.

이 외에도 「요산(樂山) 요수(樂水)」 시리즈에서 보이는 fusion art의 서경 묘사도 특별한 감동을 생성한다. 또한 「계절은 오고 가고」 시리즈에서 보이는 강렬한 색감은 세월이 흘러도 지칠 줄 모르는 노익장의 내면이기도 하다. 이렇듯이 연로할수록 더욱 새롭게 거듭나기 때문에, 선생은 달관의 경지에 이르러 미적 탐구를 쉬지 않는다.

* 종심(從心)의 미학

오당 선생은 아름다운 자연을 실내로 끌어들여 완상(玩賞)한다. 일천여 점에 이르는 수석도 그러하지만, 시냇가에서 썩어가는 나무의 뿌리나 몸통을 잘 다듬어서 예술품으로 승화시킨다. 작은 목본(木本)은 말할 것도 없고, 어떤 것은 아름이나 되는 몸통에 선생의 붓을 통하여 채색의 옷을 입고 있다.

수석에 대한 남다른 관심이 특별하여서일까, 유치환 시인의 시 「바위」를 그린 작품이 두 점이나 된다. 뜰과 계단, 화실과 회랑, 전시실과 옥상에 가득 나무와 돌을 놓아두고도 선생의 의식은 도저히 옮겨 올 수 없는 '바위'를 그리워한다. 천석고황(泉石膏肓)의 기질적 요인도 있겠지만, 〈애련에 물들지 않고/ 희로에 움직이지 않고〉 〈꿈꾸어도 노래하지 않고/ 두 쪽으로 깨트려져도 / 소리하지 않는 바위〉처럼 '함묵(緘默)'하고자 하는 지향에 의한다.

고희를 넘긴 선생은 이제 종심(從心)의 자유로움을 화폭으로 옮긴다. 논어에 나오는 바, 공자가 70세가 되어 종심소욕(從心所欲)이나 불유구(不踰矩)라 하였듯이, 이제 오당 선생 역시 '주제' '재료' '기법' 등에 거리낌 없이 작품을 빚는다. 이러한 작품의 감상만으로도 2009년의 가을은 따사롭다. 찬바람 속에서 햇빛의 여유로움을 즐긴다.

컨트리 싱어 이정명의 음악 인생

*** 팔로미노에는 컨트리 음악이 있다**

컨트리 가수 이정명이 운영하는 '팔로미노'는 대전광역시 중구 대흥동 '문화의 거리'에 있다. 도로쪽으로 커다란 창문이 난 건물의 계단을 올라 3층에 이르면 이정명의 카우보이 모자가 어울리는 사진이 맞는다. 짙은 눈썹이 매력이지만, 눈가에는 잔 주름이 잡혀서 세월의 깊이를 느끼게 한다. 강렬한 눈빛을 따라 문을 열면, 'For Allways'의 선율이 흘러나온다. 소리의 리듬을 타고 들어서면, 맨 앞에 그랜드 피아노가 자리잡고 있다. 벽에는 통키타들이 줄지어 있는 사이, 컨트리 팝 싱어들의 사진이 반갑다.

오후 2시, 팔로미노는 매일 오후 2시에 문을 연다. 음반 재킷을 매만지던 이정명 선생이 환하게 웃는다.

"안녕하십니까? 엊그제 뵈었는데, 또 만납니다."

"그러네요. 그래서 더 반갑습니다."

커피 한 잔씩을 들고 마주 앉는다.

"팔로미노가 있어 대전이 아름다운 곳이었다고들 하였는데, 지금은 어떠신가요?"

"흐흠, 전과는 좀 다르지요. 순수한 음악을 감상하는 것보다, 자기 자신에 몰입하는 것이 현대인들의 양상인 것 같습니다. 노래방에 가서 고함을 지르며 스트레스를 풀기도 하고, 요즘 유행하는 댄스 뮤직에 열광하기도 하고, 또 현대인들이 너무 바쁜 일상이기도 하고, 그런 것 같습니다."

지금은 팔로미노가 '문화의 거리'의 중심에 있지만, 1983년에는 그보다 약간 골목길에 자리 잡았었다. 눈에도 잘 띄지 않는 건물이었으며, 통유리로 된 1층은 몇 계단을 열고 들어가야 했다. 그 곳에는 정말 음악을 사랑하는 사람들이 모였다. 당시 젊었고, 패기와 예술혼이 고양된 이정명 선생은 시간이 되어야 나타나서 기타를 치며 노래를 부르거나, 피아노를 두드리며 새로운 음악을 선보였다.

* 예순 살에 더 아름다운 음악 열정

저녁 6시 경이면, 이정명 선생의 음악 열정을 감상할 수 있다. 함께 대화를 나누며 맥주 한 병씩 들고 마시다 보면 어느새 지기가 된다. 음악과 술이 있으니 그 무엇이 부러우랴. 푹신한 의자에 앉아 저물어 가는 야경을 바라보며 음악의 나래를 좇다 보면 밤이 너무나 짧다. 그래서 약간씩 남은 아쉬움을 달래기 위하여 다시금 찾게 마련인가 보다.

이정명 선생의 2011년은 휴지기에 들어섰던 그가 기지개를 켜는 의미가 있다. 새로운 재킷으로 팬들의 마음을 유혹하였다. 〔이정명 The Best〕 (The Best of Jimmy Lee)는 그의 음악 인생이 축약되어 있다. 01. For Allways, 02. 언제나, 03. Since You've Gone Away, 04. 가버린 사랑, 05. And Her Name Was, 06. 그녀 이름은, 07. The Story Of My Life, 08. 사랑이 필요해, 09 이 노래, 10. 다시 한 번, 11. 내 사랑 수, 12. Sometimes, 13. 그때 그 이후로, 14. 지난 날, 15. 당신은 가을인가요, 16.

One Long Summerday, 17. Wild Road, 18. 험한 길, 19. Mrs Simpson's Late Love, 20. 인생이란 정말 혼자라네(심슨 부인의 늦사랑) 등이 수록되어 있다.

4월 23일 토요일 저녁 8시에는 팔로미노에서 '이정명과 함께 하는 컨트리 팔로미노'라는 특별한 공연을 하였다. 이어 4월 29일 금요일 저녁 8시부터는 여의도 더 플레이스(인도네시아 대사관 옆 진주상가 5층)에서 '따스함이 있는 소통 공간 플레이스만의 특별한 공연'으로 컨트리 음악의 대중화에 시동을 걸었다. 5월 26일에는 평송가족음악회 5월 공연의 피날레를 장식하는 이정명 컨트리 뮤직 로드의 '메이 오브 홀리데이'(May of Holiday)가 무대에 올려졌다. 이렇듯 이정명 선생은 2011년을 컨트리 음악의 재기를 선언하는 계기로 삼고 있는 듯하다. 60세에 꽃 피운 음악 열정이 기대되는데, 순수음악에 대한 새로운 움직임이 싹트고 있기 때문이다.

* 컨트리 뮤직의 정통파, 이정명

컨트리 가수 이정명은 1952년 부산에서 태어났다. 그렇지만 1961년 초등학교 2학년에 대전사범학교 부속국민학교에 전학을 하여 터주대감처럼 대전을 지킨 뮤지션이다. 대전동중학교와 보문고등학교를 졸업하고 중앙대학교 연극영화과에서 공부하였다. 이때 같이 공부한 배우 유인촌(문화관광부 장관 역임)과는 막역한 사이다. 그러나 일신상의 이유로 연극영화보다는 음악에 심취하게 되었고, 작곡 공부를 열심히 하였다.

그리하여 1980년 4월에 "Mrs.Simpson's LateLove" MCSF 〔Music city song festival(Nashville pop festival) won BEST songwriter in countrymusic category〕 "심슨부인의 늦바람" 이라는 곡으로 네슈빌 팝 페스티발에서 컨트리뮤직 작곡부문에 수상하고 인증서를 받아 음악계에 화려한

데뷔를 한다. 1980년 6월에는 NSAI (Nashville songwriters Association) become a member. "내슈빌 작곡가 협회"의 준회원으로 가입하고, 1981년 5월에는 NSAI become a honorable member. NSAI 정회원으로 인준을 받는다.

1982년 4월에 첫 앨범을 발표한다. "Mrs Simson`s late love" award winning song, release on the album "Jimmy Lee Jones". "심슨부인의 늦바람" 수상곡을 담아 "Jimmy Lee Jone" 라는 타이틀로 1집 앨범을 발표하여 뮤지션으로서의 길에 새로운 영토를 개척한다.

1983년 6월에는 NSAI become life time member. NSAI 라이프 맴버로 인준을 받는다. 그리고 1984년 8월에는 "become a singer-sonrwriter at SCL production in Nashville" 내슈빌의 [SCL프로덕션] 전속 작곡가로 가입하여 국제적인 명성을 쌓는다. 1984년 12월에는 Records second album "Nashville Sound" Gary primme(Piano) Gary Lunn(Bass) Mark chesshir(Guitars) John Hammond(Drums) 내슈빌에서 세계적인 음악가들과 함께 우리말로 "Nashville Sound" 2집 앨범 녹음. 그곳 음악도시 내슈빌의 작곡가들과 친교 맺는다. 1985년 1월에는 "Become member of ASCAP" 세계 3대 제작인세 전파방송협회인 ASCAP에 작품 최초로 가입하여 Membership을 획득한다.

1987년 7월에는 "Nashville Sounds" album released in Seoul. "Nashville Sounds" 2집 앨범을 발표한다. 1990년 6월에는 "For Always" album released in Seoul. "For Always(언제나)" 3집 앨범을 발표하여 컨트리 음악계의 중견으로 자리를 잡는다. 그로 인하여 컨트리 뮤직이 대전에 있는 '문화의 거리'를 풍요롭게 한다.

*** 이정명은 대전의 보물이다**

이정명 선생은 대전 컨트리 뮤직과 동일한 선에 놓인다. COUNTRY 계열 뮤지션 중에서 세계적으로 인정받은 SINGER-SONGWRITER일 뿐만 아니라, 초등학교 때부터 대전을 지켜온 장승과 같은 사람이기 때문이다. 1983년 10월 26일 목요일에 음악 감상실 겸 연주 공간으로 [팔로미노]를 오픈한 이래 30년 가까이 한국의 명소로 이어왔기 때문이다.

이 음악실에서 자신의 음악 사랑을 펼친 뮤지션은 손으로 꼽을 수 없다. 그 중에서 손근섭, 최문섭, 이재성, 신승훈, 원정희, 안재공, 홍성수 등은 잘 알려져 있다. 그리고 John Hall, Deirdre Flint, Yvon, Geard, Moran, Andrew, Billy, Curt, Porter, Terry Stocker, John Foster, Karlin, Steve, Ken Jonson 등이 팔로미노에서 라이브 공연을 하였다. 이들이 대전에서 공연을 할 수 있었던 것은 오로지 이정명 선생이 대전을 지키고 있기 때문이다.

팔로미노는 1980년대에 출발하여 1990년대에 대표적 명소로 자리 잡았으며, 2000년대의 어려움을 극복하며 계속 뜨겁게 라이브 잼 (Live jam) 공연을 이끌어 왔다. 서정어린 멜로디, 애잔한 운율, 락앤롤(Rock and Roll), 대부분 팝뮤직으로 들어 왔던, 인생의 노래들을 팔로미노에서 감상할 수 있었다. 1998년 3월에는 우송대학교 방송음악과 전임교수로 활동을 하기도 하였지만, 그는 싱어요, 작곡가 역할에 가장 적합한 인물이다.

같이 음악을 감상하던 분이 이런 말을 하였다. "국내 통기타 계열 가수들의 대부분은 칸트리송을 부르고 있습니다. 장르는 얼굴입니다. 이정명 씨가 그들과 다른 길을 간 것은 그가 팝의 본 고장이자, 세계 무대인 미국에서, 그것도 컨트리 음악에 매카인 음악도시 내슈빌(Nashville)에서 팝 페스티발(MCSF) 작곡부문을 수상하고, 인증서를 받고 시작했기 때문입니다.] 그랬을 것이다. 컨트리 뮤직의 본 고장에서 작곡가 겸 가수로 인정을 받고 있는 이정명은 우리 대전의 보물이다. 그가 대전을 지키고, 대전에서 음악의 날개를 아름답게 펼칠 수 있도록, 우리 대전 시민들이 그를 사랑해야 할 것 같다.

* 순수가 음악의 순수를 지킨다

60평생을 컨트리 뮤직에 일관하며 사는 일이 그렇게 쉽지만은 않았을 것이다. 그의 친구들은 대전을 떠나 서울로 오라고 유혹한다. 그러나 어머니가 숨 쉬던 대전, 자신이 나고 자란 대전, 사랑하는 사람들이 찾아오기 때문에 그는 대전을 지킬 수밖에 없다.

두 자녀가 미국의 텍사스에서 종교음악을 전공하고, 막내딸이 고등학교에 재학하고 있어, 부인이 아이들 뒷바라지를 하고 있다. 기러기 생활을 하면서도 음악과 더불어 살 수 있는 것은 아직도 그의 음악적 열정이 뜨겁기 때문이리라.

"음악적 특성상 외로운 길을 가시네요."

"그런 셈이지요. 그렇지만, 음악의 주류를 형성하고 있다는 자부심이 저를 지탱하게 합니다. 가끔 찾아오는 팬이 고맙고, 연말에 찾아오는 일본 팬들이 있어, 대전에서 '팔로미노'를 지켜할 겁니다. 이 곳 '문화의 거리'가 그 이름값을 하기를 소망할 뿐입니다."

뮤지션으로서의 구도적 자세를 북돋워야 할 것 같다. 그리하여 문화의 거리에 순수 음악이 살아나고, 무지개처럼 멀리 퍼져 나가기를 소망해 본다.

희수(喜壽) 노익장의 뜨거운 열정(熱情)

고희(古稀 : 70세)를 한참 넘겨서 희수(喜壽 : 77세)에 이른 노익장이신 임봉재 원로 화백(畵伯)께서는 청년들과 같은 열정으로 작품 창작에 임하셔서 후배들의 귀감이 되고 있다. 선생은 우리 대전에서 개인 미술전이라는 말이 생소하던 1957년 대전문화원에서 [임봉재수채화 개인전]을 개최하여 지역 미술계에 신선한 충격을 주신 분이다. 이후에도 주위 미술인들이 침체될 만하면 개인전을 개최하여 새로운 기풍을 진작시킨 분이시다.

단체전의 참여는 헤아릴 수도 없으며, 개인전만 하더라도 1965년 대전문화원, 1970년 대전예총회관, 1973년 산강화랑, 1974년 한국문예진흥 미술회관, 1976년 대전문화원, 1976년 홍명미술관, 1979년 대전문화원 등에서 개최하여 초창기 대전미술계의 중심이 되셨다. 이어서 1982년 공간사랑, 1986년 현대화랑, 1990년 대전문화원에서 개인전을 개최하셨다.

회갑을 맞아 1993년에는 서울의 조형갤러리와 대전의 대전문화원에서 회갑기념 개인전을 가지셨다. 고희를 맞은 2002년에는 현대화랑 개관 17주년

기념으로 초대전을 개최하셨는데, 고희(古稀)란 '고래(古來)로 드문 나이'라
는 의미를 띤 연세이며, 중국의 두보가 쓴 〔곡강시(曲江詩)〕에 있는 '인생칠
십 고래희(人生七十古來稀)'에서 온 말이다. 이제 2009년에는 대전중구문화
원의 개관 초대를 받아 개인전을 개최하시는데, 희수에 이른 노익장의 식지
않는 열정의 결과이며, 뜨거운 창작 의지에 의한 쾌거임이 분명하다.

선생께서는 대전 미술의 여명기에 미술교사로서 수많은 제자들을 기르셨
다. 교직에서 정년 퇴임을 한 후에는 대전시립미술관의 초대 관장을 맡아 대
전의 미술 발전에 기여하셨다. 새로운 기관이 창설될 때, 그 기초를 다지는
일은 엄청나게 힘이 든 일이다. 그러한 난관을 극복하고 오늘의 대전시립미
술관이 될 수 있도록 지역사회 예술 발전에 이바시하신 분이다. 그리하여 대
전 지역의 미술인과 예술인들은 선생의 지대한 공적을 바탕으로 우리 지역
예술 발전에 이바지해야겠다는 깨우침을 받고 있다고 말한다.

선생의 제자인 기산 정명희 화백은 〔임봉재, 대전을 넘어설 영원한 젊은
그림 앞에〕라는 글에서 다음과 같이 정리하고 있다.
〈선생의 작업 스타일은 매우 절제된 우아한 고졸미로 마치 색채의 마술사
와도 같다. 중간색 톤의 맑고 부드러운 색감은 후기인상주의의 세잔느에 의
한 영향인 듯도 하며, 마티스의 강렬하면서도 심미적인 느낌들이 녹아 있는
듯도 하다. 한편 피카소의 평면작업을 연상시키는 젊은 시절의 작업들로 하
여 선생의 작품들은 다분히 구상성이 강한 심상화로 보여진다. 이러함에도
불구하고 작품에 스며나는 놀라운 한국성은 선생만이 갖는 독특한 개성으로
보아야 할 것이다.〉

임봉재 선생의 희수 개인전에서 받은 인상은 '잔잔한 감동을 주는 작품' '강렬한 인상으로 다가오는 작품' '자연의 신비를 새롭게 해석하는 작품' '자연과 하나가 되는 물아일체(物我一體)의 시심과 연계된 작품' 등이었다. 특히 〔동화〕는 순수한 동심과 함께 한없이 비상하고자 하는 의지가 반영되어 많은 사람들의 눈길을 끄는 작품이었다. 하늘과 세상의 가교로 새가 등장하는데, 그 새의 등에 사람들이 타고 날아간다. 이것은 하늘도 인간세상의 매체로 새를 도입한 듯도 하며, 동시에 새와 같은 서정적 중간자를 통한 비상의지의 발현이기도 하다. 또한 〔주왕산〕에서 보이는 짙은 색채와 직선을 활용한 강열한 표현법, 〔가족〕에서 보이는 여러 심상을 통한 원융(圓融)의 미학, 그리고 〔주왕산〕과 〔가족〕의 이미지 합성과 같은 〔향〕 등에서 선생의 미적 에스프리를 엿볼 수 있었다. 우리와 가까이 있는 제재를 통하여 새롭게 해석하는 선생의 작품은 보는 사람들로 하여금 새롭게 생성(生成)되는 감동의 회오리를 선사하고 있었다.

선생의 초대전은 2009년 5월 21일부터 27일까지 대전중구문화원 전시실에서 개최되어 대전 미술계의 각별한 관심을 불러 일으켰다. 선생은 현재 대전미술협회 고문, 대전구상작가협회 고문, 대전충남전업미술가협회 고문, 대전충남 미술대전 초대작가 등으로 활동하고 계시다.

조각에 건 인생, 그 진정어린 작품들

* 조각 개인전, 충청권 1호

1979년 5월 8일부터 14일까지 〔남계화랑〕에서 임선빈 조각 초대 작품전이 열렸다. 조각만으로 개인전을 개최하는 것은 전국에서도 10번 안에 들 뿐만 아니라, 충청권에서는 처음 있는 일이어서 새로운 역사를 창조하는 쾌거였다. 공주교육대학교에서 그를 지도한 황교영 교수, 목원대학교의 윤영자 지도교수보다도 앞선 일이었다. 스승보다 먼저 여는 전시회라 송구한 마음이 들어, 현수막에서는 '초대'라는 말을 오려내고 '임선빈 조각 작품전'이라고 내걸었다.

조각가로서는 매우 드문 경우인데, 적극적인 창작 자세는 개인전을 자주 개최하게 하였다. 1979년을 시발(始發)로 하여, 1986년 서울 관훈미술관, 1987년 대전 MBC 문화공간, 1990년 일본 동경 갤러리나까지마, 1992년 서울 대림화랑, 1992년 대전 갤러리 비전, 1996년 중구문화원, 1999년 갤러리 쉼, 2000년 대전 오원화랑, 2001년 대전 서대전역 문화관, 2006년 충남 보령 모산미술관, 2009년 대전 타임월드 갤러리 등에서 개인전을 열었다.

1992년 전시회에서 신항섭 미술평론가는 임선빈의 조각을 다음과 같이 평가하였다. 〈임선빈의 작품 세계는 인체를 대상으로 한다. 인체가 지닌 다양한 표현성을 조형언어화하는 것이다. 그의 작품은 대부분 입상(立像)이다.〉〈형태적인 특징은 인체의 세부적인 표현이 단순화되고 있다는 점이다. 전체적인 이미지는 사실적인 형태 감각을 따르되 얼굴 손 발 등 부분적인 이미지는 추상화되고 있다.〉〈그의 작품 속에 관류하는 일관된 정서는 경건함, 평화, 소망, 간구, 사랑, 화목 등이다.〉

* 전업작가로 굳게 서기까지

예술가들의 한결 같은 소망은 전업 예술가의 길이다. 그래서 자신이 지향하고 있는 분야에만 전념할 수 있다는 것은 그야말로 축복받은 일임과 동시에 형극(荊棘)의 길이기도 하다. 이러한 길을 임선빈 조각가는 묵묵히 걸어왔다. 그는 1950년 12월 15일 충남 보령시 미산면에서 출생하였다. 민족의 비극인 6.25가 일어난 해였으나, 건강하게 성장하여 미산초등학교와 주산 중고등학교를 졸업하였다. 서울 소재의 대학 진학을 원하였으나 뜻을 이루지 못하다가, 1972년 공주교육대학교에 합격하였다.

공주교육대학교에서 조각가 황교영 교수를 만나 조각을 전공하기에 이른다. 2년 동안 개인지도를 받으며 치열하게 공부하여 1974년에 졸업과 동시에 충남미전 특선, 1975년 특선, 1976년 최우수상을 수상하여 추천작가가 된다. 그는 목원대학교에 편입학하여 당시 조각의 권위자인 윤영자 교수를 만나 평생 조각가의 길에 들어섰다. 이와 같은 운명적 만남이 그로 하여금 조각계의 떠오르는 인물이 되게 하였으며, 수많은 조각 작품을 제작하는 동인(動因)이기도 하였다.

작품 수준을 높게 평가받아 개인 초상을 많이 제작하였다. 1994년 영화배우 복혜숙, 1996년 단재 신채호, 1997년 김석봉 이사장, 2000년 선화기독교미술관의 예수 그리스도상, 2008년 스마트시티 미술장식품 등이다. 대형 환경조형물을 제작하여 그를 유명하게 하였다. 1978년 호암미술관, 1988년 공주시민헌장탑 공모 당선, 1989년 대전 유성구 유성온천탑 공모 당선, 1997년 정부 대전청사 상징조형물 공모 당선, 1998년 대전시립미술관 상징 조형물 공모당선, 2004년 대전시청역 상징조형물 공모 당선, 1998년 KBS 대전총국 상징조형물 공모 당선, 2005년 계룡시청 정문 조형물 공모 당선 등 수도 없이 당선하여 조각가로서의 명성을 높였다.

* 모산조형미술관의 역할과 가치

충남 보령시 성주면 개화리 274번지에는 〔개화예술공원〕이 있다. 5만 5천 여 평에 다국적 조각공원과 한국 유명 시인의 시비공원으로 조성되어 있다. 또한 허브농원과 야외음악당을 갖춘 예술문화공원인데, 그 곳에 〔모산조형미 술관〕을 개관하였다. 이는 충청남도에 등록된 미술관이며, 한국박물관협회와 사립미술관협회 회원관인데, 임선빈 선생이 관장으로 '국제문화예술' 발전에 기여하고 있다.

모산조형미술관의 역점 사업은 '보령국제조각심포지엄'이다. 2004년에 제1 회 심포지엄을 개최한 이래, 매년 5~10명 정도의 외국 조각가들을 초청하여 1개월 이상 숙식을 제공하면서 작품을 창작하게 하고, 국제적 심포지엄을 개 최한다. 〔개화예술공원〕에 들어서면 초대형 석조 예술품이 맞는다. 이러한 작품은 말과 글로 표현할 수 없을 정도로 새로움을 제공하는데, 이러한 감동 을 생성하기 위하여 국제적 심포지엄이 개최된다. 이 심포지엄은 임선빈 선 생이 '예술총감독'으로서 발의하고 진행하는 사업이다. 매년 정기적으로 외국 조각가를 초청하여 숙식을 제공하면서 조각품을 창작하는 경우로, 대한민국 에서 유일하다는 평이다.

국제 조각 심포지엄에 대하여 임항렬 이사장은 〈자연석에 생명을 불어넣기 위하여 머나먼 이국땅에서 고생을 감수하고 심신의 땀을 흘려 보석 같은 작품을 제작하신 훌륭한 조각가의 각고의 노력〉에 감사한다. 강관욱 운영위원장은 〈타국에 오셔서 불편함을 감수하시고 유감없이 실력을 발휘해 주신 덕분에 좋은 결실〉을 맺게 되었다고 밝힌다. 모산미술관 임선빈 예술총감독은 〈혼과 열정을 다했던 땀방울이었기에 영원히 보존할 가치 있는 조각이 탄생된 것〉이라면서 국제적 위상을 정립하기를 소망한다.

* 국제문화대학원대학교 주임교수

전업 미술가로서의 그는 많은 일을 수행한다. 한국미술협회 연기지부 고문, 한국전업미술가협회 대전지회 회장, 한국예총 연기지회 회장이다. 이와 함께 국제문화대학원대학교의 조형문화연구소의 소장이자 주임교수이다. 2011년 9월 16일부터 9월 30일까지 연구원들의 작품 전시회 [조형문화표현]이 LH아트갤러리에서 열렸다. 곽정애 백향기 송미경 오호숙 김기반 정원영의 회화, 노재석 류지희 문영기 이상봉 이진자 이태근 임선빈 임형선의 조각 작품이 전시되었다.

임선빈 선생은 황교영 교수로부터 조각을 지도받아 오랜 동안 [목조]에 전념하였다. 나무의 자연스러운 표면과 질감에 조각가의 예술성이 첨가되어 새로운 작품이 탄생되었다. 그는 〈나무자체도 자연이다 보니 자연의 공기에 민감하여 뒤틀리고 갈라져 버리곤 하지만 그것 자체도 자연의 순리이기에 탓하지 않고 함께 순응〉하고자 한다. 〈작은 생명체이지만 나의 정성이 담겨 있어 같이 공존하는 모든 이로부터 사랑받고 남아 있기를 바라는 것〉이 자신의 마음이라면서 〈하나님이 창조하신 평화로운 세상〉을 아름답게 가꾸고자 한다.

서예와 서각, 그 자유혼(自由魂)과 질서

* 용호(龍虎)의 위엄을 찾아

서예가 석헌(石軒) 임재우(林裁右) 선생의 눈빛은 형형하다. 평상시의 단아한 자세도 그러려니와 주석에서의 호탕한 기개는 범접하기 어려운 위엄이 있다. 존경하는 고향 선배님이라서 사석에서도 몇 번 뵈었지만, 그때마다 서예가로서의 자존심과 예술 창작 의지는 더욱 도도하다. 특히 예술을 돈과 바꾸지 않겠다는 예술가로서의 순정은 오랜 세월이 흘러도 변함이 없다.

이와 같이 순정파 옹고집 서예가인 석헌 선생을 대전시립미술관이 '2008 대전미술의 지평' 특별전시회에 초대하여 2008년 6월 11일부터 1개월간 전시한다. 이 특별전시회에 임하면서 선생은 "그 동안 회화, 행위예술, 설치미술 등 현대미술을 중심으로 열렸던 미술의 지평전이 2008년에 서예전을 마련해주어서 전시회를 열게 되었다."면서 작품 40점을 전시한다. 특히 25점은 전시 2~6장에 해당하는 대작이며, 전서 행서 초서 문인화 한글작품 전각 등을 전시하여 선생의 작품 세계의 핵심을 선보인다.

선생은 기호 지방의 대표적 서예가 소심재 임형수 선생을 아버지로 출생하여 운명적으로 서예와 접하게 된다. 아버지께서 작품을 하실 때, 먹을 갈아드리고 화선지 위에 휘호하실 때에 압지를 대어 드리며, 어깨너머로 서예공부를 시작한 선생은 묵향(墨香)이 생활에 배어 있다. 아버지로부터 기초적인 해서를 익히고, 고석봉 선생과 오창석 선생으로부터 전각을 전수받아 서예와 전각의 명인(名人)으로 일컬어지고 있다.

* 서예 발전의 밀알이 되고

50여 년간 붓으로 글씨를 쓰면서 요즘같이 걱정스러울 때가 없었다고 탄식한다. 우리의 선비문화의 근간이라 할 수 있는 서예가 젊은 사람들 사이에서 멀어져 가는 것이 아쉽다고 말한다. "우리 조상들이 신언서판(身言書判)을 사람을 평가하는 기준으로 삼았던 것에서처럼 글씨를 통해 자기 생각을 표현하고 다른 사람에게 믿음을 주었는데, 컴퓨터 등 기계 문명의 발달로 글씨의 중요성이 사라져가고 있다."고 안타까움을 토로한다. 그래도 몇몇 뜻 있는 젊은 이들이 문화 전통을 지키기 위해 서예와 전각에 뛰어드는 사람이 있어 다행이라는 생각도 밝힌다.

선생은 제자들 사랑에 남다른 면모를 보였다. 제자들과 함께 모임과 전시회를 하기도 하였는데, 그 모임이 서예와 미술계의 파벌로 인식이 되자, 가차 없이 해체하여 개인의 영욕보다 서예계 전반에 대한 특별한 사랑을 몸소 실천하였다고 평가된다. 서예나 한국화에서는 스승을 정점으로 인연 맺은 사람들이 모여, 단체를 조직하고 스스로 힘을 집결하는 모습을 보이기도 하였다. 그런 모습에서 벗어나 자유스럽게 예술 창작에 매진하기로 한 것이다.

그러나 제자 한 사람 한 사람에게는 특별히 엄격하게 지도하여 촉망 받는 서예인으로 성장하도록 배려한다. "서예를 하고자 하는 사람은 획 하나, 글자 하나에 몰입하여, 수천 수만 번을 써서 자기와의 싸움에서 이겨야 한다."고 서도(書道)에 정진할 것을 주문한다. "서예는 옛날 사람들의 글씨를 보고 끝도 없이 베껴 쓰며 내 것으로 만드는 작업인데, 여기에서 찾아지는 기쁨을 찾아보라.”고 권한다. 그리하여 자신만의 서법(書法)을 완성하는 것이 중요함을 강조한다.

* 자유혼(自由魂)과 질서(秩序)

석헌 선생의 작품은 고법을 지키면서 새로움에 대한 꾸준한 시도로, 고루함을 탈피하여 신생의 질서를 보인다. 전서(篆書)의 달인(達人), 혹은 전서의 도인(道人)이라고 불리는 선생의 작품은 중국 청대(淸代)의 세련된 전서와 고대의 전서를 섭렵하여 자신만의 전서 체계를 새롭게 구축한다. 그래서 전시된 작품에서도 글씨가 여기저기 흩어져 있어 초현실주의와 같은 구조를 보이기도 한다. 한글로 된 작품〔나무아미타불 관세음보살〕도 다른 서예가들의 작품과 달리 완전히 새로운 서체를 선보였다.

선생의 작품과 작품 세계에 대하여 신수용 대전일보 사장은 “석헌 임재우 선생은 빼어난 글씨체로 지역 서예계의 발전에 기여하신 분”이라고 높이 평가한다. 김영관 대전광역시 정무부시장도 “석헌 임재우 선생은 고법을 지키면서 새로운 것을 창조하는 법고창신의 정신을 계승”하고 있다고 찬양한다. 이와 같은 축하의 말씀에 선생은 “이 전시회를 통하여 많은 사람들이 서예에 대하여 친근감을 갖게 되기”를 소망한다.

석헌 선생은 서예계에서도 존경받는 작가이지만, 전각에서는 더욱 귀한 존재로 자리한다. 선생은 “전각은 서예와 병행”해야 한다고 주장한다. 전각에는 서법이 필수적이고, 글씨를 암서하듯이 모각을 해야 하며, 새로운 창작 과정을 거치는 것이 중요하다고 덧붙인다. 앞으로 전각가로서 인집을 발간하기도 하고, 30여 년간 연구하고 모은 자료를 모아 전각의 교과서를 출간하려는 뜻도 펼친다. 그리하여 자유로우면서도 미적 질서를 견지하고 있는 선생의 작품 세계가 더욱 빛날 것 같다.

* 석헌 임재우 선생을 돌아보며

석헌 선생은 1947년 충청남도 공주시에서 출생, 1983년에 대전의 신신화랑에서 서예전을 가짐으로 서예계에 입성한다. 서예와 전각 작품을 국내외의 여러 전시회에 출품하여 깊이 있는 서예가로 자리한다. 대한민국 서예대전, 전국무등미술대전, 한국서예대전, 경북서예대전, 인천미술대전, 대한민국 서예대전 등의 전시회에서 심사위원을 역임하면서 서예 발전에 기여한다. 이후 원광대학교 서예과 대학원, 대구예술대 서예과, 서울예술의 전당 서예관, 충남대학교 미술대학, 대전대학교 서예과, 성신여대 동양화과 등의 강사로 후학 양성에도 심혈을 기울인다.

현재는 대전의 만년동 서실, 서울의 낙원동 서실을 운영하면서 제자들을 양성하고 있다. 서울과 대전을 오르내리며 후학을 양성하는 것도 중요하지만, 서도에 정진하는 도반(道伴)들을 만나 서예의 깊이를 다질 수 있는 것이 중요하다고 귀띔을 하기도 한다.

이제 회갑(回甲)을 맞아 선생은 더욱 새롭게 솟아나는 힘으로 작품 창작에 매진할 것 같다. 전각의 새로운 세계도 지속적으로 열어야 하고, 후학들의 뜨거운 창작의지에도 부응하며, 전각 전시회와 자료집도 발간해야 하니, 선생은 여가(餘暇)를 반납해야 할 것 같다. 그리하여 서예와 전각에서 우뚝한 예술가로 호탕한 웃음소리를 들을 것 같다. 그런 생각으로 석헌 임재우 선생의 전시회 감상기를 맺는다.

경전 강독과 한시 창작의 빛나는 여정

* 제1회 경전서사대회 장원

성균관(成均館) 건학 600주년 기념으로 1998년에 열린 [제1회 경선서사대회]가 성균관대학교에서 개최되었다. 사단법인 동방연서회와 성균관이 공동 주최한 이 대회는 성인(聖人)의 언행을 기록한 경전을 서사(書寫)함으로써 민족 전통문화의 계승과 서법 예술의 균형적인 발전을 통해 학구정신과 서법함양으로 정진하는 서예가를 발굴하려는 뜻이 있다. 특히 우리 민족 교육문화의 계승 창달과 서법 예술의 발전을 꾀하고, 역사적 인재 발굴 제도인 과거(科擧) 문화를 새롭게 조명하여 거국적으로 노사숙유(老士宿儒)와 남녀 유생(儒生)으로 하여금 경쟁의식과 문화 개방의 계기를 삼는다는 의의가 컸다.

이 서사대회는 자신의 서예작품을 응모하여 1차 예선을 치른다. 수준이 높은 출품자를 선정하여, 당일 현장에서 직접 서사하게 하고, 그 작품을 심사하여 수상자를 선발하는 격조 있고 수준 높은 경연이다. 제1회 경연대회에서 경운(耕雲) 전재환(田在桓) 선생이 장원을 하였다. 전국에서 수천 명이 참여하였고, 당일 현장에서 서사를 한 경쟁자만도 수백 명이었는데, 대전에서 올라간 서생이 당당하게 장원을 하였다는 것은 놀라운 결과였다.

　장원 수상을 통하여 전재환 선생은 전국적인 서예 대가(大家) 반열에 오르게 되었고, 이는 대전의 서예인들에게 자긍심을 심어주는 쾌거였다. 선생의 수상 소감은 다음과 같았다. 〔저는 학문을 탐구하는 학자도, 또한 서법에 정진한 서예가도 결코 아닙니다. 다만 효제(孝悌)의 가문에 태어나서 엄하신 선고의 가훈에 힘입어 사숙에서 사서삼경을 숙독하며 존성모현(尊聖慕賢)의 길을 걸어왔으며, 서사에 있어서는 '글씨를 바르게 쓰는 것은 남의 돋보임을 뜻하기 전에 수기방심(收其放心), 곧 정서함양의 길이다.'라는 지도 아래 책서(冊書)로부터 정자(正字)를 익혀 왔고, 더욱이 고서(古書) 출판 사업에 몰두하며 30여년 문자를 접하여 온 소이(所以)라 하겠으니, 이 영광은 부모의 은혜, 스승의 편달에서 얻은 것으로 감회가 새로울 뿐입니다.〕 이와 같은 겸양의 자세는 평생을 일관하였으니, 인격의 높음이다.

　*** 경전 강독, 한시 창작, 서예**

　어린 시절부터 익혀온 경전을 강독하고, 한문으로 된 서적을 번역하는 일뿐 아니라, 전재환 선생은 송축시를 창작하는 것으로 저명하다. 비문은 주로 산문 형태의 한문으로 작성하고, 송축시는 한시 형태를 갖추어서 시의 적절하고 경우에 맞게 완성하였다. 말하자면 경운 선생은 서예가이면서 동시에 문학인의 경지에 오른 한문학자이다. 한국 추사체를 연구하고 발전시키는 '한국 추사체 연묵회'의 발전을 위한 송축시를 비롯하여 개인과 단체를 위하여 수많은 작품을 남겼다.

특히 대전 충남에서 역사가 가장 깊고, 원로 서예가와 한학자로 구성된 양성서도회의 회장을 맡아 서예 발전에 크게 기여하고 있다. 양성서도회는 1973년 대전지역에서 학식과 덕망을 겸비한 한학자 서예가 몇몇 분들이 친화를 쌓아오다가, 그 뜻을 양성에 세우고 인격도야를 위한 매체로 창립한 단체이다. 〔맹자께서 말씀하시기를 마음을 다하는 자가 성(性)을 알고, 성을 아는 자가 천(天)을 안다. 그 천명을 받드는 길은 존심양성(存心養性)에 있다.〕고 한 말씀에서 양성서도회라 명하였다. 이후 1975년 11월 10일에 첫 번째 서예전을 시작으로 해마다 다양한 작품과 서체, 그리고 애장품 등을 전시하여 시민의 주목을 받았다.

참여한 회원의 면면을 보면 양성서도회가 대전지역의 대표적 서예단체임을 알게 된다. 추사체를 완성하여 추앙을 받고 있는 蓮坡 최정수 선생, 전국적으로 저명한 晩堂 임영순 선생, 제헌국회의원을 지낸 雲波 송진백 선생, 향토사학자 春岡 김영한 선생 등이다. 2011년 현재는 소계 강정구 선생, 춘강 김영한 선생, 동호 권영구 선생, 경운 전재환 선생, 남파 성백일 선생, 창양 김동석 선생, 열수 이찬로 선생, 성좌 안익환 선생, 계정 유환기 선생, 도원 김동민 선생, 운봉 최영덕 선생, 소봉 최훈자 선생, 여람 옹성문 선생, 금봉 서혜석 선생, 석천 유해규 선생, 혜당 김영순 선생, 도은 박승균 선생, 겸암 송영문 선생, 기산 오구환 선생, 화은 김우상 선생, 지강 박성용 선생, 화정 김영세 선생, 남곡 유시봉 선생, 마정 김형수 선생, 남성 김용하 선생, 인당 안무긍 선생이 서예 발전을 위해 진력하고 있다. 경운 전재환 선생이 회장을 맡고, 창양 김동석 선생이 총무를 맡아 지역 서예 발전의 머리 역할을 맡는다.

* 민족의 뿌리를 찾으려는 족보와 문집

경운 선생은 1935년 5월 19일에 충청북도 제천군 덕산면 신현리에서 출생하였다. 덕산국민학교를 졸업하고 바로 6.25 민족전쟁이 발발하여 제도권의 학업을 포기할 수밖에 없었다. 서당과 사숙에서 한학을 공부하였으며, 23세 때에 유성에 있는 한문학원에서 강사로 일하면서 대전 사람이 되었다. 이후 '도현 서예학원'을 직접 운영하면서 후학을 지도하고, 일반인들에게 경전을 강독하였으며, 서예를 지도하였다. 이후 50여 년이 넘도록 경전과 한학에 정진하다보니, 생각과 일이 모두 서도와 일치하게 되었다.

선인들의 정신을 되새기기 위한 경전 강독과 정신 수양을 위한 서예지도를 하는 것도 의미가 있었지만, 우리 문화와 전통의 창달을 위하여 출판사를 직접 운영하였다. 경전 족보 등을 중심으로 발간하는 역사 깊은 대경출판사가 그 곳이다. 당시는 납으로 된 활자로 도서를 발간하였는데, 선생은 직접 붓으로 필사하여 족보를 편찬하였다. 특히 족보 발간에 힘썼는데, 이는 삶의 뿌리를 찾기 위한 것이었다. 〔사람은 누구나 그 존귀한 가치를 지니고 태어났습니다. 그러므로 양(洋)의 동서와 시(時)의 고금할 것 없이 인류란 그 본원이 있고, 역사가 있어 오늘날 세계를 이루고 있지 않습니까?〕라고 말하는 관점에서 심혈을 기울였다.

족보학은 역사와 전통에 대한 학문으로서 전통문화를 계승하여 민족총화로 승화, 민족 주체를 찾을 수 있는 중요한 단서가 된다. 또 기본적 도덕적 윤리를 확고히 하고 새로운 문화를 받아들이는 슬기와 지혜가 되기도 한다. 대경출판사에서 만든 문집은 600여 종이 넘고, 제작한 족보 중 일부는 미국의 하버드대학교에 소장될 정도로 그 정통성이나 권위를 인정받고 있다. 〔족보나 문집을 희망하는 사람들에게 더욱 더 새로운 편집과 출판으로 다가서고 싶다.]고 밝히는 전재환 선생은 컴퓨터로 대변되는 21세기 문화 혁명기에도 우리 민족의 얼과 정신을 계승하는 길을 묵묵히 걷고 있는 서예가이자 인문학의 대가이다.

* 태산처럼 쌓인 일들을 위하여

망팔(望八)을 바라보는 경운 선생이지만 아직도 해야 할 일들이 구름처럼 쌓여 있다. 그 구름을 쟁기로 갈아가면서 씨를 뿌리고 가꾸어야 할 일들이 산처럼 쌓여 있다. 조선과 일본이 맺은 을사늑약에 분개하면서 자결한 송병선 선생을 기리는 '문충사' 이사로서 할 일도 작은 일이 아니다. 조선말 충신이면서 후학 양성을 위하여 신명을 바친 전우 선생을 기리는 간재학회 운영이사로서도 분초를 다투어야 한다.

틈틈이 송축시도 지어야 하고, 비문(碑文)도 베풀어야 한다. 민족의 뿌리를 찾는 족보도 편찬해야 하고, 선인들이 남긴 문집도 경운 선생의 손이 닿아야 빛을 본다. 양성서도회를 통하여 서예의 발전에 이바지하는 것이 '제1회 경전서사대회'에서 장원상을 받은 수상자의 몫이기도 하다. 그리하여 촌음(寸陰)을 쪼개어 봉사하는 경운 전재환 선생은 건강해야 한다. 그래서 연년익수(年年益壽)하여 우리 전통문화 발전에 공헌하기를 바라는 마음이 간절하다.

'판타레이 65' 발간과 기념전시

금강을 노래하는 화가로 널리 알려진 정명희(65) 화백은 1945년 태어난 시점의 사회상부터 현재 2010년의 사회상과 지인들에 대한 회고록을 시 형태로 지어 한국화 작품과 함께 묶어 '판타레이 65'를 발간하였다. 이를 축하하는 출판기념회는 2010년 7월 18일 오후 6시 중구 중촌동 아이엘컨벤션에서 개최되었다.

'판타레이(panta rhei)'는 고대 그리스 철학자 헤라클레이토스의 사상을 나타내는 말로 모든 것은 유전(流轉)한다는 의미이다. 세월이 흐르면서 모든 것이 변하듯이 작가의 작품 세계도 끊임없이 변화를 거듭하게 마련이다. 오롯이 자신의 작품세계를 천착하지만 기법이나 재료, 생각, 시대상 등이 한자리에 머물지 않게 한다. 그리하여 늘 새로운 미술 세계를 열게 된다.

'판타레이 65'를 발간한 갤러리가이드 엄종섭 발행인은 출간사에서 다음과 같이 말한다. 〔정명희의 판타레이 65를 통해 전해지는 글과 그림은 읽고 보는 이로 하여금 나름대로의 과거를 추억하게 만듭니다. 글을 통한 그의 삶을 추적하다 보면 어느새 그 중심에 나라는 존재가 생성되어 스스로의 지나온 삶의 과정을 되돌아보게 되며, 그래서 한동안 깊은 상념에 잠기게 됩니다.〕

소설가 고광률은 '붓과 노래하다'라는 글에서 다음과 같이 말한다. 〔기산 선생의 삶은 부지런하고 열렬하다. 선생은 울트라 마라톤을 하듯이 삶을 산다. 아마도 이상과 현실 사이의 감당키 어려운 불화를 뛰면서 산화시키는 듯하다. 그리고 현실에서 이상으로 달릴 때, 이상에서 현실로 내려올 때 언어를 사용한다.〕〔선생은 하나님 자연 사람과의 소통을 추구한다. 선생의 십자가이자 새이고, 새이자 십자가인 상징이 소통의 도구이다.〕

기산 정명희 화백은 이 책의 프롤로그에서 다음과 같이 말한다. 〔매년 중요사건을 묶었다. 부자연스러움은 두음 순서를 지키려 써내려 갔기에 이름노성도 없이, 어찌 보면 레치타티보하겠지만 족히 삶을 반추해 보려 애썼다. 충분 필요조건이 잘 맞아 캐리커쳐를 그려내듯 터널을 빠져나오듯 판타레이한 화가의 삶을 조명한 것은 흘러가는 물 같기를 원함이다.〕〔계획이 순조로워 2010년, 내 나이 65세가 되고, 개인전과 동시에 출간되기를 희망한다. 러브 훼밀리로 인연 맺은 한국화가 분들이 무릇 300여에 이르고 있다.〕

그는 1945년에서 〔강원도 평강의 어느 광산촌에서 나는 온양정씨 31대손, 십죽헌공파로〕 태어난다. 〔일곱 달 뒤에 해방을 맞았기로, 좋던 싫던 뒤꿈치에 밴 알제 앙금은 개운치 않다.〕고 말한다. 1963년은 정 화백의 본격적인 미술 인생의 시작이다. 〔그림으로 홍익대학을 준비해온 터라／ 놀랍게도 대학 입학예비고사는 복병 중의 복병이다／ 대학은 고사하고 문턱에도 못갔다／ 러시아워와는 반대로 대학은 정원 미달됐고／ 몸과 맘이 부서진 재수생만 양산했다.〕〔아이러니한 재수생이 되어 제2의 탈출구로 소설쓰기와 연극에 몰입

했다. 창피한 얘기지만 영화배우를 꿈꿔 칼 들잖은 방법으로 가출도 했었다.〕
〔누가 뭐래도 기필코/ 대학에 가야 한다/ 라인강의 기적도/ 미술가의 꿈도/
분명히 이루고 말겠노라/ 성실한 자기 성찰이 있을 뿐이다/ 아침부터 다음날
아침까지/ 잠자는 시간도 아꼈다.〕

　　1986년, 〔금강은 내 작품에서 모든 강을 대표한다. 내 작품의 화두며 생명
의 시원이기에 더 없이 귀한 사야금강이며 러브송의 영원한 대상이다. 미학
을 정립시켜 밀도 있는 작품으로 바람직한 인생을 승화시켜 내야 할 소중한
나의 동반자다.〕라며 금강을 그림의 중심축에 놓는다. 1995년, 〔결단을 내리
기 쉽지 않았다. 누가 나서도 나서야 할 입장이기에 더 버티지 않고 수락한
것은 르네상스를 위한 작은 씨앗을 '미술의 해' 대전광역시 조직위원장으로
변화와 도전을 이 고장의 발전이 되도록 새 물결을 정착시키고 싶었기 때문
이다. 예술이 예술가와 시민 정신에 고양되어 자기 분수를 알며 봉사에 익숙
해 하며, 친환경적 사고와 삶의 여유를 갖도록 해야 한다.〕

　　2005년, 〔국영교육방송 EBS가 기획 초대하는 내 초대전이 방송국 홀에서
개최됐다. 대전과 방아실을 오가며 대청호변 로드윅 장면부터 카메라맨들은
만족할 때까지 열성을 보였다.〕〔화가들의 최고급 전시는 아트페어다. 국제
아트페어 마니프전에 초대되었다. 나비처럼 날아 벌처럼 쏘겠다던 대단스러
운 권투선수 알리와 같은 쇼가 필요하다.〕 2010년 에필로그에서 그는 〔삶이
나를 속이는 게 아니라 오히려 밀려오는 파도에 죽기 살기로 온몸을 부딪치
지 않고는 차마 세상을 살아갈 자격이 없는 듯했다.〕〔큰 기도의 응답은 절제
와 낮춤을 터듯하게 했고, 겸손과 믿음과 사랑으로 평안을 얻게 하신 하나님
께 대한 감사다.〕〔내 삶의 추억이란 그저 룰에 따르며 화가의 삶을 잃지 않

으려 한, 미워할 수 없는 족적이다.] 라고 회고록을 마쳤다.

　'판타레이 65'에는 기산 정명희 화백과 교류한 한국화가의 작품, 그가 평소 음미하는 시인들의 작품도 곁들여서 다양성을 획득하고 있다. 앞으로 새로운 작품 세계를 열기 위한 거보라 하겠다.

학고구변(學古求變)의 자구풍골(自具風骨)

* 法을 익히고 藝의 완성을 추구

송암(松巖) 정태희(鄭台喜) 선생은 세 번째 갖는 개인전의 의미를 품격 있는 서예, 대중과 호흡하는 서예를 지향하는 것으로 밝힌다. 대전시립미술관 2008년 기획초대전으로 개최(2008. 7. 16~8. 13)된 송암 선생의 전시회는 작품의 다양성에 주목하게 한다.

대작 중심에서 벗어나 소품 중심이고, 여러 서체를 실험하고 있으며, 도자기와 목판을 활용하는 등 서예의 다양성을 강조한 전시회였다. 선생은 초대전의 작품 성향에 대하여 〈이번 초대전은 작품의 크기를 가급적 소품화하여 작은 공간에서도 자연스럽게 접할 수 있고 일반적으로 보고 느낄 수 있도록 서예의 실용화, 대중화를 추구하였다.〉고 밝힌다.

특히 선생은 〈이번 초대전은 지난 40여 년의 서예인생을 되돌아보고 정리하여 과거와 내일을 분명히 가름 짓는 분기점이며 대나무의 한 마디로 삼아 내일의 더 깊고 넓은 서예세계를 지향해 나가는 출발점이다. 서예술의 연마에 있어서 법(法)을 익히고 예(藝)의 완성을 추구하며, 동시에 이러한 과정을 통해 도(道)를 통할 수 있다는 진리를 함께 병행하여 지키지 않으면, 올바른 궤도에서 이탈하게 되어 품격 있는 서예세계를 성취할 수 없다는 것이 평소의 소신이다.〉라고 밝힌다.

이와 같이 정진하여 법을 익히고 예의 완성을 추구하였기 때문에, 선생은 서예계의 중심인물로 자리하게 된다. 4회에 걸려 대한민국미술대전 심사위원과 운영위원을 역임하였으며, 동아미술제, 전국대학미전 등 전국 규모의 다양한 공모전에서 심사를 맡는다. 또한 지방의 서예단체인 '충청서단'의 이사장을 5회 역임하였으며, 1998년에는 한국미술협회 서예분과 위원으로 위촉되었고, 2004년에는 한국미술협회 서예분과 위원장을 맡아 서예발전에 기여한다.

선생은 서예 작품의 창작에 힘쓰는 한편, 서예 이론의 정립에도 힘쓰고 있다. 대학 교수로서 서예를 하나의 학문적 대상으로 삼아 연구해야겠다는 사명감으로 일관하였다. 그리하여 서예에 대한 수많은 논문과 함께 여러 권의 이론서를 발간한다. 〔서예개론〕(1975), 〔중국 예술의 이해〕(1996), 〔일본서예사〕(1996), 〔예술과 인생〕(2000), 〔중국서예문화사〕 상하권(2008) 등을 발간하여 중요한 서예 이론을 정립시켰으며, 서예인(書藝人)들이 지향해야 할 좌표를 설정하고 있다.

* 아름다운 정신적 가치를 지향

송암(松巖) 정태희(鄭台熹) 선생을 만난 것은 1980년대 초였다. 당시 대한민국 미술전람회 입상 서예가로 저명한 남계 조종국, 장암 이곤순, 송암 정태희 선생의 작품을 지역 문예지 〔오늘의문학〕에 모시기 위해 송암서실을 찾았을 때였다. 선생과 필자는 신묘년 생이어서 연령이 같다는 것, 충남 공주시가 같은 고향이라는 것, 당시 인접 예술에 정진하고 있다는 점 등으로 인하여 금시에 공감대를 형성하였던 것으로 기억된다. 그리하여 세 분의 작품으로 문예지의 화보를 꾸밀 수 있었다.

그 첫인상에서 송암 선생은 짙은 눈썹, 형형하게 쏟아지는 강렬한 눈빛으로 용장(勇將)의 모습을 띠고 있었다. 또한 마주 잡은 손에서 범접하기 힘든 무게를 느꼈는데, 다른 분들도 그러했던 것 같다. 계명대 서예과 김양동(金洋東) 교수도 〈그의 손바닥은 두껍기 그지없는 장수의 손이요, 넓은 가슴은 세상의 모든 뜻을 담은 듯한 지조 있는 선비의 표상 그대로이다. 소나무처럼 굳굳하고 바위처럼 묵직한 그는 그의 아호처럼 굳세고 변함없다. 후덕한 그의 얼굴에선 제자들에 대한 깊은 사랑과 엄격함이 느껴지고 관인돈후(寬仁敦厚)한 인정이 안개처럼 번지고 있다.〉고 평한다.

이와 같은 품성처럼 선생은 글씨를 예술로 승화시켜 다른 사람들이 이르기 어려운 특별한 힘을 생성(生成)한다. 즉, 예로부터 내려오는 서예의 法을 계승하고 지키면서, 자신만의 새로움을 추구한다. 〈그의 작품에선 따뜻한 인상과 바라보면 바라볼수록 한묵(翰墨)이 응심(凝心)된 자구풍골(自具風骨)의 아름다운 정신적 가치〉가 발현되는 것도 이에 연유한다.

이러한 작품 성향에 대하여 서예평론가 정충락 선생은 〈송암 선생의 작품전은 일반의 짐작과 다른 것이 있다. 그것은 자신의 교육자적인 입장의 형상적인 공개이다. 다양한 작품이 이를 증거하고 있듯이 무엇보다 작품의 진솔한 서사의 다양성을 읽을 수 있도록 조율하고 있다는 것을 살펴야 한다.〉고 주장한다.

그는 다시 송암 선생이 지향하는 예술세계를 몇 가지로 나눈다. 첫째가 〈고전의 충실함에서 시작〉하는 바, 법고창신(法古創新)의 정신(精神)이다. 둘째가 〈항심(恒心)으로 서사한 글씨모양〉에 있는 바, 문자향(文字香)이다. 셋째가 〈일필휘지에서 나타나는 서권기(書卷氣)〉인데, 바로 서권미(書卷味)이다. 넷째가 〈글씨와 그림의 조화〉인데, 바로 서화(書畵) 겸수(兼修)를 말한다.

* 松巖 鄭台喜 선생을 돌아보며

송암 선생은 1951(辛卯)년에 충남 공주시 정안면 월산리에서 태어났다. 이곳은 마곡사(麻谷寺)와 가까운 곳으로 산고수려(山高水麗)하다. 선생의 증조모 문화류씨(文化柳氏)께서는 열부정려(烈婦旌閭)에 모실 정도로 엄격한 유교 집안이었고, 또한 부친께서는 정안중학교를 설립하실 정도로 교육에 관심이 크셨다. 이러한 가계의 전통을 이어받아 선생 또한 서예와 교육의 중심에 우뚝한 봉우리로 서게 되었다.

고향인 공주시(公州市)에서 중동초등학교를 졸업하고, 대전으로 유학을 하여 한밭중학교, 대전고등학교를 졸업한 뒤에 충남대학교 문리과대학 물리학과를 전공하면서, 서예연구회를 이끌면서 서도(書道)에 정진한다. 이때 평생의 스승인 동정(東庭) 박세림(朴世霖) 선생을 만나 서예의 나래를 펼치려 하던 중에 스승의 급서를 만나기도 한다. 그러나 다시 남정(南丁) 최정균(崔正均) 선생을 모시면서 오늘날의 송암으로 대성(大成)하게 된다.

남정 선생의 지도와 안내로 원광대학교 서예과 교수를 거쳐 대전대학교 교수에 이르렀으니, 스승과의 만남이 예술가들에게는 매우 중요하다고 하겠다. 이러한 인도와 본인의 정진으로 인하여 이제 대한민국 서예계를 이끄는 선구자의 위치를 점한 것이다. 선생은 〈지금까지 다른 길을 바라보지 않고, 오직 가르치고 붓 잡는 일에만 몰두해 왔으나, 갈수록 어렵다는 사실을 더욱 절감하게 된다.〉고 고백하고 있지만, 그래서 더욱 빛나는 작품을 탄생시키게 되었을 터이다.

송암 선생은 1975년에 개인전을 가진 뒤에 작품 창작에만 전념하느라, 16년만인 1991년에 2회 개인전을 갖는다. 그 후 다시 교육자로서 제자들의 양성과 서도 정진에 힘쓰느라 17년만인 2008년에야 3회 개인전을 갖는다. 그 과정에서 대한민국미술대전 초대작가 11명, 특선 작가 6명, 입선 작가 20여 명을 배출하였다. 또한 시-도전 초대작가 50여 명이 있을 정도로 대전 충남 지역 서예의 중심인물들을 배출하였다. 앞으로, 현재에 만족하지 않고, 불퇴전(不退轉)의 정진으로 서예계의 작품 창작과 이론 정립이라는 양축의 성공을 거둘 것이다. 그리하여 대한민국 서예계의 새로운 전기를 이룰 것으로 믿는다.

서도(書道) 중흥에 매진하는 진정성

*** 서도(書道) 중흥을 위하여**

제1회 〔충청서도대전(忠淸書道大展)〕은 2004년에 개최하였다. 한국서도협회 충청지회 조태수 회장이 취임하면서 새로운 역사를 기록하며 해마다 비약적 발전을 이루었다. 중산 선생이 서도협회 운영을 맡은 시기는 전통 문화의 중심에 있던 서예가 현대 물질문명의 거센 물결을 견디지 못하고 쇠락하던 때였다. 평생의 업으로 지켜온 서예를 다시금 전통문화의 중심으로 되돌리겠다는 각오로 선생은 서도대전(書道大展)을 준비하였다.

서예계의 선배들을 찾아뵙고 지도와 도움을 청하고, 서실을 운영하는 분과 서예학원 원장들을 찾아다니면서 서예 중흥에 동참해 줄 것을 부탁하였다. 그 분들 역시 서예의 쇠락을 걱정하던 때여서 많은 분들이 동참하고 협조하였다. 2010년에 개최한 제7회 서도대전에는 800여 점의 작품이 응모되어 괄목상대(刮目相對)할 정도였다. 대전을 비롯하여 충남과 충북의 서예가들이 혼연일체가 되어 서예 중흥에 힘을 보탠 결과였고, 그 중심에 중산(重山) 회장이 있었다.

특히 2006년부터 개최한 〔충청서도 초대작가전〕은 몇십 명에서 출발하였다. 그렇지만 해가 갈수록 참여자가 늘어서 2011년 제6회 때는 200명이 넘는 초대작가들이 참여하여 명실 공히 서예의 중심으로 자리를 잡게 되었다. 이러한 발전은 자신의 모든 것을 서예에 집중한 중산 선생의 서예사랑 덕분이다.

* 서당에서 보고 익힌 전통문화

중산 조태수 선생은 1945년 3월 30일, 충청남도 홍성군 금마면 용홍리에서 태어났다. 전형적 농촌이었지만, 선생의 조부께서 서당의 훈장이셨기 때문에 그 곳에서 천자문과 서예를 익힐 수 있었다. 선생의 부친은 농사를 지으라고 하셨지만, 선생의 조부께서는 한학(漢學)과 서예에 정진할 것을 권면하셨다.

금마초등학교, 홍성중학교, 홍성고등학교를 졸업하고, 조부의 후원 아래 서라벌예술대학 동양화과에 진학하였다. 대학에서의 전공은 동양화였지만, 선생은 어려서부터 익힌 서예에 더 관심을 갖고 정진하였다. 대학 2학년 때 군 입대, 이후 군에서 제대를 하였지만 조부의 사망으로 후원을 받지 못하게 되어 복학하지 못한 채, 직장생활을 하게 되었다. 직장 생활을 하면서도 서예에 대한 열정을 되살려 정진하다가 서예에 전념하기로 결심하였다.

평소의 실력으로 서예학원을 개설하였고, 보다 높은 수준을 지향하기 위하여 여러 스승을 찾아 다녔다. 처음 대전의 송암 정태희 선생으로부터 서예의 깊이를 익혔고, 청주의 김동윤 선생으로부터 서예의 새로운 가닥을 잡게 되었다. 후일 서울의 무림 김영기 선생과 죽봉 황성현 선생으로부터 사사를 받으며 자신의 세계를 개척하기 위하여 진력하였다.

* 서예도 체력이 바탕

선생은 새벽마다 테니스장에서 공과 씨름한다. 서예에 정진하기 위해서는 체력이 강건하여야겠다는 깨달음에 의한 건강법이다. 친화를 지향하고, 두주(斗酒)를 불사(不辭)하는 성격이어서 술을 가까이 하기 때문에, 다음날 새벽에 운동으로 몸을 회복하기 위해 거의 매일 테니스장을 찾는다. 그리하여 체력을 바탕으로 정신을 집중할 수 있고, 수많은 사람들을 만나 서예 발전을 논의할 수 있었으리라.

선생은 한때 마라톤에도 입문한 적이 있다. 1/4 코스를 달리거나, 하프 코스를 완주하면서 체력을 단련하였다. 그러나 중년기가 되면서 체력의 한계를 느껴 테니스로 전환하였다. 선생은 또한 '초아의 봉사'를 지향하는 국제로타리 조치원 클럽의 회원으로 봉사를 하기도 하였다. 1980년에 입회하여 '봉사의 인'이 되기도 하였고, 임원을 맡아 지역봉사의 선봉이 되기도 하였다.

그러나 선생이 지향하는 분야는 서도였다. 그리하여 [한밭휘호대회]를 개최하여 수많은 서생들이 실력을 겨루는 자리를 마련하였다. 이때 참여한 분들이 너른 강당을 가득 메우는 열정을 확인하고, 그 열정을 발산할 자리를 마련하기 위하여 [충청서도대전]을 개최하였으며, 다시 기존의 작가 및 추천작가들의 수준 높은 작품을 전시하기 위하여 [충청서도 초대작가전]을 개최하게 된 원동력이 되었다.

* 예술은 자신 극복의 결과

서예 중흥을 위한 활동도 중요한 일이지만, 자신의 수준 높은 작품이 더 중요하다는 예술의 본질에 충실하기 위하여 작품 창작에 매진한다. 2007년에는 360여 쪽의 [중산 조태수 서집]을 발간하였다. 서예에 입문한 분들에게 안내하기 위하여 〈평소 서예를 공부해오며 필요로 했고 마음 먹었던 일로 그 동안 각종 공모전에 자주 출품되어 왔던 한시, 문구를 소재로 해서 행서 예서 목간 등 358점)을 모범문으로 제시하였다.

2009년에는 서울 인사동에서 개인전을 개최하며 80여 쪽의 〔중산 조태수 서전〕을 발간하였다. 서문 '첫 전시회를 열면서'에서 선생은 〈30년 가까이 붓을 잡아온 흔적을 정리해 보고 싶었던 참에 한국미술관에서 개관기념으로 초대개인전을 주선하여 준다기에 큰 다행으로 알고 용기〉를 내었다고 하였다. 다시 2011년에는 대전 중구 문화원에서 개인전을 개최하며, 320여 쪽의 〔한묵기행〕을 발간하여 서예의 전범을 제시하였다.

나는 중산 선생의 작품 전시회 도록의 '축사'에서 이렇게 맺었다. 〈선생은 순정과 열정으로 서법(書法) 연마의 과정을 지나고, 예술로 승화시키는 서예(書藝)의 경지도 지나고, 이치를 궁구하는 서도(書道)에 이르렀으니, 이제 필정입신(筆精入神)에 이르기 위하여 신명을 바칠 것〉으로 보인다고 기대하였다. 그리하여 선생의 홍곡지지(鴻鵠之志)를 누리에 펼치기를 축원하였다.

구도적 대화로 채색하는 마력

화가 차선영은 2008년 개인전에 임하는 자세를 다음과 같이 정리하고 있다. 〈긴 여정처럼 가도 가도 끝이 없는 길인 것 같다. 돌아설 수 없는 귀로에서 캔버스를 마주하며 심연 속으로 밀려가는…. 늘 채워야 하는 공간과의 구도적인 대화로 채색을 한다. 소중한 의미를 간직하며 잊혀져 가는 날에 그림을 그리며 서로에게 기쁨이 되어 살려한다.〉

짧은 글 속에서 차 화백의 내면적 진실을 엿볼 수 있다. 창작의 길은 긴 여정과 같아서 가도 가도 끝이 없는 길에 틀림없기 때문이다. 어린 시절부터 잡은 선과 면, 그리고 채색의 욕구는 세월이 갈수록 강렬해진다. 일생을 미술 창작에 전념하기로 작정을 하였기 때문에 구도적인 자세를 거둘 수가 없는 것이다. 캔버스를 마주하며 힘이 실린 붓으로 완성한 작품은 정말 소중한 것이다. 어찌 보면 캔버스가 있기 때문에 그 곳에 소중한 이미지를 작품으로 빚는 것이다. 그 작품들에 들어있는 소중한 의미를 되새기며 창작의 붓을 쉬지 않는 것이다. 사람이 밥을 먹고 생명을 유지하듯이, 차 화백은 그림을 그리면서 내면의 목마름을 해결하는 것 같다.

얼마 전, 화가 차선영의 개인전에서 나도 몰래 솟아나는 아련한 향수를 만났다. 오늘날에는 사용하지도 않는 석유등과 바구니, 조개껍데기가 어울려 있는 정물화 [바닷가의 추억]은 구상과 추상의 접점에서 하모니를 이루고 있었다. 중심 오브제는 구상이어서 분명한 형상성을 띠고 있지만, 그 배경은 여러 색을 덧칠하여 비구상의 이미지텔링 수법을 선보이고 있어 다의적 해석이 가능하게 하였다.

또 다른 작품 [고요 속으로]에는 소의 목에 걸려 있을 워낭과 같은 방울을 중심 소재로 하였다. 쇠로 만든 이 방울은 큰 대문에도 걸어놓아서 문을 열 때마다 딸랑거리면서 사람들의 출입을 확인하던 것이다. 방울에 햇살이 비추자 이 방울은 대문에 새로운 그림자를 짓는다. 그 아래로 관념 속에서나 존재하고 있을 꽃을 배치하여, 사람과 자연의 조화를 생성한다. 이 그림에서 중요한 사실은 빛과 오브제와의 연관성이다. 오브제는 빛에 의하여 밝은 색을 띠고 있지만, 세월에 따른 녹슨 방울과 버짐처럼 번져있는 대문의 더께가 세월의 간극을 말하고 있다. 꽃과 그림자의 색채적 일치는 작가의 메시지를 효과적으로 전달한다.

[영원으로부터]에서는 전통 혼례에서나 볼 수 있는 나무기러기와 그릇, 그리고 그릇에 담긴 석류를 통하여 시간의 영원성을 비유하기도 한다. [가을이 남기고 간 이야기]에는 접시와 찻잔, 작은 도기, 그리고 연꽃과 연밥, 석류 몇 개가 역사성을 대변하고 있다. [떠나는 마음]이나 [지나간 날의 풍화] [지난날의 흔적들] 등에서는 흙공작을 통한 영원성과 배경의 색을 통하여 현재성을 조화롭게 그려내고 있다. 한편 [사랑으로] [정을 보내며] [세월 속으로] [여름날의 꿈] [정겨움] 등에서 보이는 꽃의 이미지들은 반 추상적 이미지를

현현(顯現)하는 데에 크게 이바지하고 있다.

세월을 조금 거슬러 가면, 2005년의 개인전에서 차선영 화백의 욕구를 확인하게 된다. 〈염원이란 테마로 빗겨가는 생의 여로에서, 머물고 싶은 순간들을 채색하듯이 하얀 의미의 순수를 포착했습니다. 작은 걸음 다가설 수 있는 자리였으면 좋겠습니다.〉이 글에서 차 화백이 추구하는 테마가 '염원'이라는 것, 이는 생의 여로에서 '하얀 의미의 순수'와 닿아 있다는 것, 그러한 의미를 담아 전시하는 작품에 많은 사람이 함께하기를 소망한다는 것을 간명하게 밝힌다. 이 전시회의 작품들은 대체로 어둔 색상이 중심을 이룬다. 전체적으로 탁한 색상에 밝은 꽃을 가볍게 배치한다. 차 화백이 마음의 아픔을 겪던 때가 아닌가 싶다.

이보다 앞선 2003년의 개인전 작품은 탁하지만 밝은 색채가 주를 이루었다. 〔기원〕에서는 흰말이 어둔 바탕에서 걸어 나온다. 이는 떨쳐 버리고 싶을 만큼 어둡던 추억에서 새로운 세상으로 나서려는 소망이 그림으로 나타난 것 같다. 〔지난날의 대화〕에서는 청록색의 배경이 고대 유물의 청동색과 동질적인 색상을 지닌다. 토기를 바탕으로 분할된 영토에 청동 마구와 새가 생명의 신비를 나누고 있다. 이는 또한 〔공간과의 대화〕에서도 언덕 위에 있는 집, 언덕 아래의 절벽 등에 유사한 색상이 보인다. 즉 기억의 저편에서 찾아낸 이미지들이 청색 계열로 나타나는 것 같다.

더 거슬러 올라가면, 등(燈)을 중심으로 한 추억의 공간이 나온다. 2000년의 개인전을 감상한 당시 미술세계 정민영 편집장은 차선영 화백의 작품 세계를 이렇게 정리하고 있다. 〈그의 작품 소재는 석유등, 수레바퀴, 토기로 제한)되어 있다는 것이다. 이들은 〈복고풍의 카페 같은 곳에서 실내장식용으로 사용하는 고물〉들인데, 이 고물들을 통하여 지난날을 반추할 수 있다는 것이다. 이들은 〈이미 돌이킬 수 없는 것들이지만 우리 마음의 밤길을 밝히는 온기어린 추억의 등불〉이 되고 있다는 것이다. 〈비록 작품의 소재가 사변적이고 개인적인 것들이지만 이들이 어우러져 그림을 기름지게 하고, 또 인간의 근원적인 향수를 점화〉하기 때문에 감동적인 작품이라는 것이다.

회화를 중심으로 창작하고, 개인전을 열고, 문화센터에서 회화를 지도하는 차선영 화백은 경희대학교 요업공예학과 출신이다. 대학에서 도기와 자기를 전공하였지만, 어린 시절부터 그림에 대한 사랑이 특별하였기 때문에 평생 평면 작업에 전념한다. 초등학교에서부터 그림에 대한 소질을 보여 여러 대회에서 상을 받았다. 대전여자중학교 재학시에는 여러 대학에서 시행하는 그리기 경진대회에서 최우수상을 받는 등 두각을 나타내는 유망주였다. 대전여자고등학교 재학시에는 회화 서클인 [미상록]의 멤버로 수상실적이 일간신문에도 대서특필할 정도였다.

최근까지 12회 전시회를 개최할 정도로 성실한 작업 태도를 보인다. 한국전업미술가협회 대전충남지회 부회장을 역임하기도 하고, 현재는 백화점 세이의 문화센터 강사, 대전 중구문화원 문화강좌 강사로 후진을 양성하고 있다. 앞으로도 지속적으로 회화 창작에 전념하겠다는 굳은 각오를 다지는 차 화백은 정물 중심에서 풍경을 접합하여 사실성을 띤 작품 창작으로 키를 돌리고 있다. 그리하여 여러 그룹전에 참여하기도 하고, 매년 1회 정도씩은 개인전을 열고 싶다는 소망을 밝힌다.

시간(時間)과 기다림의 미학(美學)

공예 예술가 최영근(崔榮根) 교수는 섬세함을 유지하면서 대작(大作)을 추구한다. 작품의 스케일이 크면 섬세하지 않거나, 섬세하면 작은 기교에 미무는 작품 창작 형태를 극복하고자 2009년 5월 1일부터 대전광역시 중구 소재의 '이안갤러리' 초대전을 개최하여 〔최영근의 칠〕전을 선보인다. 대부분의 작품이 옻칠을 바탕으로 미세한 자개 조각을 붙여서 보기 드문 대작을 전시하여 〈입을 다물 수 없을 정도로 경탄〉하게 만든다.

그의 작품을 감상하면서, 비평가들의 현학적 이론과 접목시키느라 꽤나 힘들었다. 그래서 작품에 대한 이론적 선입견을 벗어던지고 작품을 바라보니, 대작의 스케일과 부분적 치밀함에서 땀의 색깔과 열정의 숨소리를 만날 수 있었다.

〔창세기〕는 구약 성경의 창세기 1장부터 4장 23절까지의 내용을 알파벳 고문자를 이용하여 칠(漆)의 검은 바탕에 자개로 새겨넣었다. 하나하나의 문자가 영롱한 빛으로 생명의 불꽃을 피우고 있어 바라보는 가슴도 서서히 훈

훈해졌으며, 붉은 기운이 가운데로 집중하는 의미와 상통하였다. 그는 자개로 한 자 한 자 제작하는 과정에서 큐(Q)라는 스펠링이 하나도 없고, E와 T가 가장 많음을 알게 되었다고 밝히면서, 태초에 이 세상이 창조될 때 그 누가 있어 창조주의 하시는 일에 의문을 제기했겠는가, 이런 물음에 도달하였다고 한다. 이렇듯이 대작을 섬세하게 완성한 것은 그야말로 초인적 창작 의지의 승화라 하겠다. [한글 문자 구성]도 동질의 경악을 유발한다.

[신(神)의 지문(指紋)]은 4각의 검정 바탕 칠(漆)에 자개를 잘게 부수고 다듬어 수많은 곡선으로 이어지게 하여 풀리지 않는 선의 미로(迷路)를 구성하였다. 형상을 가진 세계, 형태를 가진 대상물이 창조되기 이전에 어떤 원리와 섭리가 먼저 존재하고 있음을 분명하게 나타내고 있다. 이러한 상징적 의미와 함께 제목의 은유는 작품의 품격을 더욱 높였다. 그것은 조형적으로 신의 지문이며, 창조의 지도라고 생각할 수도 있는데, 그 창작의 노고에 고개가 숙여졌다. 몇 시간이 아니고, 며칠이 아니고, 몇 달 혹은 몇 년간 땀과 집중력으로 완성한 작품이었다. 이와 같은 동적 이미지는 [류(流)-대지의 바람]에서도 유사하게 드러난다.

[태초의 에너지]는 태양의 광선이 이글거리는 양상을 띤다. 블랙홀과 같은 중앙의 검은 칠 속에서 수많은 빛이 세상을 향하여 태동을 한다. 이러한 작품 경향은 [태초의 에너지-삼라만상] [탄생-빅뱅] [코스모스 스페이스]에서도 드러난다. 우주가 생성되는 빅뱅의 순간을 표현한 것인데, 거대한 충격의 순간은 중심의 검정빛이다. [탄생-개화 전야]는 씨앗 혹은 눈과 같은 이미지가 확대되어 가는 양상을 정밀하게 묘사하고 있다. 이와는 달리 이미지를 생성하는 줄기만을 남긴 채 약화(略畵) 형식을 띤 작품에는 [손 1] [손 2] [파적

1〕〔정물 1-새아침〕 등이 있다.

　한남대학교 미술대학 디자인학과 교수로 재직 중인 최영근 교수는 1948년 충청남도 청양에서 태어나 홍익대학교 미술대학 응용미술과를 졸업하고, 같은 대학 산업미술대학원을 졸업한 정통파 공예 디자인 미술가이다. 1976년 충청남도 미술전람회 공예부문 최우수상을 시작으로 1978년 최우수상, 1979년 최고상, 1980년 최우수상을 수상하여 공예미술가로 굳건하게 자리를 잡는다. 이어 1984년 대한민국미술대전 공예부문에서 대상을 수상하여 새로운 세계를 개척한다.

　미술 비평가 김광우는 다음과 같이 정리한다. 〈최영근의 스케일은 우주 빅뱅 탄생 등과 같은 작품의 제목에서 나타난다. 그는 작은 사이즈의 작품을 섬세한 손놀림으로 제작하면서도 우주의 현상을 표현한다. 미세한 자료들을 조립하는 행위를 헤아릴 수 없이 반복하면서도 그는 신의 존재, 우주의 창조, 생명의 기원, 영혼의 자유 등을 훌륭한 그림으로 그린다. 그에게 칠에는 그의 정신세계의 수준을 고향하는 수행이다.〉

　미술 비평가 장동광은 다음과 같이 정리한다. 〈최영근의 작품을 음미하면서, 흑칠이 던져주는 깊은 사유의 우물 속에서 추상적 사유와 사실적 재현의도에서 빚어진 끝없는 창작의 일출적(日出的) 동요를 엿보았다. 그것은 어둠 속에서 일어서는 빛의 생명력이었으며, 카오스(CHAOS)에서 코스모스(COSMOS)로 나아가려는 우주 질서의 자연적 원류(原流)였다.〉

　미술비평가 민혜란은 다음과 같이 정리한다. 〈최영근 작가에게 한국 칠예와 그 자신의 검은 빛깔(玄)은 수억 년의 빛의 운동이 존재하는 우주 공간의 검은 빛깔이다. 시간과 공간의 온갖 이야기들을 머금고도 소리와 몸짓을 내지 않는 깊이와 무게의 공간이다. 호흡의 소리를 머금고 있어 살아있는 존재의 공간이다. 칠하는 과정에서 그러한 우주의 검고 깊은 빛깔이 포착되는 순간에 그의 작업은 우주의 공간을 향해 펼쳐져 있는 조형적 세계가 구체화된다.〉

최영근 교수는 칠(漆) 공예 작업을 하면서 많은 어록을 남겼는데, 그 중에서 몇 주장을 인용한다. 〈작업과정에서 나는 종(縱)으로는 과거와 현재, 미래를 생각하였고, 회(橫)으로는 동서를 가슴에 담고 칠의 길을 탐구하고자 하였다. 또한 마음은 동양과 한국에 두고, 눈은 서양과 현대를 보고자 하였다.〉 〈검정빛을 내는 흑칠(黑漆)은 모든 색을 블랙홀처럼 빨아들인다. 칠의 검정색은 단순한 검정이 아니라, 모든 빛을 흡수한, 모든 색이 내재된 색이다. 그렇기에 어떤 색이든 검정색 바탕 위에서는 그 색 자체의 고유의 색을 명료하게 드러낸다.〉 〈칠(漆)은 천연색감(天然色感)이 주는 자연의 미감(美感)이며, 현(玄) 빛(光) 절제(節制) 정밀(精密) 명징(明澄) 우주적 무한공간(無限空間)의 미감으로 생각한다.〉

칠(漆) 예술을 '시간의 미학'이고 '기다림의 미학'이라고 생각하는 최영근 교수는 앞으로도 수많은 점, 선, 면을 통하여 조형적인 가치를 생성할 것이다. 이런 자세로 길 없는 길을 찾아 갈 것이고, 그 길을 찾아가는 과정에서 예술은 영롱하게 빛날 것이다.

한국화의 진실을 찾는 여정

설송 최원구 선생은 서예와 한국화를 겸비하고, 우리 강산과 영물(靈物)을 화폭에 담아낸다. 우리 산천을 그대로 옮겨온 산수화, 녹수리 범 용 잉어 등의 신비로운 사물을 소재로 한 대작(大作)과 소품(小品)을 아울러서 2008년 4월 24일부터 30일까지 대전광역시 문화동에 있는 〔연정국악문화회관〕 2층 대전시실에서 전시를 준비하고 있다. 그의 화실을 먼저 찾아 전시 작품을 미리 감상할 기회를 가졌다.

설송 선생에게는 산자수려한 우리의 강산이 모두 그의 화재(畵材)이기에, 그의 붓이 스치면 춘하추동의 아름다운 풍경이 화폭에 자리 잡는다. 화사한 꽃이 아름답게 수 놓여진 봄 풍경, 비가 온 뒤에 안개에 얹힌 듯 싱그러운 산들이 하늘 높이 치솟은 여름 풍경, 곱게 채색한 산과 가을 들녘의 신비로운 조화, 눈송이에 잠드는 겨울 마을의 풍광이 화선지에 펼쳐진다.

특히 설송 선생은 '독수리' 그림에 남다른 자부심을 표출한다. 한화 이글스 야구단이 승리를 하던 해에 우승 기념으로 독수리 그림을 그려 한화그룹 본사에서 소장한 작품은 단연 일품으로 손꼽는다. 스타게이트에 있는 200호 독수리 그림도 자랑하고 싶은 그림이다. 이 외에도 호랑이와 용, 두루미와 청둥오리, 그리고 금빛 잉어가 그의 그림에서 살아 움직이는 생동감을 보이고 있어 감탄을 자아내게 한다.

그의 산수도는 누구도 범접하지 못할 풍모를 지닌다. 특히 속리산 법주사 전경도(400호)가 청주국제공항 1층 중앙에 자리하고 있어, 국제 관문의 예술적 품위를 높이고 있다. 대기실에서 마주치는 이 그림에서 아름다운 속리산과 법주사의 진면목을 다시금 확인하게 된다. 충북 보은 삼년산성 전경도(80호) 역시 설송 선생이 아니고서는 그리기 힘든 화재(畵材)라고 한다.

그의 서예는 그야말로 용사비등(龍蛇飛騰)하는 기운을 지니고 있다. 차를 좋아하는 설송 선생은 "마음이 맑아야 그림도 맑아진다." "마음이 가라앉아야 글씨에 힘이 들어간다."고 밝힌다. 심신의 수련이 그림과 서예로 투영된다는 말씀이다. 특히 선생은 작품 창작에 남다른 부지런함을 실천하는 분이다. 그래서 여러 차례 치루는 개인전도 야단법석을 떨지 않고 조용한 가운데 준비한다. 단체전이나 초대전에도 미리 준비한 작품으로 참여하기 때문에 마음이 평안하다. 평안한 마음으로 작품을 창작하기 때문에 감상을 하는 사람도 그렇지 않을까 싶다.

설송 선생의 특징은 한국화와 서예에 전념하기 위하여 다른 활동에는 전혀 무관심하다는 점이다. 신문이나 잡지에 짧은 글도 싣지를 않는다. 오로지 예인의 풍도를 지켜서 붓으로만 승부를 하겠다는 것이다. 그러면서 스승을 존경하고, 지기들과 아름다운 우정을 나눌 수 있는 선생을 바라보며, 그의 15번째 작품 전시회를 미리 감상하였다. 아울러 금년 말에 워싱턴 중앙일보가 초대한 워싱턴 개인전도 성공할 것이라 믿어 축하드린다.

공연 예술에 대한 배려와 감동

*** 마영님 김미양의 [베토벤 연주]**

장애우와 함께 하는 마영님 김미양의 [베토벤 바이올린 소나타 선곡 연주회]가 3월 5일 대덕교회에서 시작되었다. 이 날은 1~3악장을 연주하였는데, 이후 3월 15일에 배재대학교에서 4~5악장, 3월 22일에 6~8악장을 연주하고, 다시 3월 26일에 대덕교회에서 9~10악장을 연주하기로 기획되었다.

한국국제음악제에서 기획과 주관을 한 연주회에 참석하여 베토벤의 음악 세계를 감상할 수 있게 되어 참으로 다행이었다. 전곡을 들을 수 있는 기회가 그리 흔하지 않던 터에 귀한 자리를 마련해 주어서 기억에 남는 연주회가 되었고, 앞으로 열리는 연주회가 멋지게 성공할 것으로 믿는다. 이 연주회는 몇 가지 점에서 우리 사회에 신선한 충격을 주고 있다.

첫 번째가 대덕교회와 배재대학교의 봉사 정신이다. 신성한 예배를 봉헌하는 교회의 중심 기관을 개방하여 연주회를 하도록 배려하는 일은 결코 쉬운 일이 아니다. 그런데도 대덕교회는 수요예배 시간에 음악 연주회를 할 수 있도록 허락하였고, 입장 티켓을 판매함은 물론 장애우를 위한 헌금도 배려하였다. 이는 사회 지도층에게 주문하는 바, 노블리스 오블리주를 교회가 앞장 서서 실천하는 아름다운 동행이다. 배재대학교 역시 교육을 위해 준비한 장소를 기꺼이 협조한 것은 우리 사회의 귀감이 되기에 충분하다.

두 번째는 수준 높은 음악 감상의 기회가 마련되었다는 점이다. 바이올리니스트 마영님은 12세에 학생 음악 콩클을 석권하고 내리 5년 연속 1위를 할 정도로 촉망받는 연주자였다. 국내는 물론 국제 음악 페스티발에 초청되어 연주하는 천재적인 음악인이다. 또한 피아니스트 김미양은 국내보다 외국에서 더 유명한 솔리이스트로 알려져 있으며, 대전시립청소년합창단 수석 연주자로 활동하는 음악인이다. 국제적 수준의 연주자들이 엮어내는 화음을 감상하는 것은 매우 소중한 체험이라 하겠다.

세 번째는 베토벤 바이올린 소나타 전곡을 감상할 수 있는 기회가 주어졌다는 것이다. 함께 참석한 음악 애호가들의 말에 의하면, 10악장의 소나타를 전곡 연주한 것은 매우 드문 공연이라고 한다. 더구나 장애우들을 위하여 전곡을 연주하는 것은 대한민국에서도 초연(初演)이 될 것이라고 특별한 의미를 부여하였다. 베토벤 자신도 이 소나타의 후반부를 작곡하면서 청각 장애를 심하게 겪었던 점을 상기한다면, 더욱 뜻이 깊고 특별한 연주회라 하겠다.

교회와 대학에서 예술 활동을 지원하는 일은 전에도 있었던 일이다. 선화교회에서는 〔선화기독교미술관〕을 개설하여 미술인들에게 전시공간을 배려한 바 있다. 처음에는 삼천리교육원에 개설하였는데, 시내에서 멀리 떨어진 것이 단점이었는데, 이를 다시 교회 안으로 수용하여 미술 발전에 기여하였다. 또한 유명한 음악인들을 초청하여 예술혼을 발휘하도록 배려하기도 하였다.

계룡산 갑사에서도 산사 음악회를 개최하여 불교의 은둔적 이미지를 벗어나는 효과를 환기시키고, 예술인들에게 발표의 기회를 제공하여 더불어 사는 봉사를 실천하고 있다. 이러한 일들이 종교의 존엄성을 지키면서 이루어질 수 있다면, 이는 사회를 위한 빛과 소금의 역할을 다하는 것이라고 하겠다. 이러한 일은 사실상 우리들이 인식하지 못하는 사이에 아주 많은 종교 기관에서 해오던 일이기도 하다.

앞으로도 더 많은 기관들이 본연의 일에 충실하면서, 사회 구성원들과 함께 예술혼을 나눌 수 있기를 소망한다. 그리하여 우리 사회가 조금은 살갑고 아름답기를 소망해 본다.

* 대전팝스오케스트라 [감성터치 콘서트]

[시민과 함께 하는 아름다운 파퓰러 음악]을 선사하기 위해 사단법인 대전팝스오케스트라가 2008년 3월 13일, 엑스포아트홀에서 개최한 제18회 정기공연이 대전광역시의 봄밤 하늘을 수놓았다.

첫 순서로 모차르트의 '아이네 클라이네 나흐트뮤지크'의 고혹적인 선율이 장내에 흐르는 가운데, 상임지휘자 김덕영의 몸짓은 물이 흐르듯 자연스러웠다. 이어 슈베르트의 '세레나데' 연가곡 백조의 노래 중 4곡이 연주되었고, 차이코프스키의 '스완 레이크' 정경이 완벽한 화음을 이루었다.

소프라노 임지연의 출연은 신선하였다. 외국에서 활동을 하다가 참여한 성악가들은 대체로 외국곡을 부르거나, 외국곡과 우리 가곡을 함께 부르는 것이 일반적 성향인데, 그는 우리 가곡 두 편을 불렀다. 홍난파의 '봄처녀'를 불러서 3월의 봄밤을 신선하게 하였고, 김동진의 '목련화'를 불러서 아름답고 순결한 분위기를 만들었다.

공연은 계속되어 '라노비아' '탱고 메들리' 등과 함께 초대가수의 노래와 특별출연자들의 연주가 진행되었다. 대전광역시 새마을회 조성욱 회장의 색소

폰과 함께 대전시닝송가협회 노금선 회장의 시닝송이 멋진 앙상블을 이루었다. 마지막으로 토탈아티스트 류환의 퍼포먼스가 진행되어 삶에 지친 영혼의 구제를 상징적으로 작품화하였다.

예술가들의 이러한 예술 행위는 희생정신에 힘입은 것이라고 한다. 입소문을 통하여 전해 듣기로는, 연주자들은 개런티를 사양한 지 오래이며, 스스로 시간과 노력을 투자하여 예술행위를 펼치는 것만으로도 행복해 한다는 것이다. 자신들의 공연을 많은 분들이 동참해 주기만을 바라는 순수함으로 살아가는 분들이라는 것이다.

이 연주회는 후원자들의 성금으로 추진되었다. 개인 후원회원으로 10만원의 후원을 하신 분께는 콘서트 4회 입장권 2매씩 총 8매를 송부해 드린다. 그래서 가족이나 연인이 함께 감상할 수 있도록 배려하고 있다. 또한 해당 연주회와 관련한 후원금도 받아 리플릿에 밝힌다. 연주회를 준비할 때마다 기업이나 단체의 후원을 받기도 한다. 이번 〔감성 터치 콘서트〕는 단체와 기업, 그리고 후원자들의 협조로 개최되었다고 한다.

이러한 후원제도는 대전의 예술계를 풍요롭게 할 것이다. 점차 후원자들이 더 늘어나고 후원액도 차차 커져서 연주자들이 마음 놓고 연주할 수 있는 세상이 되기를 소망해 본다. 예술가들이나 기획자가 기업들을 찾아다니며 읍소하여 협찬을 받는 것이 아니라, 기업들이 홍보를 위해서 스스로 찾아오는 세상이 되기를 바라고 있다. 후원자들보다 더 많은 시민들이 티켓을 구입하여 예술적 감성을 공유하였으면 좋겠다고 한다.

사단법인 대전팝스오케스트라는 자구책을 강구하기도 한다. 취미로 악기 레슨을 받고자 하는 수강생을 모집하여 색소폰 드럼 플루트 기타 베이스 오카리나 트럼펫 등을 가르친다. 이런 강습을 통하여 음악에 대한 이해를 높이고, 자신들의 예술 활동을 널리 펼 수 있다는 점은 매우 고무적이라 하겠다.

이 공연을 통하여 몇 가지 수확을 기대한다. 〈크고 작은 콘서트를 험한 산길의 질경이처럼 꿋꿋하게 생을 이어갈 수 있었던 것은 많은 부분에서 일관된 태도를 유지하면서 앞만 보고 가는 무소 같은 열정과 주변의 채찍 때문에 가능〉했다고 한다. 〈사회적으로 문화예술 선진을 지향하고 있는 조짐〉 등이 〈우리의 꿈과 열정의 순기능 요소로 작용〉하였다고 밝힌다.

이제 이분들이 노력하고 기대하는 것처럼 우리 대전에도 수준 높은 예술작품이 더 많이 공연되기를 소망한다. 그리하여 대전이 예향 도시의 품격을 지닌 곳으로 자리매김 되었으면 좋겠다.

* 대전한빛풍물단의 [한빛 한마당]

〔우리의 풍물 가락을 안고, 보듬고, 엮고, 나누며, 소리 가락을 익히고 다듬기〕 위해 개최한 대전한빛풍물단의 〈한빛 한마당〉은 전통 축제를 재현하기에 충분하였다. 창단 18주년 기념 공연으로 2008년 3월 14일, 평송청소년수련원 대강당에서 개최된 이 행사는 우리 겨레가 얼마나 음악과 예술을 사랑하였는가를 실증하는 의미도 있다.

손규석 김만호 김진철 육근만 조성훈이 열연한 '비나리'는 우리 겨레의 기복 신앙을 담고 있다. 제사상을 차려놓고, 돼지머리에 돈이나 공물을 바치고 절을 하면서 자신의 소망을 비는데, 이는 종교적 의미를 갖는다기보다 주최자에 대한 성금 협찬의 성격이 짙다. 10여 분 진행되는 '비나리'에서 많은 사람들이 나와서 제물을 바치고 절을 한 다음, 음복을 하여 수고한 분들을 위로하였다. 이어 웃다리 농악, 삼도설장고, 송명애 오경숙 장귀현의 살풀이, 삼도풍물가락과 태평소, 이영화의 판소리 흥부놀부전의 화초장 부분, 판굿 등이 이어져서 자연스러운 어깨가락과 흥취를 돋구었다.

 '삼도설장고'는 김만호 김봉경 김진철 박찬용 손규석 육근만 조성훈 최재일 등이 연주하였다. 경기도와 충청도, 그리고 영남지방의 삼도에서 명성을 날리던 장고의 명인들이 가락을 정리하여 산조의 형식처럼 느린 장단으로부터 점점 빠르게 연주하는 형식을 가지고 있다. 주로 강약의 변화와 전체 속의 개인별 즉흥연주의 맛이 일품이고, 장단을 말아가는 것과 풀어가는 것이 감동의 물결을 지었다.

 '삼도풍물가락과 태평소' 연주에서 태평소는 김정헌 임옥희 정광진이 맡았다. 경기도와 충청지역의 풍물은 꽹과리가 중심이 되고, 호남풍물은 장고, 영남풍물은 북이 중심이 되어 연주하는데, 이를 하나로 합쳐서 연주하는 것이다. 흥에 겨워 자연발생적으로 움직이는 몸짓과 사물악기의 화려한 연주와 변화무쌍한 즉흥연주가 일품이다. 특히 선율악기인 태평소가 어우러져 생동감 있는 가락을 펼쳤다.

 '판굿'은 정월초하루나 대보름 같은 민족 명절에 풍물패가 집집마다 지신밟기를 하여 마지막날, 온 마을 사람들과 함께 벌이는 굿을 말한다. 상쇠의 부포놀음, 장고춤과 가락, 북의 묵중한 소리와 어깨춤, 징의 깊은 음, 상모 돌리기를 재정리하여 앙상블을 만들었다. 여러 악기들이 모여 신나는 국악의 오케스트라를 이루게 되고, 이를 통하여 풍물 기예의 절정을 이끄는 것으로 대단원에 해당하였다.

무용, 몸짓으로 퍼 올리는 영혼의 언어

*** 몸짓 언어의 백미(白眉)를 찾아서**

〈겨우내 움츠렸던 일상의 단조로움을 깨고, 새로운 희망의 기지개를 켜는 4월〉에 무용 공연 초대장을 받았다. 그래서 〈지난 겨울의 묵은 때를 벗겨내는 손길〉을 감상하고 싶어졌다. 봄에 나들이를 하는 나비처럼 〈향기로운 마음〉을 나누기로 했다.

4월 1일부터 이틀 간 공연을 하는 이정애무용단의 〔천년의 향〕, 4월 11일부터 이틀 간 공연하는 임현선무용단의 〔바람이 소리를 만나면〕, 4월 22일 옥빈 시인의 작품에 화답하는 이정화 무용가의 〔나비왈츠〕를 감상하기로 일정을 잡았다.

무심하게 지나치던 꽃도 관심을 가지면 아름다운 생명력이 느껴지는 것처럼, 무용 감상 일정을 잡아놓았더니, 흔들리는 버들가지도 춤사위처럼 느껴졌다. 그리운 임을 기다리는 심정을 일각여삼추(一刻如三秋)에 비유하거니와, 그와 다르지 않게 날짜를 꼽아가며 기다렸다.

춤과 직접적인 인연을 갖지 못하여 몸으로 실연(實演)할 기회는 없었지만,

한때 공연장을 찾아 무용 작품을 감상하는 것을 낙(樂)으로 삼기도 하였다. 때로는 무용 기획자의 자문을 받아 '제목' '구성' '해설' 등 문학과 관련되는 부분을 도왔던 때가 있었다. 그래서일까, 세월이 흘러도 무용에 대한 애틋함이 더욱 새로워지니, 그야말로 병일진대 고칠 수 없이 깊은 병(病)인 게다.

* 멋의 정채(精彩)를 찾아서

이정애무용단이 공연한 [천년의 향]은 치밀한 구성, 수준 높은 기예, 분위기를 이끄는 음향 등이 어우러져 아름다움의 삼위일체(三位一體)를 이루었다. 공연이 끝난 후에도 감동의 물결이 여진(餘震)처럼 남아서 일어설 줄을 모르게 하였다.

도입에서부터 발전-위기(갈등)를 거쳐 대단원에 이르기까지 한 치의 빈틈도 보이지 않고, 무용의 멋을 살려 예술로 승화시켰으며, 이로 인하여 한국무용의 새로운 경지를 열었다고 평가된다. 이는 이정애 단장의 눈물겨운 노력이 빚은 금자탑이라 하겠다.

이정애 단장은 자신의 예술적 수준을 높이기 위해 각고의 노력을 해온 무용가로 알려져 있다. 대한민국 중요무형문화재 제97호 살풀이 이수자, 제27호 승무 전수자로 일컬어지는 그의 이력을 보면 무용인으로서의 치열한 모습을 확인하게 한다.

동시에 대학원에서 학문에 정진한 학자이기도 하다. 이화여자대학교 대학원에서 무용과 석사 과정, 성균관대학교 체육대학 박사 과정을 마치면서 학문적 탐구를 쉬지 않는다. 학문적 연구자로서의 그는 무형문화재 이수자와 전수자로서의 수준 높은 경지를 바탕으로 후진 양성에도 최선을 다한다. 대한민국 미래 무용계의 별을 지향하며, 문하생들을 지도하는데 뜨거운 열정을 쏟아내고 있다.

〔천년의 향〕은 오랜 역사를 지닌 우리의 차 문화를 무용으로 보여주는 예술적 보고서라 하겠다.

도입(1막) 돌을 찾다―하늘(천정)에서 쏟아지는 빛 아래에 돌이 놓여있다. 그 돌은 자연물로서의 돌일 수도 있지만, 인간을 포함하여 흔들리는 사물들에 대한 대립적인 상징으로도 보인다. 그 돌을 안고 흐르는 부분에서는 우리들이 감내해야 할 '삶의 짐'일 터이고, 이러한 짐은 태초에 신으로부터 부여받은 원죄(原罪)의 성격도 띤다.

발전(2막) 차의 향기―차의 향기는 자연의 선물임과 동시에, 사람의 욕망을 씻어내는 신의 선물이기도 하다. 어떤 사실은 눈이 있어노 보이는 사람에게만 보이고, 어떤 섭리는 잡고 있어도 깨닫는 자만이 얻을 수 있는 것처럼, 차의 향기도 그러하다. 차는 오랜 세월을 거쳐서 우리에게 향을 나누어 준다. 천년을 지켜온 향도 우리에게 순간적인 행복을 주고 사라진다. 그래도 그 차가 주는 맛을 음미하기 위해 노력하는 것이 인간이다.

위기(갈등, 3막) 천리를 가다―천년을 변하지 않고 지탱하기에는 수많은 시련과 갈등이 동반한다. 푸른 잎을 따서, 뜨거운 불에 볶고, 다시 손끝으로 덖어내야 하고, 물기를 모두 말리되 그늘에서 서서히 말려야 한다. 이러한 과정은 우리의 삶과 유사한 궤적(軌跡)을 보인다. 살면서 얼마나 힘이 들고, 얼마나 눈물을 흘려야 하며, 때로는 생명까지 바치며 몸과 마음을 비워야 하는가.

대단원(4막) 숨이 돌다―영웅 신화에서 시련과 고난을 극복한 사람만이 영웅으로 우뚝 서듯이 차의 세계도 같다. 위기와 갈등의 시간이 지난 후에 완성된 차는 사람들에게 위안과 화평을 나눈다. 그리하여 차의 향기를 나눈 사람

들은 자신도 모르게, 작지만 감동적인 행복에 젖게 마련이다. 이 경지에서 한
국인의 숭고한 정신과 만난다.

〔천년의 향〕은 이러한 서사(敍事)를 몸짓 언어로 우리에게 유감없이 보여
주었다. 그리하여 절제와 조화라는 한국적인 멋의 심연에 빠져들도록 인도하
는 마력(魔力)을 보여주었다. 이와 같은 수작(秀作)을 만난 감동으로 한 동
안 행복하였다.

* 실험(實驗)의 울림을 찾아서

임현선무용단이 공연한 〔바람이 소리를 만나면〕은 무용의 새로운 패러다임
을 개척하는 실험정신이 돋보이는 작품이다. 바람의 상징성은 쉬지 않고 반
복된다는 것, 어떤 사물이든지 가리지 않고 함께 존재한다는 것, 그리고 자신
의 실체를 직접 보여주지 않고 다른 사물의 움직임을 통하여 간접적으로 발
현(發顯) 한다는 것이다.

이런 바람을 춤으로 표현하기는 참으로 난감할 터인데, 안무자와 무용가들
의 탁월한 능력이 이를 완벽하게 소화하였다. 또한 바람과 소리, 그리고 무용
이 빚어내는 예술적 절창(絶唱)은 임현선 단장이 추구하는 실험정신의 산물
이다.

임현선 단장에 대하여 춤평론가 김태원은 〔1980년대부터 불붙기 시작한
본격적인 한국 창작춤 운동의 1세대에 속하면서, 우리 전통춤에도 일가견을
갖고 있는 춤꾼이다. 그런가 하면 스스로 균형 잡히고 중후한 느낌의 춤 연기
자로서 부드러운 서정적 감성과 연극적 연기성을 적절히 조화시키는 매력을
갖고 있다.〕고 평가한다.

임현선 단장은 대한민국 중요무형문화재 92호 태평무 이수자이면서, 수준 높은 연기력으로 제14회 서울국제무용제 개인연기상을 수상하였으며, '2005 미래춤' 대상을 수상하여 예술의 새로운 지평을 열고 있다. 이와 함께 한양대학교 대학원에서 체육학박사 학위를 받고, 현재 대전대학교 무용학과 교수로 후진 양성에 힘쓰고 있다.

그 자신도 〈춤은 초월적 직관이다. 다만 허공을 가르는 손짓에서, 시작이 끝이 되고, 끝이 시작이 된다. 영혼의 가장 깊은 밑바닥에서 근거도 방법도 없는 것을 깨닫고 더 나아가 하나가 될 때 비로소 바람이 소리를 만난다.〉고 말한다. 말하자면 하나의 육체적 행위로 춤이 생성되고, 그 춤은 영혼을 담아내는 도구로 존재하는 동시에 신화적 의미를 획득한다는 것이다.

순전히 개인적인 소견일 수도 있겠지만, 임현선무용단의 〔바람이 소리를 만나면〕을 감상하면서 언뜻 세 가지 관점에서 놀랄 만한 발상임을 깨달았다.

첫째는 제목의 역설적 작명(作名)이다. 바람은 여러 물체와 만나서 소리를 생성하는 주체일 터인데, 소리와 만나는 객체로 보는 것은 특별한 시각이라 하겠다. 예술작품의 제목을 실증적으로 해석하려는 것은 아니다. 문학을 비롯한 여타의 예술작품에서도 과학적 사실보다 상징과 역설로 승화시킬 때 더 큰 예술성이 발현됨을 알고 있기 때문이다. 이러한 발상은 역설적 의미와 함께 철학적 사유도 공유하게 마련이다.

둘째는 바람의 속성을 무용으로 표현하는 난제(難題)를 멋지게 풀어냈다는 점이다. 단조로운 의상이면서도 바람과 동화되도록 배려한 점, 절제된 율동이지만 바람의 변화를 상징하도록 안무한 점에서 그러하다. 말하자면 조화와 변화의 앙상블을 통하여 관객에게 핵심 메시지를 효과적으로 전달하였다는 점이다.

셋째는 무대의 여러 장치들이 감동의 극대화를 이루었음이다. 무대 앞에 조릿대를 심어 놓은 것만으로도 '소리'의 이미지를 이끌어내기에 충분하였다. 우리 전통에서 '대(竹)'의 마른 잎이 지어내는 소리는 많은 사람의 심금을 울리는 속성을 갖고 있기 때문이다. 또한 바람과 소리를 통하여 자연과 인간이라는 명제 도출에도 성공하였다. 천정에 쇠줄로 매달은 거목의 벚나무는 생명의 중요성을 암시하는 것으로 보인다. 그 나무가 대지(무대)와 닿을 듯 말 듯 하게 내려오고, 바람과 소리가 함께 만나는 장면은 생태적 상징성으로 인해 신선한 충격으로 다가선다.

끝으로 하늘(천정)에서 갑작스레 물이 쏟아지는 제의적 행위로 마감한 대단원은 의외성으로 인해 관객으로부터 경악과 환호를 받았다. 물은 모성(母性)의 상징으로서 생명의 탄생을 의미하기도 하고, 현실의 허물을 씻어내는 세례(洗禮) 및 정화(淨化)를 상징하기도 한다. 온갖 사물과 바람이 만나서 소리를 만들고, 그 소리 역시 삶의 희로애락(喜怒哀樂)에 닿아 있음을 상기할 때, 물에 의한 정화(淨化) 제의(祭儀)는 무용의 객체에게 새로운 탄생을 암시한다.

[바람이 소리를 만나면]을 통하여 삶의 탄생, 이어서 그 삶을 짊어지고 가는 질곡의 현실, 그 어려움을 극복하는 새로운 의지를 만난다. 이러한 만남으로 실험정신이 빛나는 무용의 예술성을 확인하는 시간이었다.

*** 시와 무용의 조화를 찾아서**

무용가 이정화의 [나비왈츠]는 '시와 현대무용의 만남'이라는 특별한 공연이었다. 대전에서 활동하고 있는 옥빈 시인의 시 [나비왈츠]의 주인공이 무용가 이정화이고, 이 작품을 수록한 시집 [흔들렸던 추억은 아름답다]를 읽고 독무(獨舞)로 화답한 무용이다.

이 작품은 나비가 되기 전, 고치(허물) 속의 번데기로부터 시작된다. 허물을 비집고 손이 나오면서 진통의 시간이 흐르고, 다시 머리가 나오고, 몸통이 나오고, 완전하게 탈피(脫皮)를 하여 한 마리 나비로 완성된다. 이 나비가 삶의 애환(哀歡)을 겪은 뒤에 승천하기까지를 신체적 언어로 승화시킨 작품이다. 무용가 이정화의 정교한 동작, 때로는 열정적으로 치솟다가 다시금 숨을 고르는 변화, 호흡마저 조심하게 만드는 고요 속의 몸놀림은 독무(獨舞)의 단조로움을 극복하여 경탄하게 만드는 힘이 있다.

무용가 이정화는 청소년기에서부터 무용에 대한 두각을 나타내어, 제6회 학생무용경연대회 대학부 특상, 밀물 정기공연 최우수 안무가상, 밀물 최우수 무용가상, PAFS 신진 안무가상 수상 등 여러 상을 받았다. 무용 실기와 함께 학문에도 정진하여 한양대학교 대학원에서 무용학 박사 학위를 취득하였다.

그는 무용단체에서 여러 직책을 맡으면서 봉사를 하였다. 현재 봉사하고 있는 직책도 보통사람이 감당할 수 없을 정도로 초인적이라 하겠다. 사단법인 밀물무용예술원 사무국장과 한국무용학회 사무국장 등 실무를 맡아 무용 발전에 기여하면서, 한양대학교 생화무용예술학과와 고려대학교 체육교육위원회 강사로 후진 양성에 힘을 쏟고, 강남로그댄스 안무자로 활동하고 있다.

옥빈 시인의 시 〔나비왈츠〕는 '무용가 이정화에게'라는 부제(副題)를 달았다. '나비'와 '춤'의 상징성이 융합되어 무용가 이정화의 내면적 우수(憂愁)를 담아내는데 성공하고 있다.

〈과거는 눈물이다

그녀가 몸으로 부르는 노래는

추억처럼 아련한 것이 아니라

가슴 속 응어리를 풀어가는

성찰이다.

그녀의 기억소자(記憶素子)는 몸이다

머리에서 발끝까지

어깨로부터 손끝까지

공간에 수놓았던 몸짓은

개울물처럼 흐르는 생명이다

몸으로 말하는 언어는 형이상학이다

발가락 손가락으로 쓰는 희망이나

관절과 관절 사이 그녀가 터트리는 열정은

푸른 하늘을 나는 새처럼 자유롭다

그녀는 아직도 눈물이 많다

사뿐사뿐 옮겨놓았던 무대가

이제는 삼켜야 할 눈물이 아니라

상처 아물 듯 토해내는

선명한 추억을 그리는 춤

사랑을 몰랐던 그 순수한 사랑처럼

찡한 그리움의 무대를 위하여

눈물을 닦자.〉

나비는 알에서 깨어나서 애벌레로 성장한 후, 번데기라는 변태(變態) 과정을 거친다. 이 번데기에서 우화(羽化)의 과정을 거쳐 성충(成蟲)인 나비로 환생한다. 그리하여 화려한 날갯짓으로 아름다움의 표상을 짓는다. 마지막 장면에서 화동(花童)이 던져 놓는 장미꽃을 따라가며 생(生)을 마감하는 것도 인상적이었다.

우리의 삶에서 직업은 성스러운 것이다. 산업현장에서 흘리는 땀도 귀하고, 예술 창작의 고통도 아름다운 가치를 지닌다. 자신이 하는 일에 최선을 다하는 것은 행복한 삶을 엮어내는 과정이다. 힘든 삶에서도 잠시 비켜서서 바라보면 세상은 아름답기도 하고 따뜻하기도 하며 살 만한 곳이기도 하다. 수많은 고통을 극복하고 아름다움의 표상으로 일컬어지는 〔나비 왈츠〕도 이런 의미를 지닌다.

* 만남은 기쁨이고 행복이다

봄을 맞아 세 편의 무용을 감상하면서 은은한 감동의 물결에 밀리는 행복을 맛보았다. 그 감동을 공유하기 위하여 친지들을 초대하여 같이 감상하였다. 개인적으로는 '초대권'을 받았지만, 인터넷으로 친지들을 초대하고, 미리 가서 초대한 분 숫자에 맞추어 티켓을 구입한 후, 그 분들이 오시기를 기다리는 것도 남다른 쾌감이었다. 티켓을 구입하는 것은 아주 작은 성의이지만, 그렇게 하는 것이 공연하는 분들에 대한 예의가 될 것 같아서 동참할 분들을 찾는다.

오래 전에 공연 주최자를 만났을 때 들은 이야기가 눈물겨웠다. '초대권을 드려도 참석하지 않는데, 티켓을 구입하여 참석해 달라고 하면 오겠느냐?'는 자조(自嘲)적인 푸념이었다. 그 이후로 초대권을 받았을 때는 참으로 고맙다는 생각을 하게 되었고, 친지를 초대하여 티켓을 나누어 드리는 행복을 스스로 터득하였다. 그것이 얼마나 큰 힘이 되겠는가마는, 손을 마주잡는 마음으로 지속하였다. 다만 초대 받은 공연에 다 참석할 수 없는 한계로 인해 자괴(自愧)에 빠질 때가 있지만, 선택에 따른 기쁨은 더욱 크다.

4월에 무용 공연을 찾은 것은 참으로 탁월한 선택이었다. 〈춤은 모든 것을 포괄하는 몸속에서 치는 번개〉와 같다는 주장을 믿고, 그 서정의 아름다운 번개를 찾았다. 춤은 또한 〈정신의 자유로운 운동성〉에 존재하며, 그로 인해 〈근원적이고 설명할 수 없는 본질로서 진리〉와 만난다고 하기에 찾아간 길이었다.

보편적 정의이지만, '춤'은 '신체의 언어'이다. 춤은 〈자기 존재의 극단적인 가능성〉을 지니고 삶의 본질과 닿아 있다. 그리하여 '나는 누구인가' 한걸음 더 나아가 '우리는 무엇인가'를 생각하게 한다. 이런 물음과 대답 사이에서 더 없는 기쁨과 행복을 찾았다.

영화 [워낭소리], 진솔함이 빚은 생명사상

영화 [워낭소리]의 마지막 부분에 40여 년 동고동락한 소의 주검을 묻는 장면이 나왔다. 소의 장례를 치르는 장면에 이르러 객석에서는 훌쩍거리며 우는 소리가 들렸다. 소와 함께 다니던 밭의 모서리를 깊이 파고, 소를 묻는 부분에서부터 코를 매만지던 눈물을 흘렸다. 무덤을 다 만들고 막걸리를 뿌리는 장면에서 나도 몰래 눈물이 주루룩 흘러내렸다.

소의 주검에 이르러 무덤을 만들어 주는 것은 특별한 의미를 갖는다. 이는 전북 임실군 오수면 오수리 원동산 공원에 있는 '의견비'의 '의견(義犬)'처럼 주인에게 충성을 바친 일생을 기리는 것이기도 하다. 이 비석에 의하면, 개를 기르던 사람이 만취하여 들판에 쓰러진 채 잠을 자고 있었는데, 그때 들불이 일어나 주인이 위태로운 지경에 처한다. 주인의 위급을 구하기 위하여 개는 냇물에 뛰어 들어 온 몸에 물을 적신 다음 굴러서 주인 주변의 마른 풀을 적시어, 불길이 주인 쪽으로 번지는 것을 막았다. 이 일을 여러 번 반복하여 이 개는 주인을 살리고 자신은 죽음을 맞는다. 이에 감복한 주인은 개의 주검을 그 자리에 묻어주고, 후일 석비(石碑)를 세워 그 고마움을 새겼다.

[워낭소리]의 '소'는 '의견비'의 '의견'과는 여러 면에서 차이가 난다. 그러나

주인에게 충성을 다하고 죽음에 이르렀다는 점에서는 동질성을 띤다. 일반적으로 소의 수명은 약 15~20년이라고 하는데, 주인과 함께 살면서 40년을 넘기는 것도 드문 일일 것이고, 그렇게 일을 하다가 수명을 다하였다고 하여 무덤을 써주는 일도 흔한 일이 아니다. 소의 주인 최영감은 오랜 세월 자신을 위하여 평생을 수고하였고, 자신과 함께 희로애락의 현장에서 함께 지냈던 소에게 특별한 동지애를 느꼈기 때문으로 보인다. 어떻든지 노인과 소의 진솔한 관계가 이 작품의 중심축을 이룬다.

나는 농촌에서 태어나고 성장하였다. 당시 대부분의 농가에서 그러하듯이 우리 집에서도 '일하는 소'를 기르며 논밭에서 일을 부렸기 때문에, 가족들은 소와 친구처럼 지내는 것이 일상사였다. 소의 고삐를 잡고 다니지만 소가 먼저 길을 알고 앞장을 섰으며, 일을 마치고 집으로 향하는 길에 해찰을 해도 어느새 집에 도착해 있기 일쑤였다. 〔워낭소리〕에서도 '쇠전'의 목로주점에서 나누는 대화를 통하여 이러한 특성을 밝혔다. 하루는 주인공 최노인이 먼 고을에 가서 술을 먹은 채 수레를 타고 잠이 들었는데 깨어 보니 집이더라는 것이다.

소를 기르면서 좋은 에피소드도 많지만 귀찮은 일도 많다. 소의 꼴(먹을 풀)을 낫으로 베어, 지게에 지고 나르는 일은 정말 힘들다. 낫에 손을 다치는 일이 허다하고, 지게를 지고 집에 도착하면 양쪽 어깨에 물집이 생기거나 살 갖이 벗겨져 쓰라린 때가 한두 번이 아니다. 큰 솥에 여물(잘게 썬 짚의 토막), 콩깍지, 쌀겨, 구정물 등을 넣고 쇠죽(소의 먹이)을 쑤어 양동이로 구유(소의 먹이 그릇)에까지 나르는 일은 참으로 힘든 작업이다. 뜨거운 김이 퍼지는 그릇을 들고 나르다가 손이 벌겋게 되는 일은 다반사였다. 특히 비오는 날에도 소 먹이를 위해 꼴을 베어야 하는 일은 짜증나는 일이다.

그러나 소를 팔기 위해 고삐를 끌고 집을 나설 때 소가 우는 소리를 듣는 것은 참으로 괴로운 일이다. 그 큰 눈에 눈물을 글썽이며 뒤를 돌아보고, 다시 돌아보며 시장으로 팔려가던 소의 뒷모습은 오랜 세월이 흘렀지만 아직도 잊을 수 없다. 이러한 장면도 〔워낭소리〕에서 만날 수 있어서 여러 번 눈물을 씻어야 했다.

영화 〔워낭소리〕는 몇 년 전에 세간의 예상을 깨뜨리고 흥행에서 대 성공을 거둔 〔집으로〕라는 영화를 다시금 떠올리게 한다. 〔집으로〕는 산촌에서 사는 할머니와 어린 손자의 꾸밈없는 생활을 그려낸 영화다. 이 영화는 진실을 추구하는 관객들에게 새롭게 받아들여져서 많은 사랑을 받았다. 특히 흥행의 성공은 작품에 흐르는 서정성, 고단한 생활 속에서도 정을 나누며 사는 사람들의 진솔함, 꾸밈없이 이어지는 사실성 등이 영화 속에서 일관되게 흘렀기 때문이었을 터이다. 이와 같은 맥락에서 〔워낭소리〕의 흥행성도 이해할 수 있다.

〔워낭소리〕는 몇 개의 개봉관에서 상영할 예정이었다고 한다. 이것이 독립 영화의 일반적 배급 경향이기도 하다. 그러나 평자들의 높은 작품 평가, 언론의 홍보와 집중 조명, 시민들의 특별한 호응에 의하여 전국의 개봉관에서 상영하게 되었다고 한다. 특히 어린 시절을 농촌에서 보낸 사람들은 시대가 변하면서 잊혀가는 것들에 대한 향수를 만나기 위하여 극장을 찾는다. 현대 문명 시대와 동떨어진 생활 태도 등에 의하여 연민의 정서를 환기하면서, 이 작품은 중년층의 폭발적 문화상품으로 자리 잡고 있다.

인터넷 예매 사이트의 통계에 의하면, 〔워낭소리〕의 주 관객층은 40대라고 한다. 영화의 주 관객층인 20대나 30대보다도 중장년층이 더 많다고 한다. 이러한 관객층은 아마도 추억 속의 현장을 맛보려는 회귀 본능을 자극한 것으로 보인다. 즉 과거의 삶과 같이 고단한 일상을 통하여, 추억에 접근하려는 속성에 잘 부합하는 작품이라는 것이기도 하다.

다큐멘터리 영화 〔워낭소리〕는 독립영화의 역사를 새로 써가고 있는 중이라고 한다. 독립영화 사상 최초로 박스오피스 1위를 차지했다고 한다. 영화진흥위원회의 입장권통합전산망 집계에 따르면, 〔워낭소리〕는 2월 셋째 주 박스오피스 순위에서 정상을 차지하는 기염을 토했다. 한국의 박스오피스 순위에서 개봉 6주차에 접어든 작품이 정상에 오른 경우는 '워낭소리'가 유일하다는 것이다. 2009년 1월 15일부터 개봉한 〔워낭소리〕는 2월 셋째주까지 275개 스크린에서 130여 만명의 관객이 찾았다고 한다.

나도 그 중의 한 사람이 되어 영화를 보면서 안타까움에 여러 번 한숨을 내쉬기도 하였으며, 때로는 눈물을 씻으며 잔잔한 감동을 맛보았다. 그 중 하나는 최노인의 생명사상이다. 소를 먹여야 하는 풀(잡초)이기 때문에 농약(제초제)을 사용할 수 없다는 주인공의 동물 사랑은 특별하다. 소아마비의 후유증일까, 어려서부터 발육이 부진하여 생활에 불편한 왼쪽 다리를 지팡이로 지탱하면서 소의 먹이를 마련하는 노인의 모습은 늙어 잘 걷지 못하는 소와 동일체적 의미를 생성한다. 즉 사람과 자연이 하나를 이룬다는 물아일체(物我一體)의 경지를 표현한다. 다리가 불편하여 무릎으로 기어, 칡넝쿨을 베어 지게에 져 나르는 위태로움, 그러한 위험을 감수하는 모습은 눈물겨운 경건성까지 보인다.

흥행의 성공은 소와 최노인에 맞서는 인물들의 부각이라 하겠다. 전편에 대립각을 세우는 대상으로서의 부인은 부정적 캐릭터로 등장하지만 그것은 겉으로 내세운 트릭이다. 기실은 부인 역시 최노인과 같은 순박한 농부의 내면을 지닌 인물이다. 말로는 강한 척, 약간 모진 척을 하지만, 그녀는 남편과 소, 그리고 자신을 동일선상에 놓는다. 그녀가 툭툭 내뱉듯이 하는 대화에서 관객들은 폭소를 터뜨리기도 하고, 연민의 정서를 고조시키다가 갑자기 허물어버리는 역할을 제대로 하고 있다. 또한 잠시 스쳐 지나는 화면이지만, 자녀들이 등장하여 현대를 살아가는 사람들의 윤리관과 가치관을 투영한다. 시골의 부모에게는 말로만 관심을 둘 뿐, 부서진 라디오 하나 사 드리지 않는 자녀들, 무너질 듯 위태로운 집과 축사 앞에서 고기를 구워 먹는 자녀들, 부모와 달리 세련되어 보이는 옷모습은 도시 생활인들을 비유하고 있다. 이러한 대립적 캐릭터를 통하여, 영화 제작자는 주인공의 순박하고 우직한 삶을 부각시키는데 성공하고 있다.

버려진 삶에 대하여 사실적으로 조명하고 있는 〔워낭소리〕가 관객을 불러 흥행에 성공하는 것을 보면서, 아직도 우리 세상은 희망이 있다는 생각이다. 텔레비전의 드라마는 많은 경우에 있어서, 대부분 재벌이라 일컬어지는 사람들이나 무소불위의 권력을 지닌 사람들을 등장시켜 시청자들의 대리만족을 형상한다. 그런 사람들은 현실에 존재하지 않거나, 혹은 존재한다고 하더라도 극소수일 것이지만, 시청자들의 취향을 간파한 제작진들이 그에 영합하여, 신데렐라를 꿈꾸는 시청자들의 구미를 잘 구워낸다.

이런 작품과 달리 진실과 인정을 담고 있는 〔워낭소리〕가 많은 사랑을 받는 것은 우리 사회가 건강하며, 앞으로 현대인의 부정적 요인을 극복할 수 있다는 점에서 희망적이다. 이와 함께 〔워낭소리〕가 현대문명 속에서 살아가고 있는 사람들에게 순수성을 회복하라는 작은 경종을 울리는 것 같아서 참으로 다행스럽다.

이 작품을 통하여 물질에 대한 집요한 애착을 넘어 생명의 소중함을 깨닫는 계기가 되었으면 좋겠다. 사람도 자연의 일부로서 자연과 함께 살아가는 생명체임을 의식하고, 사랑과 관심으로 삶의 아름다움을 가꾸었으면 좋겠다. 이런 마음으로 눈물의 번제(燔祭)를 바친다.

제3부

문학의 길에서

등단 30년만의 첫 외출, 그 첫 시집

화가는 땀 흘려 완성한 작품을 전시하여 많은 사람과 더불어 공감을 나누고자 한다. 성악가 역시 청중과 함께 아름다운 화음을 나누고자 한다. 이렇듯이 시인도 밤잠을 설치면서 창작한 작품을 한 권의 시집으로 발간하고자 한다. 신문이나 잡지 동인지 등에 발표한 작품도 모으고, 미처 발표하지 않은 작품들도 찾아내어 시집을 묶는다.

어떤 시인은 일기를 쓰듯이 매일 쉬지 않고 창작하여 해마다 시집을 발간할 정도로 다작(多作)을 선호한다. 하루도 쉬지 않고 자신을 연마하는 것이 프로 근성이라면서 다작에 대한 우월성을 강조하기도 한다. 그렇지만 과작(寡作)을 선호하는 예술가들은 소수의 작품에 자신의 영혼을 담고자 노력하기 때문이라고 말한다. 혹은 게을러서 그렇다고 겸양을 보이기도 한다.

정확한 통계를 내지는 않았지만, 창작에 매진하는 대부분의 시인들은 4~5년에 1권 정도를 발간하는 것 같다. 부지런한 시인도 시집 1권 분량인 70~80편을 완성하려면 2~3년 정도는 걸리는 것 같다. 그러나 어떤 시인들은 10년

이상 걸려서야 시집 1권을 발간하는데, 이런 경우에 과작이라고 한다. 그런데 하물며 등단 30년에 이르러서야 말하여 무엇하겠는가.

곽우희 시인은 1982년에 〔현대문학〕의 추천을 받아 등단하였다. 등단 이후 쉬지 않고 여러 지면에 꾸준히 작품을 발표하였다. 어림잡아 1개월에 1편씩 창작하면, 1년에 12편 정도 될 것이고, 다시 30년이면 360편 정도 발표하였으리라 추정할 수 있다. 시인은 그 작품들 중에서 100편을 선정하여 첫 시집 〔여전히 푸르고〕를 발간하였다.

그는 등단 30년 만에 시집을 발간한 이유를 '시인의 말'에서 이렇게 밝혔다. 〈등단 30년이다. 드러난 상처의 고통으로 몸부림치면서도 모두를 침묵하고 싶었다.〉 세상을 살면서 체험한 내면의 갈등, 남편을 먼저 떠나보내고 홀로 자녀들을 양육하면서 받은 세월의 상처는 그에게 족쇄로 작용한 듯하다. 그러나 고희(古稀)를 넘기면서부터 일희일비(一喜一悲)를 초월한 듯하다.

그 동안 품속에서만 어루만지던 작품들, 시집 4권에 담아낼 수 있는 많은 작품 중에서, 어느 정도 감정이 순화된 작품만을 선정하여 첫 시집을 발간했다고 밝힌다. 이와 함께 앞으로는 감정이 덜 삭은 작품들일지라도 용기 있게 시집으로 묶어내겠다고 한다. 격랑의 정서를 가라앉히며 잔잔한 감동을 나눌 수 있는 시집을 발간하겠다고 한다.

등단 30년 만에 첫 시집 〔여전히 푸르고〕를 발간한 곽우희 시인을 보면서, 그 많은 작품들을 부둥켜안고 홀로 삭히었던 세월을 가늠해 본다. 〈운명은/ 이 풍랑 이 물결에/ 진진/ 무명의 돛을 올린다.〉〈하늘은/ 여전히 푸르고/ 서

러움의 길에도/ 겨울을/ 비집는 봄의 옹알이가/ 파릇파릇하다〉고 노래하는
시심(詩心)이 어찌 산수(傘壽)를 바라는 서정이라 하겠는가.

등단 30년만에 시집을 발간하면서도 부끄럽고 겸연쩍어 하는 노(老) 시인,
작고하신 친정아버지의 한시집(漢詩集)을 증보판으로 발간하여 함께 조촐한
자리를 마련하겠다는 효심(孝心), 아직도 그렇게 순정을 가꾸며 작품을 빚는
시인이 존경스럽다.

지역 문학의 여명기를 밝힌 시인 아동문학가

*** 제12회 김영일 아동문학상 수상**

대전에서 아동문학과 시조 발전에 헌신한 김영수 선생이 2011년 5월 14일 토요일 오후 2시, 대한출판문화회관 강당에서 제12회 김영일 아동문학상을 받았다. 동화 부문은 차원재 선생이 받고, 김영수 선생은 동시 부문에서 수상하였다. 이 상은 '다람쥐' '방울새' 등으로 유명한 석촌 김영일 선생의 문학혼을 기리기 위하여 제정하였으며, 훌륭한 아동문학을 창작한 원로와 중견 문인에게 시상하고 있다.

김영수 선생은 아동문학과 시조 발전에 기여하여 여러 상을 받았다. 2010년에는 전국생활문예상을 수상, 2009년에는 대전시문화상 수상, 2005년에는 대전시조문학상 수상, 2002년에는 대전문학상을 수상하였다. 자신에게 주어지는 상을 받았기 때문에 다른 문인들에 비하여 좀 늦은 것 같지만, 문학에 대한 사랑만은 여일(如一)하였다.

*** 문학단체 창립의 숨은 주역**

김영수 선생은 문학의 여명기에 문학 단체 창립의 숨은 주역이었다. 1972

년에는 충남아동문학회를 창립하여 초대 사무국장으로 봉사하고, 후일 회장을 역임하면서 대전을 비롯한 충남의 아동문학 발전에 공헌하였다. 1978년에는 차령시조문학회 창립 멤버로 참여한다. 정훈 선생을 비롯한 시조시인들이 발기하여 3호까지 발간한다. 차령을 이어 재 창립한 가람문학회에는 2호부터 참여한다.

1990년대에는 충남 아산시에서 근무하며, 아산문협 창립과 '설화문학' 창간의 리더 역할을 하였다. 이어 직장이 충남 계룡시로 옮기게 되어, 다시 계룡문협 창립 멤버로 참여하고, 2대 회장을 역임하면서 '계룡문학' 창간의 주역이 된다. 이어 대전시조시인협회 창립 멤버로 참여하였고, 2005년부터 2010년까지 회장으로 봉사한다. 2002년에는 대전문예대학 학무과장을 맡았고, 현재는 부학장으로 봉사하고 있다. 2006년에는 한국문학교육연구원의 원장을 맡아 문학 교육에 전념하고 있다.

*** 도서 발간으로 아동문학에 기여**

김영수 선생은 대전에서 아동문학 도서를 가장 많이 발간한 분에 든다. 아동문학 부문에서 개인 저서를 10권 이상 발간한다는 것은 놀랄 만한 열정이다. 발간 도서 목록은 다음과 같다.

1988. 위인전기문학관 〔알렉산더〕

1990. 한국위인전기 〔김유신 계백〕

1991. 에니메이션 명작동화 〔견우와 직녀〕

1991. 꼬맹이 위인방 〔간디〕

1992. 소년소녀 세계문학 〔황제의 특사〕

1994. 세계명장 논리만화 〔걸리버 여행기〕

1994. 꿈돌이 극장 〔거북선과 임진왜란〕

1996. 동시집 〔해님의 전화〕

1997. 어린이 위인 전기 〔안창호〕

1999. 동시집 〔아기새와 꽃바람〕

2001. 시조집 〔그리움이 꽃피는 뜨락〕

2002. 문집 〔사랑이 넘치는 뜨락〕

어린이를 위한 교양도서, 어린이를 위한 위인전, 재미있는 만화 콘티, 꿈과 희망을 주는 동시집, 겨레시 발전을 위한 시조집, 교직에서 얻은 여러 일들을 기록한 문집 등 문학을 통한 어린이의 꿈을 가꾼다.

* 연당 김영수 선생의 문학사랑

연당(淵堂) 김영수는 동시를 창작하는 아동문학가이자, 겨레시로서의 시조 창작·발전에 헌신한 시조시인이다. 연당은 1970년대부터 대전·충청 지역에 아동문학의 씨앗을 뿌리는 선구자의 역할을 성실하게 수행했다. 아동문학의 여명기에 대전·충남 지방의 아동문학 발전을 위해 충남아동문학회를 결성한 창립회원이었으며, 후일에는 충남아동문학회장을 역임하여 지역 아동문학 발전의 기틀을 다졌다.

그뿐만 아니라, 지역적 한계에 머물지 않고, 한국 아동문학의 발전을 위해서도 남다른 노력을 기울였다. 그는 동시집·동화집 등 여러 권의 아동문학서를 발간하여 2000년에는 한국아동문학회에서 시상하는 한국아동문학 작가상을 수상하면서 아동문학가로서의 위상을 높인 바 있다. 또한 연당은 겨레시로서의 시조에 대한 사랑이 남달랐다. 600여 년간 우리 민족의 정서를 담고 있는 대표적 문학 장르로서 시조를 이해했을 뿐만 아니라, 시조의 발전이 우리 문학의 발전이라는 명제에 충실했다. 그리하여 그는 시조 창작과 시조 발전에 특별한 애정을 쏟부었다.

1970년대에는 대전·충청권 시조 모임인 『차령』의 창립 동인으로 활동하였고, 1980년대부터는 가람문학회 창립동인으로 『가람문학』의 발간에 힘을 모았고, 이어서 '대전시조시인협회' 창립 회원으로 활동하면서 지역 시조 발전에 기여한 바 크다. 초등학교 교사·교감·장학사를 거쳐 초등학교 교장으로 정년퇴임하고, 평생교육의 일환으로 대전문예대학과 한국문학교육연구원에서 후진 양성에 기여한다. 이 뿐만 아니라, 초등학교 방과후 수업 강사, 노인회관 강사 등을 역임하면서 고희를 넘기면서 인생의 황금기를 보낸다.

* 연당 김영수 선생의 작품 세계

아동문학과 시조를 창작한 연당 선생은 정년 퇴임 전후한 시기에는 시조 창작에 치중하여, 대전시조시인협회 회장으로 봉사한다. 그의 시조는 그의 삶을 여실하게 투영하고 있다. 시조집에 수록된 작품을 중심으로 간략하게 정리하면 다음과 같다.

첫째, 꽃에 대한 시조가 여러 편인데, 이는 꽃의 아름다움과 개성에 대하여 깊이 있게 천착한 결과이다. 꽃을 꽃 자체로 보는 경우도 있고, 꽃의 속성을 노래하기도 하며, 꽃과 인생을 비유적으로 연결하기도 하여 한결같이 쉽고 감동적이다.

둘째, 고향에 대한 애틋한 추억, 그리고 부모 형제, 자녀와 친지들에 대한 사랑과 우정을 작품화한다. 사랑과 우정이 남다른 것은 연당의 가슴이 그만큼 푸근하고 따뜻하다는 것이다. 그는 이러한 작품 창작에 전념하는 시인이다.

셋째, 김영수 시인은 자연으로서의 '산'에 대한 끝없는 사랑과 관심을 작품화한다. 산이나 자연을 직접 노래하기도 하지만, 그에 대유되는 의미의 천착에 남다른 개성을 보인다. 특히 가까이 있는 자연을 통해 삶의 근원을 밝혀낸다.

넷째, 신체적 건강과 정신적 건강을 지닌 교육자 생활로 평생을 보내던 중, 회갑을 앞두고 득병하여, 반년 가까이 투병 생활을 하게 된다. 그는 삶과 종교에 대한 새로운 눈을 뜨게 된다. 그때의 심리적 갈등, 종교에 의한 거듭남의 경이로움, 자신의 과거와 현재를 조감하며 자성하는 계기를 작품에 용해한다.

중국 길림의 김태복 시인에게

김 선생님, 안녕하십니까?

3월의 길림은 바람이 좀 매서웠습니다. 봄이 왔지만 봄 같지 않다는 옛말을 실감할 수 있었습니다. 장춘 공항에서 길림까지 가는 길은 고속 열차가 개통되어 쉽게 갈 수 있었습니다만, 창밖으로는 북국의 겨울 풍경이 펼쳐지고 있었습니다. 새롭게 발전하는 도시 개발 현장도 볼 수 있었고, 비닐하우스를 설치하여 농사를 준비하는 농촌의 현대화 모습도 언뜻언뜻 스쳤습니다.

길림에 도착하여 여러 문인들을 만날 수 있어서 참 반가웠습니다. 특히 길림시 조선족 문인들이 문학사랑협회를 결성하여 활동한 지 1주년이 되어, 문학행사를 범 조선족 행사로 승화시킨 것은 놀랄 만한 일이었습니다. 문학 단체의 행사에 그치는 것이 아니라, 우리 말과 정신을 지키려는 겨레의 마음을 읽을 수 있었습니다. 북경에서 참석한 원로 시인의 충정도 그러하였습니다.

김 선생님, 기억나시지요?

눈물이 그렁그렁한 채로, 길림의 우리 겨레를 걱정하는 어르신의 모습에 손을 잡고 같이 울먹였습니다. 연변에서 사는 분들은 북한과 가까워서 대한민국을 '남조선'이라고 부르는데, 길림에 사는 분들은 대부분 '한국'이라고 불렀습니다. 그러나 우리 겨레가 공부하는 학교가 '조선족 학교'이듯이 공식적으로는 '조선'이 될 수밖에 없는 것 같았습니다. 어쩔 수 없는 한계인 듯도 하였습니다.

"우리 애들이 모두 한국으로 돈 벌러 가서 일할 수 있는 젊은 사람이 없어요. 대를 이어 농사를 지었는데, 노인들이 도시의 아파트로 이사하면서 대를 이어 농사짓던 전답은 모두 중국 사람들에게 넘겼지요. 우리 겨레가 흩어지면서 마을 공동체도 사라지고 있어요. 우리 겨레의 말과 글을 배울 수 있는 조선족학교도 문을 닫고 있어요. 이제 아이들은 중국학교에서 중국어로 배웁니다."

우리의 말과 정신을 지키려는 어르신들의 노력은 감당할 수 없는 감격의 소용돌이로 가슴에 와 닿았습니다. 길림시 전역에서 살고 있는 노인회를 중심으로 우리 말글을 배우는 분들이 눈물겨웠습니다. 우리 말글로 된 문학 작품을 창작하는 것이 급한 일이라고, 한 달에 한 번씩 모여서 창작의 고삐를 조이는 문인들의 모습이 거룩해 보였습니다. 우리 노래와 우리 춤을 잊지 말아야 한다는 예술인들의 마음도 사랑스러웠습니다.

김 선생님, 어쩌지요?
이제 이 어르신들도 중국의 도시화에 의하여 각자 아파트로 흩어지고 계십니다. 서로 전화를 해야 만날 수 있습니다. 농촌을 바탕으로 정을 나누던 마을 공동체는 서서히 사라지고, 행사에서나 서로 눈빛을 나누어야 합니다. 소식이 없으면 죽은 것으로 알고 있다면서, 눈가의 물기를 씻어내던 어르신을 잊을 수 없습니다. 무자비하던 일본 사람들에 대한 뜨거운 분노가 아직도 남아 있었습니다.

지진과 쓰나미로 폐허가 된 일본의 동쪽 마을에 대해서도 관심이 컸습니다. 자연재해를 입은 그들이 무슨 죄가 있느냐며, 안타까운 일이라고 연민의 정서를 보이다가도, 총칼로 우리 선조들을 유린한 죄값을 받는 것이라며 고개를 돌리시던 모습을 잊을 수 없습니다. 어느 분은 "잘 됐어! 더 크게 당해봐야 해."라고 하기도 하고, "그래도 안 됐지."라고 하는 분들도 있었는데, 제 마음도 그렇게 두 갈래 길을 가고 있었습니다.

존경하는 김 시인님!

어르신들을 중심으로 창설된 조선족 문학사랑협회가 발전하시기를 바랍니다. 여러 단체들도 있지만, 대부분 중국 정부에서 관장하고 있는데, 문학사랑협회는 조선족 문인과 어르신들이 자발적으로 참여하는 단체여서 더욱 뜻이 깊습니다. 잊혀지는 말과 글을 걱정하는 마음, 우리 글로 아름다운 문학 작품을 빚어야겠다는 의지, 서로가 힘이 되어야겠다고 협력하는 자세가 아름답습니다.

우리 겨레의 애환과 정서를 시조로 빚어내는 선생님, 서정과 지향이 조화로운 작품으로 겨레 문학의 발전에 이바지하시리라 믿습니다. 문학을 통하여 우리의 말과 정신이 오롯하였으면 좋겠습니다.

시낭송과 노인 복지의 마이더스

시낭송가 노금선 선생님!

취미가 직업인 사람이 가장 행복한 사람이라며, 그래서 자신은 시를 쓰며, 그림을 그리며, 시낭송을 하며, 사회 복지에 열성이라는 말을 들었습니다. 성공은 지위나 재산에 있는 것이 아니라, 자기 분야에서 가장 앞서는 것이라며 시낭송과 노인 복지만큼은 뛰어나기를 소망하는 선생님의 말씀을 들으며 참으로 반가웠습니다. 대전시낭송가협회 회장을 역임하고, 사회복지법인 선아 복지재단 이사장 직분을 맡으셨으니 자타가 인정하는 분이지요.

대학을 졸업하고 성우로 출발한 다음, 꿈으로만 그리던 아나운서가 되어 시청자들의 선망을 한 몸에 받았다고 들었습니다. 그러나 세상의 여러 일들을 하는 동안 잊고 살았던 시 창작을 통하여 문인의 길에 나섰고, 더불어 시낭송대회에서 대상을 받아 시낭송가의 길에도 나섰으며, 가까운 분들의 축하 자리에서는 시낭송으로 봉사하셨지요. 그렇게 사랑으로 봉사하다 보니 자연스럽게 대표적 시낭송가의 자리에 선 것이지요.

사회 복지사 노금선 선생님!

평생의 꿈이 시를 짓는 시인이었다고 하셨지요. 창작한 시를 많은 사람에게 들려주어서 문학의 새로운 지평을 열고 싶었다고 하셨지요. 이와 동시에 어려운 이웃을 도우며 살기를 기도한다고 하셨지요. 이러한 소망이 너무나 간절하여 선생님의 하나님이 응답하신 것 같습니다. 그리하여 노인 복지와 노인 중환자를 돌보는 소임을 맡긴 것 같습니다.

선생님이 이사장으로 운영하는 실버랜드는 가족들이 모여 사는 공동체 같았습니다. 서로 웃으며 인사를 나누고, 부모와 자녀 사이에서나 볼 수 있는 눈빛들이 자연스럽고 정겨웠습니다. 가끔 노인 복지 시설에 위문을 가기도 하고, 자원봉사를 할 때, 노인들만의 공간에서 풍기는 특유의 체취를 그 곳에서는 맡을 수가 없었습니다. 건물 중앙에 넓게 트인 공간, 그 곳으로 햇빛이 환하게 들어오도록 만든 시설의 현대화에도 원인이 있겠지만, 무엇보다도 일심으로 청결하게 유지해서겠지요.

그리고 노금선 선생님!

선생님께서는 불혹을 지나 김해선 선생으로부터 유화를 배우셨습니다. 아름다운 사물을 더욱 아름답게 표현하고자 하는 뜻이었겠지요. 세상을 아름다운 눈으로 보면 세상도 아름다워 보이고, 짜증난 눈으로 세상을 보면 세상도 찌푸려지는 것처럼, 선생님의 마음에는 있는 힘을 다하여 노력하고, 남을 도우려는 따뜻한 마음이 있었던가 봅니다.

동호인들의 단체전시회에 참여하기도 하고, 유화 개인전을 열어 아름다운 소망이 담긴 작품을 선보였습니다. 그림의 표면에 드러난 기법도 중요한 것이겠지만, 그림에 담겨 있는 화가의 진실이 더욱 값진 것입니다. 그리하여 사랑과 소망이 어우러진 작품들을 감상하면서 내내 행복할 수 있었습니다. 실버랜드 벽에도 꼭 있어야 할 곳에는 선생님의 그림이 자리하고 있어 더욱 밝은 느낌이 들었던 것 같습니다.

아직도 노력중인 선생님!

회갑을 오래 전에 지난 선생님이 다시 서예를 시작하는 일은 신선한 충격이었습니다. 원생들의 정서 함양을 위하여 서예지도를 하기로 하고, 원로 서예가 민경식 선생님을 초청하여, 원생들과 함께 서예 공부를 하는 것은 용기가 없이는 힘든 일이지요. 원생이 배운 다음에 혼자 배우는 것이 아니라, 그들과 함께 배우고 익히는 모습은 동행의 아름다움이지요.

특히 연세와 사회적 직분에 연연하지 않고, 기회 있을 때마다 앞장서 봉사하는 모습이 더욱 곱습니다. 지금 내가 어느 단체 회장인데, 지금 나는 어느 기관 이사장인데, 이렇게 스스로 옥죄기 쉬운데, 이에 얽매이지 않고 기쁘게 돕고 참여하는 모습은 다른 사람들의 본보기라 하겠습니다. 실버랜드에서 돌아오는 꽃길은 바람마저도 싱그러웠습니다. 올망졸망한 논과 밭 사이에 초록의 기운이 넘치고 있었습니다.

6.25 민족 전쟁, 그 1.4 후퇴 때에 북한에 남기고 피난을 와서, 평생 가슴에 박힌 못처럼 아프게 하시는 어머니, 그 어머니를 생각하며 어르신들을 돌보는 손길이어서 더욱 따사로워 보였습니다. 5월은 가정의 달이어서 더욱 큰 감동이었습니다.

목발의 시인, 그 순정한 눈빛을 위하여

*

'얼마나 힘겨웠을까? 얼마나 많은 울음을 삼켰을까?'

목발을 짚은 채 웃음을 함박 머금고 있는 박재홍 시인을 대하면서 처음 떠오른 생각이다. 많은 사람들이 자유롭게 걷고 뛸 때에 그는 하늘의 구름이나 헤아렸을 것이다. 친구들이 즐겁게 놀이를 하거나 여행을 갈 때에도 그는 자신의 성채를 지키고 있었을 것이다.

그러나 그는 예술세계에 접하게 되면서 멀게만 보이던 세상으로 한발 내딛게 된다. 한번 들어선 예술 세계에서 외로움과 아픔을 거울삼아 정진을 거듭하여 '시인' '서예가' '문인화가' 등 아름다운 이름을 터뜨리며 당당하게 세상의 일원으로 자리한다.

*

그는 문학(글짓기)을 통하여 잠에서 깨어나게 된다. 고등학교 시절에 '보성다향제 시 부문 동상'을 받고, 내무부 주최 현상공모에서 산문부 최우수상을 수상한다. 고려대학교 대학원신문에 시 '일출'을 발표하면서 자신감을 얻은 그는 1993년 첫 시집 〔낮달의 춤〕을 펴내게 된다. 그리하여 아름다운 시를 빚는 시인의 꿈을 가꾼다.

문학에 대한 사랑을 지닌 채, 그는 다른 예술계에도 눈을 돌리게 되는데, 그가 먼저 들어선 세계는 서예이다. 글자의 획과 획에 심혈을 기울이다 보면 온갖 시름도 견디어낼 수 있었으리라. 그의 필력은 석헌 임재우 선생의 지도로 일취월장 하게 된다. 특히, 흰 바탕에 까만 글씨로 자신의 예술혼을 불어넣어 완성하였을 때의 쾌감은 그의 내면에 똬리 틀고 있는 미움을 깨끗이 씻어내었으리라.

다음에 도전한 세계가 문인화이다. 그림은 붓으로 그리지만, 붓놀림에 그치는 것이 아니라, 마음의 눈으로 세상을 바라보게 한다. 자헌 이성순 선생의 지도로 심안(心眼)을 열어 화폭에 담는다. 어쩌면 무념무심(無念無心)의 경지에서 파고(波高)를 이겨내는 힘은 바로 문인화를 그리면서 형성된 듯하다. 그래서 그는 비장애인보다 더 해맑게 웃음을 웃는 것일 게다.

*

시인 박재홍은 〔문학사랑〕 신인작품상에 당선되어 시인의 꿈을 이루게 되고, 두 번째 시집 〔四人行〕을 발간하여 주목받는 자리에 오른다. 또한 여러 상을 받아 서예가와 문인화가로 인정받고, 이제 후진들을 지도하는 위치에까지 올랐다.

오늘도 시인 박재홍 화백은 힘들게 차에 올라 속도를 낼 것이다. 사단법인 '대전광역시장애인문화협회'에서 운영하는 서예교실과 문인화 교실에서 작품 지도를 할 것이다. 자신과 같이 어려움을 겪고 있는 이들을 위해 뜨거운 마음으로 사랑을 나누고 있을 것이다.

키 작았던 소녀, 영어과 교수가 되다

*

　주로 외국의 젊은 여성들을 게스트로 진행하던 연예프로에서 참석자 중 한 명이 '남성의 키가 180센티미터가 되지 않으면 루저'라는 말을 하여 진행자가 바뀌고 프로가 개편되는 일이 있었다. 외모에 치중한 언행으로 많은 사람들로부터 지탄을 하기도 하였으나, 어느새 우리 사회는 외모 지상주의가 굳어진 것 같다.

　이러한 현상으로 인해 얼마나 많은 사람들이 절망에 빠졌을까를 생각하면 참으로 안타까운 일이다. 남들보다 키가 작거나, 얼굴이 예쁘지 않은 것이 부끄러워할 일이 아닌데도, 많은 사람들은 주위의 시선에 일희일비(一喜一悲)한다. 일부는 스스로 생명을 내던지고 싶을 만큼 내면의 상처를 받는다고 하니, 이웃의 사랑과 위안은 헤아릴 수 없이 중요하다.

*

　최근 감명 깊게 읽은 책이 '나, 그리고 타이거 맘'이다. 우리 지역에 있는 대학교 신수정 교수가 지은 책인데, 앞표지부터 눈길을 끌어 마지막 뒷표지까지 통독하게 하는 마력이 있었다. 〔내 키는 146센티미터 작은 키로 성장통을 호되게 치루었지만, 엄마의 끈질긴 모성애는 넓은 세상을 보게 했다.〕는 표지의 글이 강렬하게 눈길을 끌었다.

그는 〔사춘기로 접어들고 감수성이 가장 예민하던 때여서인지 머리끝까지 화가 뻗히고 눈앞이 캄캄〕해지도록 절망하였다. 무작정 학교를 빠져나와 길거리를 헤매며 반항하기도 하였다. 의사로부터 신장 146센티미터에서 성장판이 멈추었다는 진단을 통보받고 더욱 괴로워하였다. 그러나 예쁘고 노래를 잘한다는 의사의 칭찬에 새로운 의욕을 얻는다.

'대학 가요제' '강변 가요제'에 참가하려면 대학에 진학을 해야 하기 때문에, 담을 쌓았던 학업에 열중하는 계기가 되었다. 대학에 합격하여 가요제에 참석을 하였지만 수상을 못하여 절망하던 차, 영어과 교수의 칭찬에 새로운 자신감을 얻었다. 미국 유학도 다녀오고, 동시통역이 가능할 정도로 실력을 쌓아 대학교의 영어과 부교수가 되었다.

작은 키로 인해 마음의 상처를 받게 되고, 그 여파로 세상일들이 끊임없이 그를 괴롭혔지만, 꿋꿋하게 극복할 수 있었던 바탕에는 지칠 줄 모르는 어머니의 사랑과 관심이 있었다. 좌절의 늪에 빠져 있는 딸에게 그의 어머니는 〔열등감, 개나 줘라!〕 강한 메시지로 자극하였다. 곁에서 끊임없이 기도하며 〔자기가 가지고 있는 장점을 최대한 살리며 사는 인생이 멋진 인생〕이라고, 그렇게 살아가야 한다며 부축한 모성애(母性愛)가 오늘의 그를 만들었다.

*

사람에게는 누구나 장점과 단점이 병존(竝存)하게 마련이다. 누가 보아도 멋지고 행복할 것 같은 사람도 남들이 모르는 그늘이 있을 때가 있다. 겉으로 보아 실망할 정도인 사람도 그만의 장점으로 사회에 기여하는 사람도 많다. 약점을 극복하고 자신의 몫을 다할 때까지, 무엇보다 중요한 것은 주위의 사랑과 관심이다. 한시적으로 위로하고 격려하는 것은 누구나 할 수 있는 일이지만, 지속적으로 관심과 배려를 하는 일은 쉽지 않은 일이다.

좌절에 빠진 사람들에게 힘을 북돋우는 일은 천금(千金)의 가치가 있다. 한 사람의 인생을 절망으로부터 구하였다는 의미도 큰 것이지만, 이로 인해 사회 발전에 이바지하게 하였다면, 이는 무엇과도 비교할 수 없이 소중한 일이다.

이제 나도 이웃을 위하여 촛불 한 자루를 켜고 싶다는 발심(發心)을 깨우쳐 준 책, 신수정 교수의 '나, 그리고 타이거 맘'을 다시 한 번 정독해야겠다.

분단 한국의 어머니들, 그 가슴 저린

사랑은 절실할 때 아름답습니다. 생활 속에서 마주하는 희로애락(喜怒哀樂)은 대부분 주관적 사랑에 말미암습니다. 때로는 아주 작은 사랑도 이 세상의 그 무엇보다 더 크게 느낄 수 있습니다. 타인들에게는 심상(尋常)한 일도 정작 당사자에게는 감내하기 힘들 정도로 절실할 수 있습니다. 그렇게 절실한 가슴을 시인은 작품으로 빚습니다.

2001년에 오양순 시인이 지은 첫 시집 『그리움의 징검다리』를 감상하였습니다. 10여년이 지난 후, 2012년에 두 번째 시집 『별들이 내리는 새벽』의 작품을 읽으며, 가슴 절실한 사랑을 공유합니다. 여러 작품 중에서 가족에 대한 사랑과 그리움이 감동의 물결을 일으켰습니다. 읽을수록 새로운 감동의 여진(餘震)이 메아리처럼 커다란 동그라미를 그리며 가슴을 파고들었습니다.

특히 어머니에 대한 작품은 눈물겨운 바가 있습니다. 〈숨가쁜 신음소리/ 동트는 아침을 불러오고/ 긴 한숨 끝으로/ 멈춰버린 심장의 고동/ 삶의 저려옴을 버리시는 어머니〉에서처럼, 어머니가 운명하는 절박한 순간을 사실적으로 표현하여 놀랍습니다.

　이 작품을 읽으면서, 어머니께서 돌아가시던 때가 떠올라, 필자의 가슴에
도 보이지 않는 눈물이 시내를 이룹니다. 어머니를 여읜 독자들은 자기 자신
을 대신하여 울어주는 오양순 시인의 노래에 휘모리장단과 같은 감동을 공유
하리라 믿습니다. 때로는 이와 같은 절실함이 현실에서 같이 살고 있는 자녀
들에게도 나타날 수 있습니다.

　인터폰 소리
"아들한테 소포 왔어요."
군사우편
땀이 밴 작은 박스
체온이 담겨 있는　．
내 귀에 들리는 네 숨소리
가슴이 방망이질 한다.
깨알같이, 너의 마음이
종이 위에서
내 시선을 끌어당긴다.
흔들리는 어미 앞에서
당당한 모습이다.

　오양순 시인의 시집에서 분단 한국의 어머니들이 감내해야 할 안타까운 정
서를 만납니다. 군에 입대한 아들의 소지품이 소포로 도착하자, 분단 한국의
어머니는 가슴이 메어집니다. 몇몇 작품에서 군(軍)에 입대한 아들을 그리워

하며, 가까이에서 돌볼 수 없는 안타까운 정서가 애틋합니다. 장성한 아들이 〈살얼음 위에 던져놓은 갓난아기〉와 같아서 마음을 졸이기도 합니다.

시인은 아들이 그리워서 면회를 갑니다. 만남도 잠시, 〈철조망 너머/ 손짓〉하는 것으로 발길을 돌려야 합니다. 〈높게 둘러쳐진/ 울타리 속으로 걸어가는 발길/ 눈시울 적시며 돌아서는 너는/ 어린아이〉와 같다고 노래할 수밖에 없습니다. 「아들에게 3(양덕원의 면회)」에서처럼 아들과 어머니는 만남과 헤어짐 사이에서 더욱 그리워하게 마련입니다.

오양순 시인은 연병장을 가로질러 멀어지는 아들을 배웅하며, 〈시선 속에서 사라지는 아픔을/ 가슴에 쓸어안고〉 돌아서야 했다고 합니다. 이처럼 절실했던 정서를 분단 한국의 어머니들은 운명적으로 공유해야 합니다. 이와 같은 작품을 통해 서로 위로하며 위로 받았으면 좋겠습니다. 그리움과 사랑은 서로의 가슴을 나누는 바탕이기 때문입니다.

팔순(八旬)에 든 문학 창작의 길

"내 나이 80이 넘었어요."

"그러세요?"

"지금 시작해도 될까요?"

처음 인사를 나눈 어르신께서 사무실을 찾아 하신 말씀입니다. 거두절미하고 자신의 나이가 여든 살이 넘었다는 것, 이런 나이에도 문학을 시작할 수 있느냐는 것을 궁금해 하셨습니다. 그러더니 둘둘 말은 원고를 내어 놓으셨습니다. 조금은 길게 쓴 행사시였는데, 어느 분을 축하하기 위한 시조 작품이었습니다. 글씨도 또박또박 쓰셨고, 내용도 자연스러웠습니다.

"선생님, 잘 쓰시네요."

"잘 쓰기는요. 뭐!"

"잘 쓰시는데요."

그러자 어르신께서는 안도의 한숨을 쉬고 나서 구체적으로 자신의 이력을 밝히셨습니다. 시인 정훈 선생이 개교한 호서중학교 야간부에 다녔다는 것, 시를 쓰시는 정훈 선생님이 선망의 대상이었다는 추억을 되새기셨습니다. 그 학교에서 박희선 시인, 박용래 시인, 원영한 작가 선생님으로부터 문학 공부를 하였다는 말씀도 곁들이셨습니다. 학창 시절에 희곡과 시를 지어 '동백시단'에 발표하셨다는 말씀도 자랑하셨습니다.

"열심히 써 볼까요?"

"그러시지요."

"다음에는 작품을 들고 오겠습니다."

가끔 들르실 때마다 몇몇 작품을 지참하셨습니다. 학창 시절에 갈고 닦았던 실력이 작품에 투영되었습니다. 젊은 시절에 익혔던 민족정신을 되살리기 위해서 시조를 지으셨습니다. 시조는 600년이 넘게 이어온 우리 민족의 대표적인 문학 장르이기 때문입니다. 시조를 부흥시키는 것이 우리 문학의 전통을 세우는 일이라고 역설하셨습니다. 우리 문학은 우리가 가꾸어야 한다는 의지가 굳은 분이셨습니다.

"이렇게 하면 되겠어요?"

"그럼요. 잘 쓰시는데요."

"고맙습니다. 열심히 쓰겠습니다."

작품 창작에 열중하여 82세에 '동시조'와 '시조' 부문 신인상을 수상하여 등단하셨습니다. 오랜 기간 창작한 작품을 모아 두 권의 저서를 발간하셨습니다. 동시집 〔허수아비와 아이들〕 시조집 〔아침을 여는 꽃〕이었습니다. 책을 들고 어린 소년처럼 기뻐하시는 모습을 보고, 문학 창작의 희열이 이런 것이구나, 다시금 실감하였습니다. 어르신께서는 진실을 바탕으로, 표현의 멋과 기교를 겸비하여 가슴을 울리는 감동을 생성(生成)하셨습니다.

"유치원에 가서 동시조를 읽어 주었어요."

"그러세요?"

"초등학교에서도 초대를 받았어요."

어린이들이 읽을 수 있는 시조를 지어 낭송도 하시고, 최근에는 동화를 빚어 유치원과 초등학교를 방문하여 낭독하십니다. 때로는 어린이를 위한 역할 놀이를 지도하시며, 어린이들에 대한 사랑으로 연세를 잊은 듯합니다. 그 열정이 세상을 아름답게 가꾸는 것 같습니다. 팔순에 시작하여 등단하고 작품집을 발간하면서, 어린이들을 위해 쉬지 않는 모습에 뜨거운 감동을 받습니다. 저절로 머리를 숙여 존경을 표하게 됩니다.

"나, 회장 되었어요."

"그러세요!"

"마지막 기회로 알고 열심히 할래요."

어르신께서는 한밭아동문학가협회 회장으로 선임되셨습니다. 〔대전동시조〕로 출발하여 제호를 〔현대동시조〕로 바꾸었다가, 다시 〔한밭아동문학〕으로 동인지를 발간하는 단체의 부회장을 맡아 열심히 하셨기 때문에 84세에 회장으로 선임된 것입니다. 앞으로도 철학과 서정이 어우러진 훌륭한 작품을 창작하고, 지역 아동문학의 발전을 위해서는 어르신께서 건강하셔야 합니다.

"윤황한 선생님, 건강하세요."

한국문인 인장박물관을 아시나요?

대전에서 당진으로 이어지는 고속도로를 달려 수덕사 인터체인지를 나서면 바로 예산입니다. 홍성을 향하여 가다가 충남 예산군 광시면 운산리 256-2에 이르면 〔한국문인 인장박물관〕(041-322-0592)이 있습니다. 소나무가 몇 그루 고풍스럽게 서 있는 언덕 아래 아담하게 서있는 박물관, 소설가 이재인 선생이 관장입니다.

고향에 박물관을 개설하고, 지금은 관장으로 여유를 보이고 있지만, 이재인 선생의 인생은 그야말로 자수성가를 위한 파노라마였습니다. 선생은 산촌의 빈가(貧家)에서 태어나고 자랐습니다. 머슴살이를 하라는 말씀에 가출을 하기도 하면서도 학업과 문학에 대한 열망으로 경기대학교 학생이 됩니다. 재능 장학생이 되었지만, 학비와 생활비를 버느라 주경야독(晝耕夜讀)을 했다고 합니다.

대학 재학 중에 베트남전에 참전을 하였고, 다시 학업을 계속하여 졸업하면서 사회에 첫 발을 딛습니다. 고향인 예산고등학교 국어과 교사로 부임하면서, 청년시절에 꿈꾸던 문학 창작의 열정을 발산하였습니다. 2인 수필집을 발간하여 수필가로 활동하였습니다. 공동 수필집과 개인 수필집을 발간하여 명성을 얻습니다.

직장도 여러 곳으로 옮기고, 수필과 소설을 발간하여 문인의 길을 가던 중 베스트셀러를 창작하였습니다. 베트남 전쟁에 참전한 경험을 되살려 지은 장편소설 〔악어새〕입니다. 수십만 권이 팔려서 받은 인세가 바탕이 되어 만든 것이 인장 박물관이고, 충남문학관입니다.

이 소설과 관련한 에피소드는 선생의 인간미를 그대로 보여주는 아름다운 이야기입니다. 수십 년이 지나도 잊지 못하는 작은 은혜, 그래서 더욱 인간다운 모습입니다. 선생은 베트남 전쟁에서 살아 돌아왔습니다. 그때 베트남에서 겪은 일을 장편소설로 지었습니다. 그 원고를 대전에서 수필을 쓰시는 박동규 선생에게 보여드렸습니다. 그 당시는 파병되었던 작가들이 쓴 베트남 관련 소설이 좀 인기가 있을 때였습니다.

박동규 선생이 며칠 간 장편소설을 읽은 뒤 만나자는 전갈을 받았습니다. 만나자 마자 정색을 하고 작품평을 하였습니다.
"미안하지만, 이대로는 안 됩니다."
선배의 말씀에 기가 팍 죽었습니다.
"이런 소설은 지금까지 여러 권이 출판되었습니다. 아무리 잘 써도 2등이고 3등입니다. 방향을 바꾸어야 합니다. 한국군의 입장에서가 아니고, 월남 국민의 입장에서 써야 할 것 같습니다. 그런 소설은 없기 때문에 1등을 할 겁니다. 다른 사람이 쓰기 전에 서둘러 써야 할 겁니다."

이재인 관장은 당시 한 줄기 빛이 보였다고 합니다. 어려웠지만, 시점(視點)을 바꾸어 작품을 완성하였습니다. 그리하여 소설 [악어새]가 베스트셀러가 되었고, 박물관 개설의 종자돈이 되었습니다. 그래서 이재인 관장은 '대전'에서 첫 번째로 고마운 은인이신 박동규 선생을 만났다고 수시로 밝혔습니다. 긴 세월을 넘어, 수도 없이 고마운 말씀을 친지와 후배들에게 전할 정도로 진국입니다.

한국문인 인장박물관에는 천과(千果)가 넘는 인장이 있습니다. 소설가 오영수 선생으로부터 선물 받은 거북이 모양의 흥선대원군 인장, 김소월이 시집에 서명을 하던 낙관을 비롯한 수많은 문인들의 인장, 경로를 모르지만 국새까지 갖추었습니다. 최근에는 나무 도장으로 우리나라 지도 모양을 만들기도 하였습니다.

최근에는 문인들의 얼굴이 새겨진 인장을 전시하는 '문인 얼굴전'을 개최합니다. 전각을 하는 분의 도움을 받아 개최하는 인장을 보시고 싶은 분은 예산군 광시면에 있는 박물관을 찾으시면 됩니다. 유명한 문인들이 쓰던 붓통도 다양한 모습으로 반길 겁니다. 문인들이 애용하던 머그컵이 반갑게 맞을 겁니다.

고희(古稀) 작가의 첫 소설집에 박수를

고희를 넘긴 소설가 임승수 선생님의 첫 소설집 『석관(石棺)』이 발간되었습니다. 바쁘게 살면서 틈을 내어 창작한 작품이어서, 1970년대에서부터 2010년대에 이르기까지 50여 년 동안 살아온 세월이 녹아 있습니다. 우리 서민들이 반세기 동안에 겪었을 애환이 들어 있습니다.

이 소설집에서 가장 빛나는 핵심은 체험 중심으로 쓴 소설이라는 것입니다. 작가는 「따이공의 노래」를 짓기 위하여 중국을 넘나드는 배를 타고 소무역상을 직접 경험하였다고 고백합니다. 「인동초」를 쓰기 위해 요양보호사 생활도 직접 해보았다고 합니다. 「유운좌」 「추요자의 꿈」을 쓰기 위해 경비생활도 직접 체험하였답니다.

소설의 본질이 상상력에 의한 산물임을 알고 있는 작가지만, 체험의 바탕에 상상력의 꽃을 피우는 것이 소설의 본령이라는 데에 입각한 주장입니다. 허구적 진실을 담는 것이 소설이지만, 작품의 진실성을 담보하기 위해서는 구체적 묘사와 사실적 진술이 중요하고, 이를 위해서는 체험이 가장 절실하다는 견해입니다.

소설집 『석관(石棺)』의 첫 번째 작품 「낙도의 부부 이발사」는 낙도에서 교사로 근무하던 시절에 보고 들은 실화가 바탕입니다. 심훈 선생이 쓴 『상록수』와 같은 계몽소설 성격입니다. 무지한 섬사람들을 깨우치고, 잘 살게 하려는 의지가 아름답습니다. 그렇지만, 폐결핵에 전염되고, 그 병이 깊어져 섬에서 쫓겨나게 되는데, 그 과정의 희로애락(喜怒哀樂)이 가슴을 뭉클하게 합니다.

표제(表題) 작품이기도 한 「석관(石棺)」은 어려운 생활을 극복하고 큰 상을 받아 성공한 미술 교사의 삶을 그려내면서도, 결국에는 그의 아내가 죽는 것으로 구성을 하여 비극적 삶을 그려냅니다. 이 작품 서두의 묘사는 그 정경이 눈에 밟힐 정도로 구체적이고 상세합니다. 이러한 표현력은 오랫동안 내공(內功)을 쌓은 소설가의 작품이라는 것을 입증하는 단서로 기능합니다.

이 외의 작품에서 보이는 사실성도 독자들의 공감 형성에 이바지합니다. 「자살여행」에서 보여주는 애틋한 사랑도 여운이 오래 남습니다. 「황주객(荒酒客)」은 도시에서 살고 있는 두 노인의 무료한 일상이 인상적입니다. 「난파선」에서는 탈북화가 박청송을 통하여 조국의 안타까운 현실을 비판적 시각으로 형상화하였습니다.

「파벽토(破壁土)」는 콩트인데, 벽이 깨진다는 것은 가정이 파탄되는 것을 의미합니다. 가난하게 노년을 맞은 주인공이 추억을 되살리며 현실에 분개하는 내용이 전개됩니다. 이처럼 선생님의 작품에서 보이는 세상은 대체로 슬프고 안타까운 이야기 중심입니다. 이런 삶들이 선생님이 펼쳐 놓은 연민(憐閔)의 그물에 잡힌 것 같습니다.

　이 소설은 눈물겨운 감동을 생성합니다. 50여 년 동안 묵혔던 작품들이 세상의 독자들과 만나게 된 것입니다. 그보다도, 팩트(Fact)를 중심으로 소설을 쓰기 위해, 앞으로 〈산고랑 광산촌에서 채탄부(採炭夫) 생활〉도 하고 싶다고 합니다. 〈만경창파에 폭풍노도와 싸우며 고깃배에 몸〉을 싣고 어부 체험도 하고 싶다고 합니다. 70대 노(老) 작가의 의욕이 놀랍습니다.

　첫 소설집에서 받은 감동의 물결이 멈추기 전에, 다시 발간될 두 번째 작품집을 기대하게 됩니다. 이처럼 훌륭한 작가가 우리 고장에서 소설 창작을 하고 있어 우리는 행복할 수 있습니다.

절망에서 꽃 피운 아름다운 연가

*** [글사랑놋다리집]에 담긴 염원**

운동모를 쓴 그가 바람과 같이 나타난다. 장덕천 시인(72세)이 전동 휠체어에 앉아서 손을 흔들며 웃는다. 그 웃음이 이슬 구르는 연잎처럼 싱그럽다. 대전광역시 동구 주산동 연꽃마을, 송영호 화실에 이어 잘 가꾸어진 정원이 바로 '글사랑놋다리집'이다. 문인과 예술인들이 잠시 쉬어가거나 토론을 할 수 있는 마당이다. 지금은 50여 명의 시를 목판에 새기거나 붓글씨로 써서 달아 놓았다. 대청호 둘레길의 모퉁이에서 걸음을 멈추고 아름다운 시를 감상할 수 있다. 장덕천 시인이 자신의 집에 마련한 '글사랑놋다리집'의 야외 풍경이다.

'글사랑놋다리집'은 '글' '사랑' '놋다리' '집'의 합성어이다. 이 중에서 '놋다리'는 경북 안동과 의성 등지에서 음력 정월 대보름날 밤에 부녀자들이 하는 민속놀이인 놋다리밟기를 뜻한다. 보름달 아래에서 단장한 젊은 여자들이 공주를 뽑아 자신들의 허리를 굽혀 그 위로 걸어가게 하는 놀이다. 공주가 지나가면 허리를 펴고 일어나 다시 앞으로 나아가 허리를 굽혀 사람의 다리가 끊어지지 않게 한다. 따라서 '글사랑놋다리집'은 글을 사랑하는 사람들이 끊임없이 찾아와서 함께 즐길 수 있는 집을 마련한다는 의미를 갖는다.

이 곳은 장덕천 시인이 꾸민 글 사랑, 문학 사랑의 중심이다. 이 집을 마련한 장덕천 시인은 한때 잘 나가던 사업가였다. 당시 물건이 없어서 팔지 못할 정도로 인기가 높았던 '인켈' 오디오 제품의 대리점을 운영하던 그가 49세 때에 자동차 사고를 입었다. 허리를 다쳤다. 불행하게도 '근무력증'이라고 했다. 근육이 힘을 잃어가기 때문에 허리도 쓸 수 없고, 다리나 팔의 근육도 제 역할을 못하게 되었다. 테니스로 단련하여 후리후리하던 장신, 그 멋스러운 풍모를 지녔던 그가 절망의 나락으로 빠져드는 순간이었다. 인켈 대리점을 운영하며 음악 감상에 심취하던 그에게 정전벽력과 같은 절망의 신고가 내려진 것이다.

오랜 기간 서러운 운명에 대한 절망으로 괴로워하던 그가 어느 순간 깨달음에 이른다. 앞으로 얼마 남지 않은 일생을 보람 있게 보내자. 근무력증으로 인해 힘든 일은 할 수 없겠지만, 의미 있는 일을 찾아 하자. 그래서 물리치료를 받고, 조력자의 도움에 힘입어 20여 년간 시를 창작하고 많은 사람들을 도왔다. 의사들도 놀랐다. 가족이나 친지들도 그의 타고난 체력과 굳은 의지에 박수를 보냈다. 이와 같은 인간 승리는 긍정적 사고와 목표를 향하여 부단히 노력하는 근성의 결과라 하겠다.

* 시 창작에 혼신을 다하고

장덕천 시인은 그 절망을 극복하면서, 마지막으로 불꽃을 피우고자 한 분야가 시 창작이었다. 그 전에 이미 사업가로서의 생각과 지식을 묶어 펴낸

〔상인〕이라는 저서도 있었다. 한때 상공인들 사이에서 교과서로 불릴 정도로 유명한 저술이었다. 대리점을 운영하면서 펴낸 〔대리점 경영의 실제〕를 발간하여 대리점 업계의 바이블이라는 찬사를 얻었다. 그리고 생활의 단상을 펴낸 〔가을에 떠난 사람〕이라는 수필집을 통하여 글 쓰는 자질을 인정받았다.

그렇지만, 자꾸만 빠져가는 몸의 힘을 자각한 그는 자신의 사상과 감정을 나타낼 수 있는 가장 좋은 장르로 '시'를 선택한다. 언론과 인터넷을 통하여 서울에 있는 '문학 아카데미'에 입교하여 매주 하루 서울로 문학 공부를 하러 다녔다. 운영자 박제천 시인의 가르침을 받아 시의 뿌리를 굳건하게 하였다. 서울로 가는 하루를 제외하고 남은 기간에도 시를 배우고 싶었다. 대전에서 여생을 보내던 박희선 시인을 만나 불교적 사고와 사물에 대한 직관력을 익히게 되었다.

'근무력증'은 표시나지 않을 정도로 몸이 약해지는 게 특징이다. 서서히 빠져 나가는 체력의 한계를 느낀 시인은 서울의 시 창작 교실로 다니는 것이 힘들었다. 오랜 기간, 도공(道空) 신태수 원장의 조력을 받아 다녔지만, 매주 학습하기 위하여 상경하는 일은 힘이 들었다. 그래서 박제천 시인에게 대전의 시인을 추천해 주실 것을 청하여, 대전의 임강빈 시인을 만나게 되었다. 임강빈 시인은 개인적으로 작품을 가르칠 상황이 아니라며, 시 창작을 지도할 수 있는 사람으로 리헌석을 소개하였다. 리헌석은 1977년에 〔도가니〕의 창립회원으로 출발한 후에, 1993년부터는 문학전문지 〔오늘의문학〕을 발간하던 중이었다. 동인지와 잡지를 발간하면서 시낭송회와 문학세미나를 개최하였고, 1982년부터 2010년까지 쉬지 않고 매주 목요합평회를 열었다.

장덕천 시인은 정말로 시 창작의 열기가 대단하였다. 목요합평회에 빠짐없이 참석하였으며, 가끔 서울로 출장 공부를 하였다. 이렇게 노력한 결과로, 1997년에 〔문예한국〕의 시 부문 신인상을 받아 등단한다. 등단할 즈음에는 서울의 문학 아카데미에서 수련한 작품, 대전의 목요합평회에서 수련한 작품들이 많았다. 그 해에 두 권의 시집을 발간하는 밑거름이 되었다. 오늘의문학사에서 첫 시집 〔책장과 CD룸 사이〕, 풀잎문학사에서 〔브람스의 자장가〕를 발간하였다.

시집 〔책장과 CD룸 사이〕의 서문에서 임강빈 시인은 다음과 같이 밝히고 있다. 〈그의 심성은 맑다. 가식(假飾) 같은 것은 배격한다. 사물을 바라보는 눈이 예리하다. 참신한 상상력을 지니고 있다. 이만하면 시인으로서 떳떳이 설 자질은 충분하다고 생각한다.〉 또한 시집의 말미에서 리헌석 문학평론가는 다음과 같이 평설하였다. 〈그의 시는 체험을 바탕으로 한 진실성, 구체적 형상화를 통한 미적 구조, 비유와 상징에 의한 작품의 완결성 등이 결합하여 한편 한편에 독특한 생명력을 부여하고 있다.〉 특히 자신의 처지와 사회 현실에서 만날 수 있는 「명퇴자(名退者)」에 대한 작품은 간결하면서도 절실하다.

남루한 마음에
늦가을 대낮부터
찾아온 겨울

앙상한 계절
계절의 폭력 앞에

무릎을 꿇고 있다.

싸늘한 세상
늦가을 햇살이
절망으로 쏟아진다.

　시집 〔브람스의 자장가〕 서문에서 박희선 시인은 다음과 같이 밝히고 있
다. 〈장덕천 씨는 잔잔한 인품에서만 배어나올 수 있었던 숨결을 간직하고 있
는 시인이다.〉 또한 작품 해설에서 김용재 시인은 다음과 같이 평설하였다.
〈장덕천 시인의 시는 그의 인생을 지배하는 잔잔한 꿈으로 무더운 여름철의
소나기처럼 시원하고 후련한 힘을 실어낼 것이다. 결 고운 동심과 진실로 크
는 서정의 가슴을 넓히면서 빛나는 세상을 밝혀낼 것이다.〉 이와 함께 수작으
로 「안면도 연가」를 꼽는다. 〈낙조 앞에 서성이던 바람은/ 온 몸에 달라붙
고// 구름 물고 하늘 날며/ 갈매기는 노래를 잊었다// 꽃지 포구는 말없이 일
몰에 취하고/ 어둠은 마침 할미바위를 껴안는다// 열려 있기에 분방한 자유/
더할 길 없는 평안 속에// 밤은 뜬 눈으로 헐벗은 나를 데리고 간다〉

　두 권의 시집을 동시에 발간한 장덕천 시인의 열정은 그 다음해에 다시 꽃
을 피운다. 1998년 문학아카데미에서 펴낸 시집 〔수통골 돌밭〕이다. 이 시집
의 서문에서 시인은 간략하게 자신의 지향을 밝힌다. 〈세 번째 시집을 펴낸
다. 내 삶에 있어서 시를 만난 것은 또 하나의 은총이다. 기쁨 속에 시를 즐
기는 삶이 되기를 바란다.〉 또한 말미의 해설에서 이탄 시인은 다음과 같이
밝히고 있다. 〈장덕천 시인은 비로소 자기의 갈 길과 자기의 할 일을 끝까지
해낼 신념이 무엇인가를 알아낸 셈이다. 얼마 전까지만 해도 알기는 알았지

만, 이제야 비로소 시 하나 하나에서 의지를 심어 놓음으로써 알게 된 것이
다. 계속하여 시를 다져나갈 것이므로 그와 함께 심어놓은 그 의지가 활짝 피
어날 것을 조금도 의심치 않는 이 시집의 시는 그런 의미에서도 한층 더 값진
것이다.〉

* 관조적 시심에 서정이 스미고

장덕천 시인은 〔글사랑놋다리집〕을 대전의 문인들에게 개방하였다. 소식을
들은 충남, 충북의 문인들도 자주 들르는 명소가 되었다. 한남대학교 이규식
교수는 학생들과 세미나를 개최하기도 하였고, 대전대학교 이진우 교수 역시
후학들과 자주 들러 문학의 향기를 나누었다. 경기도, 경상도, 전라도에서도
가끔씩 찾아오는 문인들을 맞고 대접하느라 그는 바쁜 나날을 보내었다. 바
쁘고 힘들어도 그의 입가는 미소를 머금었고, 새롭게 만나는 사람에게서 새
로운 이야기를 듣느라 귀를 기울였다. 대청호 호수가 바라보이는 양지 바른
언덕에는 자연과 더불어 사는 시인의 숨소리가 물결소리처럼 출렁거렸다.

역사를 조명하는 예지

종으로 울리고 메아리쳐라
수호신으로 불 켠 넋이 되어 증언하라

산 넘어 오는 포성이 불꽃 화광에 작렬하고
차라리 국토의 흙이 되리라고 죽음을 맞이했을 때
자유를 울부짖으며 조국은 울었다.

폐허의 땅 지켜 낸 불퇴전의 호국영령들
무엇으로도 보상할 수 없는 젊은 희생으로
조국은 지구촌 번영의 큰 길에 우뚝 섰다

조국의 하늘
나의 혼 숨 쉬는 고향
우리 또한 피맺힌 역사의 생명에서 태어났다

그대 영혼은 조국을 비상하는 날개
삶의 영욕도 풀뿌리의 함성도 여기 부어라

가치 있는 것은 끝까지 굴욕되지 않는다
나라사랑의 검은 독수리 유유히 하늘에 떠돌고
겨레의 비원이 머언 천손족에서 꿈길로 내린다
　　　　　　　　　　　　　　—「조국의 하늘」 전문

　대전의 원로 시인 조남익 선생은 역사의식이 뚜렷한 작품을 창작하는 분으로 유명하다. 1965년에 〔현대문학〕의 추천을 받아 등단한 이후, 향토 서정이 짙은 작품, 역사의식이 뚜렷한 작품, 주제가 분명한 작품을 주로 창작하였다.

　조남익 시인은 역사에 남을 기념시를 빗돌에 새겨 다시금 주목을 받고 있다. 2007년에 조성된 보문산 보훈공원에 기념시 〔조국의 하늘〕을 나라와 겨레를 위해 산화하신 분들의 뜻을 받들고, 앞으로 영원 무궁토록 발전하기를 소망하는 시심을 담았다.
　대전 보문산 보훈공원에는 '영렬탑'을 건립하여 그 의미를 더하고 있다. 원래는 호국의 달인 2007년 6월에 개원식을 하려고 하였으나, 입구의 공사가 지연되어 2008년 11월 6일에 개원하였다. 박성효 대전광역시장 명의로 발표된 〔영렬탑 건립기〕를 읽으면 '영렬탑' 건립과 보훈공원 조성의 의미를 확인할 수 있다.

　나라가 발전하고 번영하려면 끊임없는 애국의 맥이 고동쳐야 한다. 작은 나라가 번영하고 큰 나라가 망하는 이치가 또한 여기 있다.

대전에서 전몰군경에 대한 추모탑은 1942년 일본군의 충혼탑(忠魂塔) 건립공사가 있었다. 그러나 기단 부분 공사 중 패망하면서 중단되었고, 한국전쟁 때는 피난민들의 거처가 되기도 했다. 중구 선화동 산 15번지 지역은 당시에는 산으로서 용두산 꼬리 부분이었다. 한국전쟁은 호국영령들에 대한 급박한 문제가 제기된다. 1956년 도민의 성금을 모아 기단의 상부에 4명의 군경이 배치된 영렬탑(英烈塔)이 비로소 완성되었다. 대전과 충남 출신의 전몰군경 위패를 모시었고, 추계제향과 매월 초하루의 참배가 이어져 왔다. 그러나 도시가 발전하면서 주거지역으로 변하였으며 이전 요구의 민원이 되었다. 대전광역시에서는 관련 기관들과의 협의를 거쳐 보문산으로의 이전을 확정하고 100여억 원의 예산을 투입 5년 만에 준공을 보기에 이르렀다.

전몰군경의 호국정신을 기리고 시민의 휴식공간으로 확대하고자 새로이 조성한 것이 여기 보훈공원이다. 여기서 멀지 않은 곳에 국립 대전현충원이 있고, 보문산이 모정의 품속처럼 아늑하게 감싸 안은 곳이다. 영렬탑은 현대적 감각과 애국정신을 수직으로 한 위용을 자랑한다. 영렬들의 승천을 두 손에 담아 모았고, 뾰족한 상단은 조국애의 불꽃을 상징한다. 30m 높이의 영렬탑은 국토를 지킨 한 자루의 총을 형상화한 것이다. 이에 엄숙한 참배공간과 조형물이 호국영령의 신전으로 거듭나게 된 내력을 밝히고, 임의 영전에 분향 경배하며 추모의 뜻을 표한다.(2007년 6월 대전광역시장)

이보다 앞서 1985년에는 대둔산 수락골에 호국충절을 기리는 기념시〔불타는 횃불〕을 새겨 역사에 남게 되었다. 기념공원의 또 다른 '구국충절'이라는 빗돌에는 당시 안응모 충청남도지사의 이름이 새겨져 있다.

여기는 대둔산 산 깊고 물 맑은 곳

풀과 나무에 열리는 이슬에도
민족혼이 숨쉬는 정기의 땅
우리의 나라 사랑의 고향.

보라, 자유는 울부짖었네. 1950년
공산 패잔병의 들끓는 소굴이 되어
골짜기 곳곳 토치카와 참호
산봉우리마다 높이 솟은 원두막 초소

원근을 출몰하며 학살과 약탈을 자행하는
6년간의 피어린 격전지에서
총성은 자유를 울부짖고
조국은 신음하며 젊은이를 부를 때.

경찰관, 의용 경찰, 애국 청년
불타는 횃불처럼 청춘을 던졌네.
호국영령으로 산화한 1,376명
그 피로써 세계 속의 한국은 일어섰네.

진달래 철쭉꽃 어지러이 피어나는 산속에
임의 용기는 불패의 손길이 되어
영원히 꺼지지 않는 성화로 빛나리.
조국의 밤하늘을 비추는 별로 계시리.

— 「불타는 횃불」 전문

조남익 선생은 1989년 대전문인협회 초대 회장을 역임하면서 대전의 문학 발전에 기여하였다. 최근에는 대전의 문학잡지 및 동인지 현황을 연구하였고, 대전과 충남 시인들이 발간한 시집, 시조집, 동시집의 집성과 연구에 몰두하고 있다.

원로 시인 조남익 선생은 평생 지키던 공직에서 정년퇴임한 후, 후학 양성에 진력하고 있다. 대전문예대학의 학장으로서 문학애호가를 지도하면서, 후학들의 문학적 소양을 기르는 일에 여생을 다할 계획이다. 선생이 지역 문학 발전에 위한 여러 사업들은 정말 대단히 가치로운 것임을 다시 확인한다. 선생의 소망대로 대전의 문학 및 예술이 더욱 발전할 것을 기대한다.

시(詩)에서 만난 아프리카 어린이

지봉성 시인은 「늦가을」에 안개 낀 계곡을 찾았던가 봅니다. 계곡에는 안개가 자욱하고, 산록에는 단풍이 붉게 타고 있습니다. 단풍잎이 떨어진 산록(山麓)에는 침엽수가 안개 속에서 푸른 기상을 떨치며 드러납니다. 이를 바라보던 시인은 아찔할 정도의 돈오(頓悟)에 이릅니다.

돈오(頓悟)는 돈각(頓覺)이라고도 하는데, 어느 계기에 의하여 갑자기 깨닫는 경지를 말합니다. 이 말은 불교에서 유래한 말입니다. 소승에서 대승에 이르는 얕고 깊은 차례를 거치지 아니하고, 처음부터 바로 대승의 깊고 묘한 교리를 단번에 깨닫는 경지를 말합니다.

가랑비가 내리는
안개 낀 계곡

활엽수 단풍 위로
침엽수 핀다

　나무도 한 장 한 장
　버리는 세월

　부부도 한 해 한 해
　지우며 간다

　갑자기 깨달은 뒤, 그 깨우침에 의하여 꾸준히 실천하는 것을 돈오점수(頓悟漸修)라고 합니다. 지봉성 시인의 작품에서 돈오점수의 경지를 보게 됩니다. 그는 단풍잎이 하나씩 떨어지는 모습을 보면서 〈나무도 한 장 한 장/ 버리는 세월〉이라 인식합니다. 이와 같은 깨달음으로 〈부부도 한 해 한 해/ 지우며 간다〉고 인생의 철리(哲理)를 께닫습니다.

　세월은 흘러 초겨울이었을까, 찬바람이 몰아치는 계절에 시인이 길을 걷습니다. 버려진 「화분」을 만납니다. 그 화분에는 〈가녀린 팔다리/ 핏기 사라진 얼굴〉을 연상하게 하는 꽃줄기가 남아 있었던 듯합니다. 겨울이어서일까, 〈찬바람은 오열하며/ 옷자락〉을 여며야 할 정도로 세차게 몰아칩니다. 시인은 그 화분에서 〈여린 생명〉을 만납니다. 〈두리번두리번/ 울고 있는 아이〉를 떠올립니다.

　가난한 아프리카
　먼 시골 마을

　메마른 가지처럼
　표정이 없다

생명이 꺼져가는
굶주린 아이

음식을 버리면서
목이 메인다

　지봉성 시인의 작품 「눈망울」입니다. 시인이 아프리카를 다녀왔는지, 혹은 텔레비전이나 다른 매체를 통하여 보게 된 것인지 분명하지는 않지만, 가난하고 비참하게 살고 있는 아프리카 원주민 어린이가 작품의 중심 제재입니다. 이는 아프리카뿐만 아니라, 아시아의 여러 빈곤국가에서도 만날 수 있는 참상(慘狀)이기도 합니다.

　문명으로부터 멀리 떨어진 아프리카의 오지(奧地), 가난한 시골 마을, 어린 아이가 〈메마른 가지처럼〉 누워서 지친 표정을 하고 있습니다. 그 모습에 시인의 가슴이 떨립니다. 그 후로는 식사를 하고 남은 음식을 버릴 때, 문득 그 아프리카 어린이가 떠오릅니다. 잔반(殘飯)을 버리며 미안함을 금할 수 없습니다. 〈생명이 꺼져 가는/ 굶주린 아이〉가 떠올라 〈목이 메인다〉고 괴로워합니다.

　세밑에 지봉성 시인의 작품을 읽습니다. 공감의 회오리 속에서, 너무 많은 호사를 누리며 살고 있다는 생각입니다. 문득 어려운 이웃에게 작은 관심이라도 보여야 함을 깨닫습니다. 굶주리는 아프리카 어린이, 혹은 북녘에서 헐벗고 있을 아이들을 생각합니다. 새해에는 조금쯤 마음이 덜 아팠으면 좋겠습니다. 절실한 마음으로 기도를 합니다.

소설 「민들레꽃」, 중국 교포들의 질곡

*

〈죽은 지 3일 만에 경수는 하얀 보자기에 싸여 대나무 돗자리에 둘둘 감긴 채로 달구지에 얹혀 동산으로 떠났다. 달구지가 작아 그의 두 발은 흰 버선을 신은 채로 덩그러니 이불 밖에까지 삐죽 나와 수레의 진동과 맞추어 흔들흔들 절주 있게 움직였다.〉

*

중국 길림성 길림시에 사는 교포 소설가 한직능(韓直能)의 단편소설 [민들레꽃]의 중간 부분입니다. 이 부분만으로도 일제시대에 러시아나 중국으로 끌려갔던 우리 민족의 애환을 충분히 상상할 수 있습니다. 이 작품의 배경은 작가의 선친과 가족이 겪은 고단했던 삶의 부분이라고 말합니다. 그의 선친과 가족들은 일제시대에 경상도에서 내몽골 우란호트시에서 좀 떨어진 보다리칸에 자리를 잡았었다고 합니다.

작가 한직능은 이역(異域)에서 온갖 고난을 겪으셨던 분들의 이야기를 소설로 풀어내겠다고 합니다. 그 첫 번째 작품이 [민들레꽃]입니다. 주요 인물은 선우동출, 그 부인, 그 아들 경수, 그리고 돌팔이 의사, 몇몇의 마을 사람들로 구성되어 있습니다. 대학에 진학하여 촉망받던 경수가 갑자기 병이 들자, 그 부모는 돌팔이 의사가 처방한 약을 억지로 먹이게 되고, 그 독성으로 경수가 죽습니다.

주요 줄거리는 경수가 죽은 이후부터 전개됩니다. 특히 하얀 보자기와 대나무 돗자리에 둘둘 말린 채 달구지에 얹혀 묘지로 가는 운구(運柩) 상황, 그 안타까운 정경은 눈으로 보는 듯이 사실적입니다. 실제 경험하지 않았다면 시대와 장소, 그리고 인물들의 성격과 외양 묘사를 이렇게 세밀하게 표현하기 어렵습니다. 여러 요소들이 작가의 눈과 귀를 통하여 수용되고, 이를 사실적으로 표현하여 독자의 가슴을 울립니다.

〈한참 민들레가 피기 시작하는 때이다. 온 산과 들에는 민들레꽃이 장관을 이룬다. 유봉씨(경수의 모친)는 오늘도 어김없이 동산으로 오른다. 아들 묘터에 꿇어 앉아 통곡을 한다. 아들 '돼지(경수의 동생 별명)'도 같이 따라와 형님의 묘터를 물끄러미 바라보며 엄마의 두 눈에서 흐르는 눈물을 작은 손으로 닦는다. 그러자 유봉씨는 아들을 힘껏 껴안는다.〉

소설 〔민들레꽃〕의 결말 부분입니다. 이 부분을 읽으며 독자들은 좀 엉뚱한 연상에 잠길 수도 있습니다. 이 글의 작가는 이 글의 동생 '돼지'가 아닐까 하는 것이지요. 가족의 이야기일 수도 있고, 다른 가족들의 이야기일 수도 있지만, 그는 러시아를 거쳐 몽골에서 살던 분들의 애환, 이후에 중국에 정착하며 고생하던 이야기를 소설로 증언하고 싶다고 밝힙니다.

*

소설가 한직능은 중국 내몽골 우란호트시에서 출생하였습니다. 길림대학교 수학학부를 졸업하고 길림화공대학교 응용통계학 정교수를 지내고 정년퇴임을 한 분입니다. 현재는 우리 겨레의 얼을 지키기 위하여 길림시에 한글학교를 창설하여 이사장으로 활동하고 있습니다. 특히 2010년에 창립한 길림시 문학사랑회 회원으로 창작에 정진하는 분입니다. 이 단체는 한국의 문학사랑 협의회를 '롤 모델'로 결성되었으며, 2011년에 자매 결연을 하여 교류하고 있습니다.

그는 2012년 {문학사랑} 봄호 신인작품상을 받아 등단하였습니다. 〈내몽골 초원에서 한평생을 보내며 헤아릴 수 없는 고난과 싸워 이기면서 한국 옛 고향에 대한 그리움과 고향에 가지 못하는 안타까움〉을 가슴에 담았던 조선족 이야기를 소설에 담고자 합니다. 그들의 눈물어린 역사를 어느 누군가는 밝혀야 하는데, 그 역할을 자신이 맡고 싶다고 합니다. 공학도였던 그가 치밀하게 그려내는 해외 민족사 소설이어서 기대가 큰가 봅니다.

문학은 생동하는 울림이다

＊ 문학의 날갯짓을 위하여

새는 부리로 날개를 다듬고, 날개를 떨쳐서 바람결로 징리한다. 이는 날이야 할 때를 위한 준비다. 집에서 길러 날지 않는 닭도 부리로 날개를 다듬거나, 모래로 먹을 감으면서 몸과 털을 정리한다. 오리도 기름샘에서 기름을 묻혀 털이 물에 젖지 않도록 준비한다. 이러한 준비과정은 비상(飛翔)을 위함이다.

문학 창작도 마찬가지다. 세상을 살면서 부딪친 사물들에 대하여, 정교한 언어로 정확하고 멋지게 표현하자면, 수많은 부리 다듬음과 날갯짓이 필수적이다. 글을 쓰는 사람들은 모두 이와 같은 준비과정이 필요함은 물론, 시행착오와 같은 수없는 반복을 통하여 전문가로 자리한다. 예술품다운 문학작품을 창작하기 위함이다.

＊ 문학의 뜻겨움을 위하여

문학청년일 때에는 양면성을 띠었다. 문학은 생의 목표이자 평생을 바쳐 추구할 가치를 지니고 있다는 굳은 신념을 지니기도 했다. 문학은 내가 살아

가는데, 윤활유와 같이 삶의 보조적 취미활동이라는 여기(餘技)로 생각하기
도 하였다. 그러다가 문학의 길에 깊이 빠지면서 문학이 내 삶의 일부이자 전
체라는 의미에 이르렀다. 그 길이 허상을 좇는 어리석음을 내포하고 있다고
하더라도, 스스로 구도자와 같은 테두리를 만들어, 그 속에 갇혀서 행복함으
로 만족하였다. 운명이라고밖에 할 수 없는 상황이 되었다.

　문학에 대해서 주문처럼 속삭이는 말이 있다. 〈문학은 역사 이래 예술 중
의 으뜸으로 자리매김 되어 왔습니다. 아름다운 서정을 노래하기도 했으며,
사회 여러 분야의 아픈 곳을 어루만지기도 했고, 때로는 문학이 곧 학문의 중
심이기도 했습니다. 문학은 질풍노도가 되어 세상의 어둠을 쓸어내기도 했으
며, 어둔 밤에 촛불의 역할을 자임하기도 했고, 새벽을 노래하는 닭 울음으로
새로운 시대의 도래를 예언하기도 했습니다.〉 이와 같은 문학의 역할을 주문
처럼 되새기며 창작의 밭을 갈고 있다.

　＊ 나만의 문학사랑을 위하여

　여전히 부족한 글을 빚어내고 있지만, 어쩌면 앞으로도 역사에 남는 작품
을 창작하지 못할는지 모르지만, 문학에 대한 짝사랑은 변함없으리라 믿는다.
가난과 학업, 두서없던 일들로 청춘시절을 보내고, 문학창작에 전념하기 시
작하였을 때 아쉬운 점이 있었다.

　발표지면의 부족이 가장 심각하였다. 1980년대만 해도, 문학잡지 발간이
허가사항이어서 한정된 지면에 작품을 발표하는 것은 가뭄에 콩이 나는 형국
이었다. 몇몇 잡지에 작품을 발표하려면, 시골 문사들은 서울로 올라가야 했
다. 가끔 원고청탁도 받았지만, 선물을 들고 찾아가거나 점심을 거나하게 대
접하거나, 정기 구독을 하면 발표지면이 수월하게 제공되었다. 혹자는 작품
수준 때문이라고 말하지만, 점심을 대접하면, 낮았던 작품들의 수준이 콩나

물처럼 자라니, 그것이 요상한 일이었다.

그래서 대전 지역에서도 문학잡지를 발간하기로 하였다. 사실 개인적으로는 한국문인협회에서 발행하는 〔월간문학〕에 월평을 자주 쓰기도 하여 지면의 부족을 심각하게 느끼지는 않았지만, 신진 문인들의 경우에는 실망어린 상태에서 낙담하기도 하였다. 그래서 1977년부터 발간하던 동인지 〔도가니〕를 1993년에 문학전문잡지 〔오늘의문학〕으로 등록하여 발간하였다. 이후, 2002년에 제호를 〔문학사랑〕으로 변경하여 오늘에 이르고 있다.

문학전문 잡지를 운영하기 위해서는 경제성이 먼저 해결되어야 하는데, 예나 지금이나 기대하기 힘든 것은 동일하다. 서울의 경우도 별로 다르지 않아서, 유명한 잡지들도 호된 시련을 겪고 있다. 어떻든 해마다 적자가 누적될 정도로 경제성이 없는 잡지를 한 호도 거르지 않고, 400쪽 내외를 발간하여, 지금은 어느 정도 신뢰가 확보된 듯하다. 여러 상도 공정하게 제정 및 운영하여 문인들의 창작 의지를 북돋고 있다.

이처럼 잡지를 발간하여 대전에 문학의 붐을 조성하는데 일정 부분 기여하였다. 그러나 어떤 경우라 하더라도 사람에 따라 견해가 달라지는 것처럼, 수용하는 자세에 따라 평가 역시 달랐다. 그러나 나의 삶이 누구로부터 평가를 받기 위해 태어난 것이 아닌 것처럼, 내 운명과도 같은 문학 활동도 평가의 빛깔에 일희일비(一喜一悲)하지 않기로 하였다. 지나야 할 길이라면, 동네 개들이 다 짖고 나서도 지나갈 수밖에 없는 일이다.

* 지역문학의 부흥을 위하여

2000년에 대전문인협회 7대 회장에 당선되었다. 그 전년도 예산이 1천만 원 내외였다. 회원들의 작품을 모아 발간하는 〔대전문학〕 원고로 평론을 1편 내었더니, 사무국장이 짧은 시 1편으로 바꾸어 달라는 말을 하였다. 그 이유는 대전시로부터 250만원을 지원받기 때문에 책의 페이지가 한정해야 되기 때문이라고 하였다. 웃음이 나왔다. 그래서 회장이 되어, 최소한 그런 웃지 못할 에피소드는 없애고 싶었다.

문협 회장이 되어 처음으로 한 일은 원고의 제한을 두지 않았다. 회원들이 늘어나도 보내온 작품은 모두 수록하였다. 특집이 아니고는 원고지 100장 이상을 보내는 분도 없었다. 또한 원고 수록 순서를 성명 가나다 순에서 등단 순으로 수정하였다. 시집을 가면 시집 촌수를 따르고, 처가에 가면 처가 촌수를 따지는 것처럼, 문단에서는 등단 순서를 정확하게 지키는 것이 옳다고 생각하였다. 이 순서도 등단 연도의 확정과 관련하여 몇 분이 항의를 하기도 하였으나, 뚝심으로 밀고 나갔다.

그 외에도 시화전시회를 하면서 〔시화집〕을 발간하였다. 그 전부터 시화전시회는 있었지만 시화집을 발간한 것은 처음이었을 것이며, 8대 회장, 89대 회장에 당선되어서도 동일하게 발간하였다. 시낭송회를 문협 주관으로 개설하여 대전에 시낭송의 붐을 조성하였다. 대전문학상은 경제적 이유로 1명이나 2명을 시상하였는데, 3명으로 확대하여 시상하였다. 사무국에서는 힘들어하였으나, 부족한 부분은 대전문학후원회 김주팔 회장의 도움을 받고, 그래도 부족한 부분은 회장이 책임을 지어 사무국이 일을 잘 할 수 있게 배려하였다.

* 비상의 새로움을 기대하며

3차에 걸쳐 회장을 역임하면서도, 늘 부족한 마음은 지워지지 않았다. 부산에서는 문학지를 격월간으로 발간하고, 광주와 인천에서는 계간으로 발간하는데, 대전은 1년에 2권 발간에 그친 일이다. 그래서 내 뒤를 이을 회장은 〔대전문학〕을 계간으로 발간하였으면 좋겠다. 2007년에 시행하지 못하였던

시화전도 다시 열었으면 좋겠다. 시낭송회도 더 발전시켰으면 좋겠다. 대전
문학상은 5명 정도로 하고, 부상으로 상금을 수여하면 좋겠다. 〔대전문학연
구총서〕도 이어서 발간하였으면 좋겠다.

그러나 가장 중요한 것은 문학에 대한 열정, 문학에 대한 순수성, 문학에
대한 희생적 자세라고 본다. 개인적으로는 최고의 문학 작품을 창작하기 위
하여 최선을 다하는 것이 중요하다. 또 단체를 맡은 책임자는 첫사랑과 짝사
랑의 뜨거움으로 단체를 운영하여, 생동하는 울림을 생성하는 것이 중요하다.

임을 위한 헌시(獻詩)

— 대전현충원 순국 선열 안장식 추모의 시

장명식이라는 분으로부터 전화를 받았습니다. 국립 대전현충원에서 지인의 안장식이 거행되어 참석하였는데 〔임을 위한 헌시〕가 낭독되어 감격스러웠답니다. 그 시를 지은 분을 담당자에게 문의하였더니, 대전문인협회 회장을 지낸 리헌석 시인이라며, 전화번호를 알려 주더랍니다. 작품을 받아보고 싶다고 하여 이메일로 보내드렸습니다.

신명(身命)을 바쳐 나라를 수호하신
임이시여,
우러러, 가슴 벅찬 조국(祖國)의 하늘에서
오늘도 휘날리는
아름다운 태극 깃발을 보소서!

한번 죽어, 영원히 사는 거룩함으로
이 땅의 어둠을 밝히신

영령이시여,

그토록 소망하시던

겨레의 눈부신 비상(飛翔)을 보소서!

이제, 가시고 남은 자리에

가눌 수 없는

슬픔이 고입니다.

눈물이, 새로운 눈물을 불러서, 넘쳐서,

보내 드리고 싶어도,

보내 드릴 수 없는 가슴 저림으로

통곡하며 무릎을 꿇습니다.

향연(香煙)처럼 피어오르는,

이 절절함,

눈물 젖은 두 손을 모아

아득한 그리움으로, 여기, 모시오니,

임이시여,

민족의 성역(聖域)에서 영면(永眠)하소서!

— 리헌석 「임을 위한 헌시(獻詩)」 전문

이 시를 짓게 된 동기는 다음과 같습니다. 여러 해 전에 국립 대전현충원 관계자로부터 전화를 받았습니다. 현충원에서는 겨레와 나라를 위해 순국(殉國)하신 영령들을 모시는 안장식(安葬式)을 거행한다는 것입니다. 주기적으로, 때로는 수시로 안장식을 거행하는데, 무엇인가 좀 더 잘 모셔야 할 격식이 필요한 것 같다는 것입니다.

그리하여 관계자들이 논의를 하였답니다. 안장식은 관계자의 말씀과 예포 및 헌화 등을 통하여 가신 분을 기리고, 슬픔에 잠긴 유가족들을 위로합니다. 이때 정서적으로 감동을 줄 수 있는 시를 낭송하면 좋겠다는 의견에 일치를 보았다고 합니다. 그래서 기존에 발표한 시 중에서 최적의 작품을 물색하였는데, 관계자들을 만족시킬 수 있는 작품을 찾지 못하였다는 것입니다. 그리하여, 새로운 시를 청탁하기로 의견을 모았고, 수소문 끝에 본인을 선정하여 작품 창작을 요청하였습니다.

이렇게 여러 조건을 만족시킬 수 있는 작품을 빚어내기는 쉽지 않습니다. 자신이 쓰고 싶은 작품을 쓰는 데에 익숙한 대부분의 시인들은 이와 같은 목적시를 빚는 것을 피하고자 합니다. 그러나 누군가는 해야 할 일이고, 겨레와 나라를 위하신 영령을 기리고 위로하는 일은 무엇보다도 소중한 일이어서 응락을 하였습니다.

조국 광복을 위하시던 분, 전쟁 영웅, 군경으로 애국하시던 분, 순직한 분 등 다양한 분야의 영령들을 포괄할 수 있어야 합니다. 그 분들의 뜨거운 겨레 사랑과 나라 사랑의 업적을 찬양해야 합니다. 뒤에 남은 우리도 그 분들을 따라 애국 애족의 길을 나서리라는 다짐도 들어 있어야 합니다. 이런 상황을 담아 작품을 송고하였습니다. 방송국 아나운서의 낭송으로 CD가 제작되었다는 통보와 함께 그 CD를 1매 받았습니다.

이 시는 대전현충원에서 안장식이 거행될 때마다 낭송됩니다. 영령을 기리는 많은 분들이 눈물을 흘린다고 합니다. 유가족들은 어깨를 흔들며 통곡할 때도 있다고 합니다. 그 낭송 작품의 저작자가 '리헌석 시인'이라고 밝히지는 않았지만, 제 가슴은 보람으로 벅차오릅니다.

소망의 길이어라

— 대전~당진 고속도로 공주휴게소

대전에서 당진을 잇는 고속도로가 어느 정도 완공될 무렵에 전화를 받았습니다. 고속도로 준공 기념으로 조형물을 세운다는 것, 대전-당진 고속도로 준공 기념 조형물을 조각가 권치규 선생이 설치한다는 것, 그 조형물에 수록할 시를 청탁한다는 말을 한국도로공사 관계자로부터 들었습니다.

다음날, 이메일(E-mail)로 조형물의 조감도, 시를 새기게 될 비석의 모양과 위치 등을 보내왔습니다. 그러면서 고속도로 준공의 의미를 담은 시 1편을 기간에 맞추어 창작해 줄 것을 요청하였습니다. 전에는 한국도로공사 사장 명의로 준공기(竣工記)를 돌에 새겼는데, 최근에는 그 지역 대표 시인의 시로 대신한다고 했습니다.

"나는 대전과 충청남도를 잇는 대표 시인이라고 할 수 없는데 어떻게 된 일입니까?"

물었더니, 간략하게 선정 과정을 설명했습니다.

"대전-당진 고속도로이기 때문에 대전과 충남의 시인으로 1차 집약을 하였습니다. 그 다음에는 기념 조형물 설치 장소가 충남 공주시 지역이어서, 그 지역 출신이거나 그 지역에서 활동하는 시인으로 2차 의견을 모았습니다. 또한 이 작품의 성격상 '목적시'이기 때문에 서정과 의미를 아울러 잘 담을 분을 찾았습니다. 이런 절차에 의해 원로 시인부터 젊은 시인까지 추천을 받았습니다. 기존의 작품들을 구해 심의기준을 삼아 선정하였습니다. 리헌석 선생님은 충남 공주시에서 태어나셨고, 대전에서 활동하고 있으며, 현재 대전문인협회 회장을 맡고 있고, 여러 편의 목적시가 두드러졌다는 심의위원들의 견해였습니다."

그리하여 여러 날을 고심한 끝에 시를 지었습니다. 그 작품이 「소망의 길이어라」 입니다. 당진에서 대전을 향한 공주휴게소 조형물 아래 새겨져 있습니다.

그리움으로 별을 닦는다.
먼 옛날 신단수 감돌던 노래가
푸르게 살아나서

산을 넘어 달리리라
강을 건너 달리리라
그대를 향한 뜨거운 소망으로
여기, 길을 연다.

그대와 나의 맑은 눈빛이
새 역사를 쓰면
어둠 사이로 무지개가 솟으리.
가슴에 묻은 시련도

고운 꽃으로 피어나리.

길은 언제나 반가운 만남이려니
찾아오는 사람이나
떠나는 사람이나
고향처럼 살가운 것이려니.

이제 충청도,
하늘처럼 눈부신 약속의 땅에
정겨운 소망을 심는다.
— 리헌석 「소망의 길이어라」 전문

　이 작품은 역사성과 지역성을 고려하였습니다. 고속도로를 통하여 과거와 현재가 만나고, 이웃과 이웃이 소통하고, 우리 지역과 타 지역의 사람들이 서로 만나 정을 나누고 싶다는 간절한 소망을 노래하였습니다.

　서두의 〈그리움으로 별을 닦는다./ 먼 옛날 신단수 감돌던 노래가/ 푸르게 살아나서〉의 신단수(神檀樹)는 우리 겨레의 역사적 시원(始原)을 일컫습니다. 고대 우리 민족이 형성되던 시기의 상징물이었던 신앙적 나무에 감돌던 신비스러운 노래에 뿌리를 두었습니다. 그 노래가 시련의 역사를 극복하고 길을 열어서 대전-당진 고속도로를 건설하게 되었다는 의미를 담았습니다.

　이러한 역사는 충청도 사람처럼, 혹은 생각만 해도 마음이 푸근해지는 고향처럼, 반갑고 살갑다는 의미를 지닙니다. 특히 충청도를 〔하늘처럼 눈부신 약속의 땅〕이라고 노래한 것은 충청도 사람으로서의 긍지이기도 합니다. 그런 마음을 담아 쓴 작품이 돌에 새겨져 오가는 사람을 반깁니다.

섬바위는 실눈을 뜨고 있었다

설을 쇠고 고향의 섬바위를 찾았다. 어릴 때에는 우뚝 솟아 있어 올려보기도 힘들 정도로 높았던 바위였다. 그 바위 꼭대기까지 올라가는 것만으로도 또래들 앞에서 우쭐거릴 수 있을 만큼 오르기 힘들었는데, 지금은 반쯤 낮아져 있다.

그 바위가 수난을 당한 것은 새마을 사업이 진행되던 시기였다. 새마을 사업을 하면서 나무골 고개에 있던 홍길동 바위가 사라졌고, 성황당 돌무덤이 사라졌으며, 성황나무가 베어져 사라졌다. 민담(民譚)으로 전해진 '홍길동 바위'는 멍석처럼 넓었는데, 얇고 투박한 질그릇 접시처럼 생겼었다.

촌민들 사이에서 전해지기는 홍길동 설화는 이러했다. 홍길동이 무성산에 성을 쌓은 뒤에 그 성문으로 쓸 바위를 나르다가 쉬던 중이었다고 한다. 그런데, 나라에 반역하는 것이 두려웠던 어머니와 여동생의 꼬임에 빠져 홍길동은 콩을 하나씩 먹다가 시간을 맞추지 못하였고, 시간을 어기게 되자 눈물을 흘리며 금강에 뛰어들었다는 것이다.

이런 민담과 함께 나무골 고개에는 돌무덤과 성황나무가 있었다. 봄이 되면 그 돌무덤에서 겨울잠을 자고 나온 뱀들이 떼를 지어 내려와서 마을 사람들은 뱀을 밟을까봐, 그 곳을 피해 다녀야 했다. 소원을 담은 색색 천을 두른 성황나무에서는 기이한 휘파람소리가 들려 밤길은 무섭기만 했다.

그러던 중, 거국적인 새마을 사업이 시작되었다. 미신을 타파해야 한다고 성황당 돌무덤을 파헤쳤고, 고갯길을 넓히기 위해 '홍길동 바위'도 깨뜨려 자갈로 썼다. 성황나무도 베어져 불태워졌다. 따로 서 있었던 섬바위도 수난을 겪었는데, 화약으로 폭파하는 바람에 상단이 떨어져 나갔고, 잘게 부수어져 자갈로 쓰였다.

이처럼 추억을 조각낸 새마을 사업이지만, 나는 새마을 사업을 긍정적으로 수용한다. 죽을 만큼 서러웠던 보릿고개를 사라지게 하였고, 당시 만연하던 미신(迷信)에서 벗어나게 한 것은 단군 이래 가장 훌륭한 일이라고 생각하고 있다. 그렇지만, 추억 속에서는 여전히 아쉬움이 남아 있는 것 또한 사실이다.

뜨거운 가슴마저
섬으로
띄워놓고

빛살 고운 바람을
마중하러
길을 찾네.

혼절한

사랑을 깨우며

천 년 사는 저 눈빛

　　　　— 리헌석「섬바위 연가」 전문

　시조〔섬바위 연가〕는 내 열 번째 시집에 수록되어 있는 작품이다. 나는 성황당에 대한 추억을 시와 수필로 옮겼고, 나무골 고개에 있던 홍길동 바위도 시에 담았다. 그렇지만 섬바위를 바라보는 것만으로도 아름다운 동심을 되살릴 수 있어 행복하다. 그 섬바위는 추억 속에서 영원한 내 연인으로 남아 있다.

　이제 성황당 돌무덤은 만나 볼 수가 없다. 홍길동 바위도 어디로 갔는지 찾을 길이 없다. 그리고 성황당 고목에서 날리던 청홍 색색의 깃발과 소원을 비는 천 조각도 추억 속에만 머물러 있다. 오로지 현실에서 만날 수 있는 유일한 대상이 섬바위이기 때문에, 내 가슴에서 더욱 정겹게 살아나는 것이리라.

　섬바위 바로 아래에 부모님 산소를 모셨다. 그래서 매년 몇 번씩은 섬바위와 찾게 마련이다. 설을 쇠고 성묘를 하러 갔다가 잠시 우러러 본 섬바위는 반쯤 내려앉은 모습이지만, 추억 속에는 언제나 우뚝 솟아 있다. 오랜 세월이 흘렀지만 한결같이 고요 속에서 사랑을 가꾸고 있다. 가느다랗게 실눈을 뜨고 나를 반기고 있었다.

바닷새의 동안거(冬安居)

이카루스처럼 하늘을 향하는 마음이 있어서였을까, 새의 비상을 보면서 부러워하던 때가 있었다. 짠 냄새조차 맡아보지 못한 지역에서 자라서였을까, 물결이 넘실대는 바다를 원모(遠慕)하던 시절이 있었다. 그런 연유로 바다에 가서도 여러 새들의 모습을 자주 관찰하는 버릇이 생겼다. 미안한 말이지만, 그냥 넋 놓고 바라볼 뿐이었다.

그러다 바다에서 나고 자란 선배의 도움으로 많은 것을 알게 되었다. 갈매기도 여러 종류가 있고, 물떼새와 도요새도 그 종류가 다양하여 놀랐다. 계절에 따라 몇 번 찾아 새의 이름과 모습, 그들이 찾아오는 시기와 돌아가는 때를 상세하게 들었다. 그러나 어쩌랴. 세월이 흐르면서 이름마저 까마득하게 되어, 비상하는 모습에만 마냥 홀리어 바라볼 뿐이었다.

잠시 짬을 내어 겨울 바다를 찾았다. 갈매기 몇 마리만 날고 있을 뿐이었지만, 선배는 나에게 다시 친절을 베풀었다. 그 여름날 나에게 가르쳐 주던 열정으로, 그 새가 어디로 갔는지, 왜 떠났는지, 언제 돌아오는지, 정말 눈물겨운 사랑으로 알려 주었다. 새들이 날아간 하늘을 바라보며, 서늘한 눈빛을 보이던 선배의 모습이 떠올라서 지은 시가 「동안거(冬安居)」이다.

북쪽 방풍림까지

다시 남쪽 비단 모래밭까지

갯벌과 동네 고샅,

샛길까지 샅샅이 뒤져도

여름에 함께 놀던

꼬마물떼새들이 보이지 않는다.

몇몇이 놀러 나와

종종거리며

불립문자를 찍던

검은물떼새도 보이지 않는다.

무논이나

모래톱,

반짝이는 수면 위에도

뿔논병아리의 꿈이 보이지 않는다.

갓 태어나

어미새를 따라 다니며

처음으로 세상구경을 하던

쇠제비갈매기도 간 곳이 없고

장다리물떼새도

그림자만 남겨 놓고 마실을 갔다.

겨울 바다는 동안거 중이었다.

— 리헌석 「동안거(冬安居)」 전문

동안거(冬安居)는 주로 불교에서 쓰는 말이다. 겨울인 음력 시월 보름날부터 이듬해 정월 보름날까지, 승려들이 일정한 곳에 머물며 도를 닦거나 추스르는 일이다. 힘들었던 몸을 쉬기도 하고, 득도를 위해 정진하는 과정이라고 들었다. 가까이 모시던 스님이 해마다 동안거를 하신다는 말씀도 들었고, 스님들이 겨울의 초입에 바랑을 메고 떠나는 모습도 가끔 보았다.

문화는 흐르는 물과 같아서, 흐르고 흐르다가 새로운 사물을 만나 새롭게 변화하기도 하고, 때로는 다른 양상으로 파생되기도 한다. 그래서 동안거(冬安居)는 〈일정한 곳에 머물며 도를 닦는 것〉으로 일반화되었다. 나는 그 많던 새들이 동안거를 위해 잠시 떠나 있는 것으로 받아들였다. 겨울 동안 도를 닦다가 봄이 되거나, 혹은 여름이 되면 기지개를 켜며 나올 것만 같다.

문학 및 예술 창작에도 이러한 현상이 있는 것 같다. 한해를 보내기 선에 문인들은 저서를 발간하려는 경향이 있다. 미술가들은 한 작품이라도 전시를 하려고 한다. 음악인들은 화음을 나누려고 한다. 그런 후 겨울 동안 내공(內功)을 수련한 뒤, 다시 봄부터 아름답고 가치 높은 예술을 창작할 것이다. 이런 기대와 기다림 때문에 혹한(酷寒)도 춥지 않다.

[경찰관의 기도]를 보면서

충남지방경찰청 현관을 들어서니 '경찰관의 기도'라는 액자가 한눈에 들어온다. 이 액자 속에는 멋진 경찰관의 사진, 경찰 가족의 행복한 모습이 어우러진 가운데, 절실한 기도문이 새겨 있다.

이 '경찰관의 기도'는 우연한 기회에 제작(창작이 아님)이 되었으나, 이 작품을 볼 때마다 뿌듯한 행복을 느낀다. 선물로 받은 작품 1점이 내 사무실에도 걸려 있기 때문에, 다른 분들로부터 가족 중에 경찰로 근무하는 분이 있느냐는 질문을 받기도 한다. 물론 우리 가족 중에도 경찰로 봉직하는 형제가 있기는 하지만, 직접적인 관련이 있는 것은 아니다.

질서와 행복을 위한 봉사가
우리의 길이라면
끝없는 도전에도 굽히지 않는
용기와 힘을 주소서

거친 세상에서
옥석을 가리는 지혜를 주시고
사랑의 손으로
약자들의 호루라기가 되게 하소서

우리를 찾는 이웃에게
주저 없이 달려가 봉사하게 하시고
세상이 알아주지 않아도
눈빛 맑은 오뚝이로 세워 주소서

쉴 틈이 없어도 수저앉지 않으며
재물의 유혹에 빠지지 않게 하시고
법의 공정한 저울 아래
정의롭고 신실하게 하소서

그리고, 사명을 다하다
비로소 신의 부름을 받을 때
저의 가족을 돌보아 주시고
훌륭한 경찰관으로 기억되게 하소서
—「경찰관의 기도」 전문

2006년 여름, 충남경찰청 남궁현 경위로부터 전화를 받았다. 새로 부임하신 김정식 청장님의 지시에 의해, 경찰 및 경찰 가족들로부터 '경찰관의 기도'라는 작품을 모집하였는데, 그 작품들을 심사해 달라는 요청이었다. 정해진 날과 장소에서 고위직 경찰관 4명과 함께 심사를 하였다. 가족의 작품도 여럿이었지만, 진심을 투영한 경찰관의 작품들이 대체로 훌륭하였다.

응모작품 중에서 대상을 받은 작품으로 액자로 제작하여 충남경찰청 및 경찰서에 게시할 계획도 들었다. 그래서 작품 선정에 특별한 집중력이 요구되었다. 심사위원 5명의 합의에 의해 수상작품들을 선정하였다. 선정 순위에 의해 경찰청장의 시상이 이루어지리라 한다.

그러나 수상 작품 중에서는 충남지방경찰청 및 산하 경찰서에 액자로 게시하기에 부분적으로 조금씩 부족하다는 점에 의견이 모아졌다. 경찰관의 직무와 품위, 그리고 소명의식이 승화된 작품이 요구되었다. 따라서 내용과 표현에서 모범적이고 훌륭해야 할 것인데, 단일 수상작품으로는 만족스럽지 못하다는 의견에 심사위원들이 합의하였다.

그래서 심사위원으로 참여한 나에게 '경찰관의 기도'를 멋지게 완성해 달라는 요청을 하였다. 5명의 수상작품을 짜깁기하든가, 새로 창작하든가, 어떻든 완벽한 작품을 제작하도록 요청받았다. 그리하여, 2주일간의 기간이 주어졌다.

그래서 경찰의 직무, 경찰의 희생정신, 경찰의 사명감, 마지막으로 가족으로서의 경찰관을 염두에 두고, 작품 형태를 잡아갔다. 그리하여 나름대로 완성한 작품이 바로 〔경찰관의 기도〕이고, 이 작품이 사진과 조화를 이루어 경찰청 및 경찰서에 게시되기에 이른 것이다. 이는 순수한 영감과 창의성에 의해 창작한 것이 아니고, 여러 상황을 고려하여 완성한 작품임을 밝힌다. 경찰관으로 있는 형제의 모습, 경찰관으로 봉직하는 친구들의 모습도 투영되었음을 밝힌다.

이렇게 탄생한 '경찰관의 기도'는 액자로 제작되어, 충남경찰청과 대전 및 충남의 경찰서 현관 입구에서 볼 수 있다. 또 이 액자는 작은 크기(51×66)로도 제작되어 경찰청의 식당이나 경찰서의 여러 부서에 게시되어, 경찰관들이 수시로 보게 되었다.

이러한 인연으로 충남경찰청과 충남대학교 병원이 공동으로 개관한 원스톱 여성 보호 시설에도 '시화'를 기증하게 되었다. 또한 2006년 10월 경찰의 날을 맞아 감사장도 받았다. 이로 인해 경찰이 평소보다 좀 더 가까운 우리 가족이라는 생각이 들었으니, 그야말로 행복한 기회였다.

유림공원에서

유림 이인구 계룡건설 명예회장이 77세 희수(喜壽)를 맞아 사재(私財) 100억원을 출연하여 뜻있는 사업을 하기로 결심하였다. 대전광역시 박성효 시장의 추천으로 대전광역시 유성구 어은동 2만 평의 볼모지를 아름다운 공원으로 조성하고, 대전광역시에 기부채납하기로 MOU를 체결하여 '유림공원'이 탄생하였다. 2년 여에 걸쳐 조성사업이 완료되고, 이를 기리는 내용을 시(詩)로 새기기로 결정되어 시를 빚었다. 이 시를 새길 돌을 찾아 충청남도 보령시를 여러 차례 거듭하던 차에 적당한 오석을 찾아 시를 새겨 공원에 건립하였다.

이 작품은 정재(淨財)로 조성하는 공원의 의미를 새기는데 중점을 두었다. 이런 글이 자칫하면 개인을 우상화하는 '용비어천가'가 되기 쉬워서 그런 우(愚)를 범하지 않되, 공원을 조성하여 시민에게 희사하는 아름다운 공적은 드러나야 되기 때문에, 작품의 균형을 잡는 것이 요체라 하겠다. 현재 이루어지고 있는 일은 과거의 인연과 닿아 있게 마련이고, 이러한 역사성을 바탕으로 미래 지향적인 내용을 담아내기 위하여 고심하였다.

　1연은 유림 공원을 세우는 곳이 갑천의 한쪽이고, 지역적으로 대전광역시 유성구 어은동이어서 이와 관련한 역사를 인용하였다. '기러기떼' 찾아온다는 부분은 〔조선 환여승람〕의 대전8경 중 '갑천낙안(甲川落雁)'에 연유한다. 또한 '고기잡이 횃불'이 밝다는 부분은 우암 송시열의 대전8경 중 '갑천어화(甲川漁火)'에 연유한다. '피리가락'은 김병홍의 유성8경 중 '어은야적(漁隱夜笛)'에 연유한다.

　이와 같이 선인들이 선정한 아름다운 터에 유림공원을 건립하는 것은 역사적 의의가 뚜렷하고, 이는 하늘의 뜻에 기원을 두고 있다는 의미를 담았다. 1연의 마지막 행 〈바람이 먼저 알고 길을 쓸었네〉는 앞서 바람이 길을 깨끗이 쓸어서 귀인을 맞이할 준비를 갖추었다는 의미를 갖는다. 이는 뒤에 올 귀인이 훌륭한 업적을 쌓도록 준비하는 예비적 상황에 해당한다. 이렇게 선인(先人)들이 여러 차례 노래하여 아름다운 공원이 건립되기에 이르렀다.

　2연은 이인구 명예회장의 공원 건립에 대한 사실적인 기록이다. 군더더기 없이 깔끔하게 정리하는 것을 요체로 삼았다. 3연은 공원 준공과 시민이 여가를 즐기는 행복을 노래하였다. 한밭의 중심은 세계의 중심이기도 하고, 이 공원에서 수많은 시민이 행복하게 즐기기를 소망하였다. 특히 '그대'는 불특정 다수를 지칭하는 것으로, 모든 시민을 위한 배려라 하겠다. 4연은 즐거움을 나누는 마음을 노래하였다. 공원 조성의 초심(初心)에 해당하며, 여러 사람들이 와서 즐기고, 특히 어린이들의 학습장으로 활용되기를 바라는 마음을 담았다.

　5연의 〈봄꽃 사이 사랑이 흐르면/ 새들도 여름을 노래하고/ 단풍잎 붉게

타는 하늘이 고와/ 눈꽃 또한 마중하리니〉는 사계절의 순환을 통하여 영원성
을 상징하였다. 단순한 구성이지만, 상세하게 설명해야 할 부분을 과감하게
생략하여 간결성을 부여하였다. 특히 〈웅숭깊은 배려가 사철 눈부시리니.〉에
서 '도량이 넓고 큰' 이인구 명예회장의 배려가 오래도록 눈부시기를 기원하
였다.

유림공원(裕林公園)에서

石琶 리 헌 석

하늘의 뜻이었을까,
기러기 떼(甲川落雁) 찾아오고
고기잡이 횃불(甲川漁火)도 밝더니,
피리(漁隱夜笛) 가락 따라
바람이 먼저 알고 길을 쓸었네.

2007년, 희수(喜壽)를 맞아
유림(裕林) 이인구(李麟求) 선생이
정재(淨財) 100억 원을 베풀어
2009년, 빛을 본 명품 공원

한밭의 중심에
숨결보다 귀한 세상을 열어
그대와 함께 가꾸는 행복의 노래가
정겨운 무지개를 세우리니

도심의 숲이 그립거든 오라
즐기고 공부하며,
순정한 메아리를 아름다이 펼치며
눈빛을 나눌 그대여

봄꽃 사이 사랑이 흐르면
새들도 여름을 노래하고
단풍잎 붉게 타는 하늘이 고와
눈꽃 또한 마중하리니,
웅숭깊은 배려가 사철 눈부시리니.

가을빛 사랑을 위하여

구절초 흔들리는 가을의 산록에서 여름의 상처를 바라보는 일은 가슴이 아프다. 토사가 쓸고 간 깊은 상처, 뽑혀진 나무가 누워 있고, 구르던 돌들이 그대로 놓여 있다.

아! 그러나 그 상처 속에서 여린 잎이 솟아나고 있다. 반쯤 뽑힌 나무와 풀은 그자리에서 푸름을 간직하고 있으며, 황토가 드러난 곳에서는 파릇파릇 새싹이 돋아나고 있다. 태풍과 홍수에 쓸려 살갗이 찢어진 산과 들이지만, 그 속에서도 자연은 변함없이 태동을 하고 있다. 이것이 바로 생명의 경이로움이다.

이처럼, 자연을 그대로 두어도 상처는 치유되리라. 그러나 이 상처를 서둘러 치유하고 아픔을 줄이는 일은 우리 모두의 관심과 사랑이다. 다시 토사에 쓸려나지 않도록 작업을 하고, 풀과 나무가 잘 자라도록 배려할 일이다. 이러한 일은 수동적 의무감에서 이루어지는 것이 아니라, 능동적인 사랑과 봉사로 실현된다.

높은 하늘 아래, 여름의 아픔을 잊고 가을을 수놓은 나무와 풀을 보며, 이들 모두 더욱 행복한 환경에서 아름답게 살아가기를 소망하며, '가을에 우리는'이라는 시 1편을 짓는다.

저것 봐,
맑은 하늘을 머금으며
구절초, 저 연연한 눈빛이
그리움을 가꾸네.

분노처럼 거칠게 몰아치던
태풍도 용서하고
폭우의 아픔도 잊고
하늘 닮은 마음이 되려네.

저것 봐,
과원에 넘치는 함성들
인고의 세월 건너 흔드는
진실의 깃발들.

가을에 우리는
햇살에 영그는 소망을 보며
하나가 되네,
순정한 가슴을 나누네.

　　　　　　— 리헌석 「가을에 우리는」 전문

산이 무너지고, 둑이 터지고, 농토에 토사가 밀리는 아픔처럼, 우리의 현실

생활에도 헤아릴 수 없는 아픔들이 가까이에 있다. 나무가 뽑히듯이 어떤 가족은 뿌리째 뽑히기도 하고, 어떤 어린이는 돌볼 사람마저 찾아볼 수 없기도 하고, 어떤 여성은 또 다른 피해로 눈물을 짓기도 한다.

이처럼 약한 사람들에게 울타리가 되고, 스스로 일어서도록 부축하는 힘이 되고, 따뜻한 가족이 되려는 봉사가 실행되고 있다. 충남지방경찰청과 충남대학교병원이 힘을 모아 〔여성, 학교 폭력 피해자 ONE-STOP 지원 센터〕를 충남대학교 병원에 개설하여 그들의 눈물을 씻어줄 요량이다.

충남지방경찰청 여성청소년계(계장 송정애 경정)에서는 경찰에게 주어진 의무와 함께 피해자들이 상담, 의료, 수사, 법률 지원 서비스를 한 곳에서 받도록 운영한다.

이제 토사가 쓸고 간 상처 속에서 새싹이 돋아나고, 풀과 나무가 자라듯이, 몸과 마음의 상처를 받은 여성과 청소년들도 아름다운 소망을 가꾸리라. 그리하여 자연이 아름다운 가을을 꾸미는 것처럼, 우리 현실에서도 많은 사람들이 온정을 나누며 행복하기를 기대한다.

내 시의 뿌리, 디디울나루

1.

디디울나루는 고향에 있는 금강의 작은 나루터이다. 충남 공주시 웅진동과 우성면 평목리를 맞대고 있는데, 중고등학교 6년을 하루같이 나룻배로 건너 통학을 했다. 그곳에서 젊은 시절의 이상을 새기기도 했고, 아름다운 서정을 가슴에 담기도 했다.

아침 일찍 일어나 20여 리 시골길을 걸었다. 계절마다 새롭게 펼쳐지는 아름다운 강나루는 추억의 보물창고였다. 봄이면 화사하게 웃는 산벚꽃이 손짓을 하고, 여름에는 가슴을 흔드는 여울소리가 정겨웠다. 가을이면 억새가 하얗게 춤을 추었고, 겨울에는 눈보라 속에서 싱싱하게 살아야겠다는 다짐을 세우기도 했다.

그런 가운데 짝사랑의 추억을 간직하게 되었고, 그 때의 정황을 시로 빚어 보았다.

강물에 비친
새벽별

아름다운 영혼을 보았다

섬바위에 앉아 바라보면
도라지 꽃빛으로 출렁이던
뭇별들이 사라지고
촛불처럼 남은 하나

그대 사랑도
새벽별
저처럼 외로운 걸까

미명이 걷히고 나면
이슬로나 내려앉을 별이여
바람에 흔들려
가슴에나 남을 혼불이여
　　　　　— 리헌석 「디디울나루 새벽길」 전문

아름다운 자연만 친구가 되는 것은 아니다. 감수성 예민한 청소년기를 함께 보내다 보면, 선배와 친구, 그리고 동생들이 모두 한 가족과 같다. 누구는 아침밥을 굶었다든지, 누구와 누구는 좋아지내는 사이라든지, 누구는 얼굴보다 마음씨가 곱다든지 시시콜콜 모르는 게 없을 정도니 말하여 무엇하랴.

좋아하는 여학생이 있었다. 좋아하면서도 속내를 보이지 않았다. 물론 그 여학생도 나를 싫어하지 않는 눈치였지만, 내성적인 숙맥이라서 터놓고 사랑을 고백하지는 못했다. 언필칭 짝사랑을 하는 사이 세월이 흘렀다.

그때의 심정을 되새긴 것이 앞의 작품이다. 사랑을 고백하지는 못했지만, 그리하여 멋들어진 추억을 간직하지는 못했지만, 작품 한 점 얻었으니 그것으로 만족해야 할 것이 아닌가.

2.

통학길에는 성황당이 있었다. 고갯마루를 지키는 돌무더기 옆에는 당산나무가 오색 헝겊을 휘날리며 휘파람소리를 만들고, 그 옆에는 돌장승이 머리가 떨어진 채 눈비를 맞으며 세월을 가늠하고 있었다. 돌장승은 "장승"이라고도 하고, "벅수"라고도 하는데, 마을을 지키는 수문장의 역할을 하기도 했고, 마을과 이웃 마을의 거리를 나타내는 이정표 역할을 하기도 한다.

초하루나 보름이면 마을 아낙들이 성황당 장승·당산나무·돌무덤 앞에 떡시루를 놓고 가족의 안녕을 빈다. 학교에서 돌아올 때면 성황당 근처를 두리번거린다. 가끔 명태포나 떡을 얻을 수도 있고, 대추나 알밤을 얻어먹으면서 시장기를 면하기도 했다.

성황당 돌무덤을 지나며
부서질 듯 애절한 울음소리를 들었다
굴참나무 옹이 속에서 터지는
휘파람 소리를 들었다

대밭을 지나며
울먹이는 눈물빛보다 시린 새벽
밤새도록 이슬로 달아놓았던
어머니, 빈 가슴의 등불을 보았다
　　　　　　　　　— 리헌석 「장승 곁에서」 일부

어쩌다 성황당 돌무덤을 지날 때, 돌무더기에 앉아 흐느끼는 여인을 본 적이 있다. 살기가 힘들어서 그랬거나, 돌아가신 부모님을 생각하면서 그랬거나, 먼저 보낸 자식 생각에 가슴을 뜯으며 그랬거나, 시집살이가 고달파서 그랬거나, 어쩌면 집에서 쫓겨나 오갈 데 없어서 울었거나, 하여튼 서글프게 우는 여인을 보기도 했다.

바람이 부는 날이면 성황나무 가지를 흔드는 휘파람 소리가 들렸다. 굴참나무 구멍이 뚫린 옹이 자리에서 휘파람 소리가 들렸다. 성황당에서 울던 아낙들의 한 서린 울음소리도 같고, 힘들게 짐을 나르던 삯군들의 긴 호흡도 같았다. 때로는 전쟁터에 나가 산화된 병정들의 혼이 억새풀에서 되살아난 소리, 산기슭을 흔들려 달리는 외마디 외침소리와도 같았다. 그 휘파람 소리는 나무 가지를 흔들다가, 옹이 속에서 동그라미를 만들다가, 구멍 속으로 휘돌아 빠져 나가는 바람소리였지만, 수많은 상상력을 동원하게 하는 마력이 있었다. 친구들마다 그 소리의 느낌이 달랐으니, 그야말로 천의 소리가 아닌가 싶다.

성황당 근처에는 대밭이 있었다. 새벽에 등교하느라, 그 대밭을 지나며 언 손을 호호 불기를 얼마나 했던가. 그 새벽의 여명은 울먹임을 만들었고, 그 울먹임 속에 눈물로 방울방울 떨어뜨리는 눈물빛이 시렸다. 그 시린 새벽과 어둔 저녁길을 걸어, 왕복 50리길을 통학하다 보면 참으로 많은 이야기가 생기게 마련이다.

저녁 늦어서 귀가할 때면, 어머니는 지등(紙燈)을 밖에 걸고 기다리셨다. 자식만을 걱정하시는 어머니 가슴, 그 순간만큼은 자식 외의 모든 것을 비운 마음이셨을 게다. 그 빈 가슴에 달아 놓은 등불을 보면서 나는 어머니의 사랑에 감읍하였을 게다. 그래서 나는 아버지의 일보다 어머니의 일을 더 열심히 도와드렸을 게다.

새벽밥을 짓기 위해 물동이를 이시는 어머니를 대신하여 물지게를 지고 우물에 가서 물을 길어 왔다. 이 일은 지금 생각해도 정말 대견한 일이라 본다. 새벽 우물터는 물 긷는 아줌마, 쌀 씻는 할머니, 푸성귀 다듬는 아가씨, 마을 여자들이란 여자들이 모두 모이는 곳이다. 평소 부끄럼 잘 타기로 소문난 내가 그 우물터에서 물을 길어 온다는 것은 상상조차 할 수가 없는 일이다. 여자들 얼굴 보기도 민망하여 가까이 다가서지 못할 나이였다. 그러나 학교에 가는 자식을 위해 새벽밥을 지으시는 어머니의 힘을 덜어드려야 했다. 입술을 깨물며 우물에 한번 다녀온 뒤부터는 물 긷기가 일상사로 바뀌었으니, 부끄러움도 마음먹기에 달렸을 따름인가.

3.

어떻든 새벽에 길을 걷다 보면 수많은 이슬을 만난다. 길가에서 바지를 적시는 이슬, 연잎에서 동그르르 구슬을 만드는 이슬, 옥수수 수염에 맺힌 개구쟁이 이슬, 뱃전에 내려 엉덩이를 적시는 이슬, 이런 이슬이 떼구르르 구르다가 떨어지는 것을 보면, 어머니 가슴에 매달았던 지등 불빛이 생각난다. 때로는 밤새도록 달아 놓고, 가족을 기다리는 어머니의 가슴이 이슬로 내려앉은 것 같아 눈시울을 적실 때도 있다.

이런 추억을 더듬으며 디디울나루에 섰다. 물결은 예와 다르지 않건만, 추억은 세월을 거슬러 강물에 아름다운 윤슬(물비늘)을 짓는다.

강물이 흐르고
쉼없이 계절도 바뀌었다

추억만 언제나 제자리

동동걸음이다

　　　　— 리헌석 「흐르는 강물을 보며」 전문

　아침해가 물살에 고운 빛깔을 칠하면, 키가 큰 미루나무의 그림자가 먼저 강을 건넌다. 긴 머리칼 치렁치렁한 버드나무도 오색 강물에 머리를 감는다. 석양이 물들면 더욱 더 아름다운 윤슬이 만들어진다. 미풍에 물살이 일고, 여울 나루에 노랫소리까지 겹치면, 그야말로 디디울나루는 꿈의 궁전이다. 다시 서서 아름답던 추억을 되새기는데, 어서 발을 담그라며, 디디울나루 추억의 물살이 손짓으로 부른다.

* 2000년 [생느명상]에 발표한 수필 형태의 자작시 해설.

시(詩)로 노래하는 대전광역시

1.

〈잘 있거라. 나는 간다. 이별의 말도 없이, 떠나가는 새벽열차, 대진벌 0시 50분〉이라는 대중가요를 빌지 않아도 대전은 경부선 열차와 호남선 열차가 지나는 분기점을 이룬다. 고속도로 역시 대전을 중심으로 경부 고속도로와 호남 고속도로가 분기되어 국토의 중심을 이룬다.

일제 시대 이후에 교통의 영향으로 각지에서 모여든 사람들이 둥지를 튼 곳도 대전이다. 영남에서 서울을 가다가 중간에 내려서 둥지를 튼다. 호남에서 서울을 가다가 중간에 내려서 대전 사람이 된다. 그래서 토박이 대전 사람은 찾아보기 힘들고, 대부분 고향을 떠나 새로운 삶을 꾸미는 사람들이 모여 산다.

그래서 대전은 임자 없는 도시가 되어 버렸다고 탄식하는 사람들도 가끔 만난다. 그러나, 한 걸음 나아가 생각하면, 함께 만나서 살 비비며 사는 사람들 모두 주인이 아니겠는가. 외로운 사람들끼리 마음으로 도와가며 살면 이곳이 바로 꿈꾸는 고향이리라. 어쩌면 고향을 떠나 새로운 둥지를 튼 것은 새로운 세계에 대한 동경일 터이고, 그렇기에 대전은 활력이 넘치는 마을로 거듭나는 것일 게다.

대전에 살아 좀 편할 때가 많다. 모임을 가질 때, 많은 단체에서는 국토의 중심인 대전에서 갖기를 원한다. 그럴 경우, 이분들을 맞이하기 위해 역에 가기도 하고, 이들을 배웅하기 위해 역에 갈 때도 있다.

눈 내리는 대전역에 서면
훈훈한 인정이 붐빈다.

어머니 손길인가
얼굴 묻으며 울던 품속인가
까치 떼 우짖던
고향 어귀마냥 다사롭다.

나눌 사랑 비록 가냘프다 해도
같이 살아 있음이
은혜일지니
축복일지니

눈 내리는 대전역에 서면
가슴 열어 사랑하고 싶다.
— 리헌석 「대전역(大田驛)」 전문

2.

금수강산인 우리나라는 어느 지역이나 수려한 산과 강이 있다. 우리 대전은 아름다운 산들이 빙 둘러싸고 있는 사이로 금강이 비단결처럼 흐른다. 신라과 백제의 싸움터였기에 작고 큰 봉우리마다 성곽이 둘러쳐 있다.

동쪽으로 펼친 계족산(鷄足山)에는 계족산성이 있어 신라와 백제, 고려와 조선시대의 유물이 혼합되어 나온다. 이것도 어쩌면 여러 사람이 모여 사는 대전 사람들과 유사해 보인다. 식장산은 영남 쪽을 지키고 있고, 구봉산은 호남 쪽을 지키고 있다. 물론 좀 떨어져 계룡산이 웅장한 자태를 드러내고 있어 믿음직스럽다.

그 가운데에 보문산(寶文山)이 삶에 지친 시민들의 위안이 되어 왔다. 일제시대의 고된 삶도 목척교 아래 냇물에 씻어 보내었겠지만, 가끔씩 올라가는 보문산 바람소리에 위안이 되기도 했으리라. 보문산에는 일찍이 케이블카가 있어 사람들의 발걸음을 불렀다. 전국에서도 몇 되지 않는 케이블카를 타려고 시골 마을에서 모이곤 했으나, 이제는 외면 받아 사양길에 들어섰다.

또 보문산에는 어린이놀이터가 있어 휴일이면 인산인해를 이루었다. 그 아래 수영장이 있어, 여름에는 수영장으로, 겨울에는 스케이트장으로 사람을 불렀다. 그러나, 세월이 흐르고 어린이들의 관심도 멀어져, 놀이터 기기들은 낡은 고철 덩어리로 세월을 반추하고 있다. 그러나 새로이 개장한 대전동물원은 다시 삼남(三南)의 중심으로 자리하게 한다.

녹음 짙은 여름날의 보문산은 그야말로 별천지라 하겠다. 나무들 사이 아름다운 꽃들이 피어 있고, 풀벌레들이 쉬지 않고 노래를 한다. 이 곳에 원로 시인들을 모시고 잠시 들러보았다.

한 줄금 소낙비 내린 보문산
물안개 위로 무지개가 걸렸습니다.
영롱한 빛살이

참나무 가지와 잎에 머물다가

은빛 금빛 물무늬를 그려

가슴까지 흠뻑 적시고는 손을 흔듭니다.

시루봉 기슭 싸리꽃을 흔들다가

패랭이꽃인가,

작은 꽃술을 흔들다가

꽃술에 매달린 이슬을 매만지다가

정갈스러운 땅 냄새로 흐릅니다.

한 줄금 비 내린 보문산

참나무 가지 끝에 걸린 무지개

눈부신 노래가

몇 조각 남은 구름마저 밀어냅니다.

휘파람새 울음이 정겹습니다.

— 리헌석 「보문산 참나무숲에서」 전문

3.

비단결처럼 대전을 감돌며 흐르는 금강이 있어 대전은 살맛나는 마을이다. 유구한 세월 저 편에서 금강은 구석기시대 사람들에게는 삶의 원천이었을 게다. 대전 둔산지구를 개발할 때 구석기 유물이 출토되어 시내 중심에 움집을 지어놓고 기린다. 경부선과 호남선 철도를 개설하면서 형성된 신흥도시라고 하지만, 대전은 구석기시대, 신석기시대를 거쳐 우리의 조상들이 살아온 땅이다.

금강을 중심으로 고대인들이 살았던 것처럼 우리 역시 금강을 중심으로 살아간다. 금강을 가로 막아 댐을 쌓아 '대청호'를 창조했다. 그로 인해 헤아릴 수 없을 만큼 수몰민들의 애환은 얼룩져 있을 터이지만, 그 물을 이용하여 대전을 비롯한 여러 도시 사람들이 생명을 유지하고 있으니, 금강이 삶의 근원임은 예나 지금이나 다름이 없다.

금강을 향하여 흐르는 지천(支川)은 크게 셋이다. 하나는 식장산 근처에서부터 흘러내려오는 '대전천'이고, 또 하나는 멀리 금산 쪽에서 흘러드는 '유등천'이다. 그리고 '갑천'은 논산 쪽에서 흘러드는데 유성온천과 대전 과학단지를 안고 흐른다. 이 물이 합친 곳을 '삼천(三川)'이라 하는데, 그 옆에 있는 '삼천동'은 대전의 중심지가 되었다.

1993년에 개최한 '대전엑스포'가 열린 앞으로 갑천이 흐르는데, 아름답게 건설한 엑스포다리가 대전의 다리를 대표한다. 그 아래 라버댐으로 형성된 하천호수에 카누를 띄우고 노를 젓는 모습은 가히 낭만적 정취에 쉿게 한다. 밤에 반영되는 다리의 아름다운 모습은 대전을 세계적으로 아름다운 도시라 칭하게 한다.

전북 무주의 '뜬봉샘'으로부터 발원한 것으로 알려진 금강은 대전을 비롯한 충청남도와 충청북도 사람들에게는 젖줄이다. 경치의 아름다움을 완상하는 것도 소중한 일이지만, 삶의 중심을 이루는 것이 금강이다. 금강은 수많은 사람들의 애환을 가득 안고 말없이 흐른다. 가끔 분노한 모습으로 길길이 날뛸 때도 있지만, 늘 고마운 친구로 자리한다. 오늘의 삶을 풍성하게 도와주지만, 아름다운 추억으로 더욱 가까운 강이다.

사공마저 사라진 나루에 선다.
마른 풀잎 사이
감감한 세월 속에서도 잊지 못한
들국화 꽃술,

꽃술에 머문 노을이 곱다.

물과 모래가 마주치는

모래톱을 찾아

떠났던 사람들이 숙명인 듯 찾아와

무상을 길어 올리는 곳,

나룻배가 아니고는 닿을 수 없던

강 가운데

물새들 종종걸음이 불립문자를 찍는

모래섬이 누워 있다.

바람이 알아서 먼저 길을 쓸고

물비늘 이랑에 햇살이 들면

잊혀진 얼굴들이

꺼지지 않는 불씨를 안고

추억 앞에 선다.

노 없이도 날아 건너던 비둘기들,

다시금

돛처럼 날개를 펼쳐 강을 건넌다.

기쁨과 서러움이 지어낸

세월의 탁본에는

꾸꾸 그리운 울음소리,

보이지 않는 물결이 출렁인다.

물너울 이랑 사이에서

꽃불처럼 번지는 사랑이 탄다.

— 리헌석 「금강, 디디울나루」 전문

4.

　나는 충청남도 공주시 우성면 대성리 158번지에서 태어나고 자랐다. 우성초등학교를 졸업하고, 공주영명중고등학교를 졸업하고, 공주교육대학교를 졸업했으니, 공주(公州)에서 태어나고 자란 셈이다. 아버지께서는 가난한 농부이셨다. 농지가 작았기에 논농사보다 누에치기, 양송이 재배 등 특작을 하시거나, 농한기에는 금광에도 다니시고, 경작한 배추를 서울로 직접 팔러 다니시기도 하셨다. 그러나 가난의 멍에는 쉽게 풀어지지 않았던 것 같다.

　가난이 부끄러운 것은 아니지만, 여간 불편한 것이 아니었다. 중학교와 고등학교 6년 동안 집에서 학교까지 거의 12km를 걸어 다녔다. 가방을 들고 한 시간쯤 가면 샛강이 나온다. 그 샛강을 건너면 바로 코앞에 금강이 막고 있다. 나룻배를 타고 건너 다시 한 시간쯤 가서야 학교가 나타난다. 그렇게 다리품을 팔면서 학교를 다녔다.

　충남 예산에 있는 동신초등학교 교사 생활 4년 3개월을 접고, 대전에 있는 성모초등학교에 부임하여 6년, 성모여자고등학교 교사 11년을 봉직하며 대전 사람이 되었다. 1978년부터 대전에서 둥지를 틀었으니, 고향에서 지낸 22년보다 더 많은 세월을 대전에서 산 것이 된다.

　대전에서 수많은 행복을 찾으며 살았다. 첫딸 지은(知銀)은 탄방초등학교, 탄방중학교, 충남여자고등학교, 이화여자대학교 약학과를 졸업하고 서울에 있는 강남성모병원 약사로 근무 중이다. 둘째는 아들 은기(銀基)인데, 탄방초등학교, 문정중학교, 충남고등학교를 졸업하고, 서울대학교 국어교육과에 재학 중이다.

　이 애들이 초등학교 시절에 나는 지금 살고 있는 둔산동 목련아파트에 입주했다. 일간 신문이나 경제 정보지 등에서 대전의 대표적 아파트로 둔산동 목련아파트로 자주 지목한다. 지가(地價) 동향, 아파트 시세 등을 보도할 때,

가장 대표적 아파트로 꼽힌다. 아파트 값이 오르거나 말거나, 떨어지거나 말거나 상관을 하지 않고 산다. 어차피 팔지 않고 그 집에서 사는 우리들에게는 아파트 가격의 오르내림이 별 의미가 없다.

우리가 입주할 1993년 당시의 둔산동은 새로 조성된 신시가지여서 가로수도 새로 심고, 도로도 새로 내고, 희망을 가꾸는 분위기였다.

① 아침 하늘은 푸르렀지.
미명의 너울 벗으며
가로수 숲길을 걸었지.
도심의 한복판에
알락할미새 짝지어 종종거리며
새벽을 열고 있었지.
메타 세콰이어 높은 둥지에서
까치 한 마리
꿈의 높이를 노래하고 있었지.

② 단풍나무를 바로세우며
밤새 내린 소낙비에 쓰러진
짚앞 가로수를 일세우며
"나무야, 이사 온 단풍나무야
고향 솔바람 소리를 꿈꾸며
굳건히 뿌리 내리렴.
갈매 빛 푸르름을 보이렴.
한가을 불타는 사랑도 수놓으렴."

아들과 함께
쓰러진 가로수 버팀목을 고이며
푸른 꿈을 일세우며
"아들아, 사랑하는 내 아들아
이사 온 단풍나무가
늠름한 거목이 될 때쯤
너도 큰사람이 되어 있겠지?"
목련아파트 옆 길가에서
드러난 나무뿌리에 사랑을 덮으며
두 마음 가득 햇살을 담았지.

③ 대전광역시 서구 둔산동에
뿌리를 내렸지.
목련아파트 101동 301호에
둥지를 틀었지
아직도 그리운 목소리는
전화 042-484-0617로
먼 이야기 가깝게 들으며
사랑을 나누며 살았지.
　　　　　　　　— 리헌석 「목련아파트에서」 전문

5.

　대전은 인류의 시원(始原)부터 사람들이 살아 온 땅이다. 구석기시대 사람들의 체온이 아직도 따뜻하게 전해지는 곳이다. 신라와 백제 병사들의 함성이 계족산성에 메아리치고, 보문산성에는 아직도 삼국시대 전장(戰場)의 붉은 깃발과 푸른 깃발이 펄럭이는 듯싶다.

강물에 그림자 싣고 가듯이, 세월은 역사를 싣고 흘렀다. 새로운 사람들이 모여 도시를 만들며 이웃이 되어 갔다. 더 많은 친구들이 모여 사랑을 나누며 행복을 꿈꾼다. 희망으로 활력이 넘치는 도시, 아름다운 서정이 넘치는 마을, 마음과 정성을 다하여, 작은 소망을 가꾼다.

시(詩)로 그린 식장산과 대청호

1.

　나는 지나칠 정도로 자연을 사랑하고 자연에 집착한다. 내가 살고 있는 대전 가까이에는 보문산 식장산 계족산 구봉산 등이 꼬리에 꼬리를 잇고 있으며, 좀 멀리에는 계룡산 장용산 서대산 등이 이웃으로 자리하고 있다. 그 중에서 새 천년 해맞이 때부터 〔식장산〕을 사랑하게 되었다.

　바람에 날리는 흰 눈을 맞으며 새해를 맞이하는 것도 뜻이 깊었다. 벚꽃이 산을 치장하고, 진달래가 고운 자태를 뽐내고, 철쭉이 붉고 아름다운 노래를 짓는 봄에 식장산을 오르면 그야말로 숨이 막힌다. 전문 등산가도 아니면서, 여름철을 맞아 녹음 속 등산을 1주일에 2~3회 할 정도라면 빠져도 분별없이 빠진 셈이다. 또한 가을이 되어 호수에 어린 단풍, 산에 머무는 흰구름이라도 물 위에 비칠 때면 그야말로 금수강산을 만들어 온갖 시름을 잊게 한다.

　식장산 소나무 숲을 지나며
　서느런 바람을 만난다.
　바늘잎 사이에

푸른 노래를 만들며 흐르던 바람이
아침을 열고 길을 나선다.

가끔은 흔들림과 동행한다.
깊게 패인 굴참나무 옹이에 둥지를 틀고
세상을 드나들던
다람쥐 발자국 소리도 들으며
찌직 찍 부끄럼도 모르는 사랑 놀음에
문득, 설레는 산길을 간다.

할아버지 가신 길일까,
할머니가 눈물로 짜던 명주 옷감처럼
물색 곱던 하늘이 마중 나오고
그 분들이 사시던 일상처럼
아버지 어머니도 숨결을 일구셨는데,

개울가에서 하품하는
달맞이꽃이거나 혹은 개망초꽃이거나
살아 있음이 행복이라 하네.
숲을 가르며
애 터지게 울어쌓는 저기 저 뻐꾸기처럼
끝 간 데를 모르는 그리움이라 하네.

— 리헌석 「숨결」 전문

2.

　식장산에 반해 버린 나는 산 아래로 이사할 것을 결심하였다. 먼저 그 이웃에 작은 밭을 마련하였다. 텃밭처럼 채소도 가꾸고, 땀을 흘리면서 도시의 찌든 일상을 털기도 하고, 더불어 노동의 기쁨도 맛보자는 치기어린 호사였다.

　식장산은 대청호의 남쪽과 닿아 있다. 대청호의 대부분은 계족산과 닿아 있지만, 늘 함께 지내는 식장산의 자락도 대청호에 그림자를 짓는다. 그 호수에서 나는 수많은 언어를 캐기도 하고, 이 언어를 시로 빚어 발표하기도 한다. 사철 아름다운 정경은 나의 발길을 이끌어서 1년 중 반은 대청호를 찾는다. 호수에서 노니는 물결은 추억을 되새기게 한다.

바람이 다가 와서
반갑게 맞습니다.

머물 듯 스쳐 가도
뒷모습이 곱습니다.

물결이 추는 발레에
강강술래 갈대들.

잠시 있다 떠나도
운명처럼 그립지요.

첫사랑 추억처럼
흔들리는 저 모습

마음에 남은 그림자가
무지개를 올립니다.
— 리헌석 「대청호에서」 전문

3.

그 다음해에는 식장산 가오동(加午洞)에서 분양한 은어송 3단지 현대 아파트로 이사를 하였다. 거실에 앉으면 식장산 자락이 마중 나와서 친구처럼 편안하다. 집을 나서면 갈 곳도 많다. 개심사 고산사 식장사 구절사 등이 마음을 씻어 준다. 집에서 정상까지 오르는 데에는 1시간 남짓 걸린다. 오르며 내리며 산에서 만나는 풀과 나무, 새와 벌레, 그리고 이웃들의 발자국 소리가 정겹다.

먼저 마련한 텃밭에 비닐하우스도 만들어 채소를 가꾼다. 농기구를 준비하고, 관정(管井)을 파고, 농업용 전기를 끌어들이고, 거금(?)을 들여 관리기(管理機)까지 구입하여 얄궂게 농사 흉내를 낸다. 동대전 농업협동조합의 조합원까지 되었으니, 농민이 다된 셈이다.

"벼는
주인의 발자국 소리를 듣고
자란단다."

논밭을 오가며 갈무리하시던
아버지 말씀을
건성으로 넘기며 살았다.

"열매는
주인의 숨소리를 듣고
여문단다."

밭으로 향하며
이명으로 되살아나는
그 말씀이 새삼스럽다.
　　　　　— 리헌석 「발자국 소리를 듣고 자란다」 전문

4.

　식장산이 좋아서 남들이 선호하는 둔산동 집노 팔고, 식장산 아래로 이사
를 와서 요산요수(樂山樂水)의 정취를 실감한다. 이 모든 것이 다정(多情)에
닿아 있다. 가까이에서 자연을 사랑하여 깊어진 천석고황(泉石膏肓)이니, 병
(病)일진대 고칠 수 없이 깊은 병에 틀림없다. 다정(多情)도 병이지만, 고치
고 싶지 않은 병이다.
　식장산을 바라보며 마시는 차 한 잔에 마음이 고요로워진다. 아내는 식장
산 아래로 이사를 오면서 두드러기가 없어졌다고 한다. 맑은 공기 덕분에 마
음마저 밝아졌다고 한다. 그래서 우리 둘은 차 한 잔을 또 나눈다.

차를 따른다.
빈자리에 마음을 채운다.
자욱하던 고요가
아지랑이처럼 피어오른다.

비우고 다시 채우는
일상의 되풀이,
그 채움과 비움의 경계에서
아득하게 젖는다.

찻잎에 반짝이던
윤슬의 속삭임에 놀라다.
― 리헌석 「차를 마시며」 전문

금강일보 창간 축시
— [웅비하는 영광 앞에서]

시업(詩業)을 생업(生業)으로 삼고 살아가는 일은 참으로 어려운 일이다. 그러나 생명이 유지되는 한 시와 더불어 살아가는 길이 운명인 듯싶다. 그래서 어려움도 어렵지 않게 수용하였을 터이다.

문학의 길에서 금강일보 이광희 사장을 만났다. [대전매일] 문화부 차장 시절에 그는 문학과 교육을 담당하여 자주 만났다. 막역하게 지낼 때쯤 자신도 독학으로 소설 공부를 하였다는 말을 듣고, 문학의 숲으로 발을 딛도록 권하였다. 그래서 소설로 등단도 하고, 7권의 소설집과 몇 권의 저서를 발간하였다.

그는 다시 2010년 5월 3일에 [금강일보]를 창간하기에 이르렀다. 금강(錦江)은 대전, 충남, 충북 주민의 젖줄이다. 창간한 신문이 충청인의 가슴에 유유하게 흐르는 금강과 같으라고 머리를 맞대고 작명하였다. 금강이 살면 충청도 역시 살아날 것이매, 그 간절함을 축시(祝詩)에 담았다.

새벽길을 쓸며

역사의 거보(巨步)를 내딛는다.
일월(日月)처럼 눈부신 비상을 위하여
붓 끝에 혼을 담아
새 하늘을 연다.

작은 샘물에서 시원(始原)하지만
큰 강은 도도하게 흐르는 법,
산과 들을 끼고 돌며
무한한 힘으로 생명을 길어 올리는 법

그리하여 국토의 중심에서
정론직필(正論直筆)의 새로운 나무를
보듬어 가꾸는 소망이리니,
신천지를 개척하기 위해
한 마음으로 일구는
언론창달(言論暢達)의 건강한 노래일지니,

우리의 출범(出帆)은 어둠을 쓸어내고
창창한 미래를 열어 가는 일,
순정한 지면(紙面)에
진실의 알곡을 차곡차곡 쌓아 가는 일

이제, 그대와 내가 마주잡은 손은
총이나 칼보다 강하리니

흔들리지 않는 함성이리니
금강, 영원한 모천(母川)의 사랑으로
작은 마을과 큰 도시를 감싸 안으며
삶의 현장을 올곧게 지킬진저!

하여, 반듯하게 올린 깃발은
우리네 아름다운 열정의 표상일지니
양심의 눈빛 형형하게
시시비비(是是非非)의 중심을 잡을진저!

오호, 설레는 마음으로
그리움의 별을 닦는다.
편견과 아집을 허무는 북소리,
갈등과 모순을 치유하는 징소리로
새 세상을 연다.
— 리헌석 「웅비(雄飛)하는 영광 앞에서」 전문

시업(詩業)을 생업(生業)으로 삼는 것이 어려운 것처럼, 정론직필을 지향
하는 언론의 길도 창작만큼 어려운 것 같다. 어려움을 극복하여 아름다운 결
과를 도출함이 그 무엇보다도 가치 있는 일임을 알고 있다.

세상의 편견처럼 무서운 것은 없다. 자기밖에 모르는 아집처럼 무서운 것
도 없다. 이를 허물면서 살기 좋은 세상을 만드는 것이 중요하다. 세상의 갈
등과 모순을 치유하는 것도 언론의 사명인 것 같다. 그런 역할에 충실하기를
바라는 마음을 작품에 담았다.

제4부

그리운 마음으로

소정(素汀) 정훈 선생님 100세를 맞아

2010년은 소정(素汀) 정훈(丁薰) 선생님이 100세가 되는 해이다. 생전이시라면, 지난해에 99세를 기려 백수(白壽) 잔치를 해드렸을 터이고, 금년에는 다시 백세(百歲)를 기념하여 축하드렸을 것이다. 그렇지만 선생님께서는 이승에 계시지 않아, 그리움만으로 대신할 수밖에 없었다.

선생님께서는 문학의 여명기에 지역 문단을 지켜온 선구자셨다. 1911년에 출생, 일제시대에 서울 휘문학교에 진학하여 정지용 선생에게 시를 배우고, 가람 이병기 선생에게 시조를 배우셨다. 이때 창작한 습작을 〔가톨릭 청년〕〔자오선〕 등에 발표하여, 거의 공백상태였던 충청 지역의 문학에 새로운 힘을 불어넣으신 분이시다. 우리 고장의 문학을 정립하고, 시낭송회와 출판기념회를 개최하여 문학 창작의 새로운 면을 갈고 닦도록 이끄신 분이시다.

선생님은 시집 7권을 발간하고 1992년에 작고하셨다. 이후 선생님을 추모하는 모임이 있었고, 유고시집 2권을 발간하였으며, 1992년에는 작품 전집을 발간하였다. 이토록 그리운 정훈 선생님의 100세를 맞아, 이를 감축하는 마음으로 생전의 자취를 따라 작품을 감상하고 정리하여 [정훈 시 읽기]를 단행본으로 발간하였다. 좀 더 깊이 있게 연구하는 것이 바람직한 줄을 알지만, 학문연구에 전념하는 학자가 아니어서 자료적 성향이 강함을 부인할 수 없다.

소정(素汀) 정훈(丁薰) 선생님과 인연을 맺은 것은 1977년 가을이었다. 1978년에 문학에 대한 견문을 넓히려고 할 때 간혹 선생을 뵈었다. 1979년에 발간한 7시집 『巨木(거목)』을 주시면서 문학에 정진할 것을 주문하셨다. 선생님의 말씀에 따라, 나는 시조와 자유시를 발표하다가 1982년에 시로 등단하고, 1984년에 문학평론으로 등단하였다. 시와 평론에 경주하다 보니 시조 창작에 소홀하였고, 선생님을 자주 뵙지 못하였다. 그렇지만 〈시를 쓰든지, 시조를 쓰든지, 최선을 다해서 좋은 작품을 발표하라.〉시던 선생님의 말씀만은 마음에 깊이 새겼다.

2000년에 대전문인협회 회장으로 선출된 지 얼마 지나지 않았을 때였다. 존경하는 유동삼 선생님께서 분홍 보자기에 담긴 원고 뭉치를 갖고 오셨다. 정훈 선생님께서 생전에 시집과 시조집 발간을 구상하시고, 여기에 수록할 원고를 정리해 달라는 부탁을 받으셨는데, 10년 가까이 뜻을 받들지 못하셨다고 전하셨다. 그래서 2000년에 유고 시조집 『밀고 끌고』를 발간해 드렸다. 이어서 2002년에 유고 시집 『회상(回想)』을 발간해 드렸다.

이제 내년, 2011년이면 정훈 선생 탄신 100주년을 맞는다. 그 준비과정의 하나로 정훈 선생님의 작품 총목록을 작성하고, 선생님의 연보를 상세하게 정리하려고 노력하였다. 유고시집을 발간할 때 이미 많은 부분이 정리되었고,

보충할 부분는 선생님이 태어나신 3월 16일에 시작하여, 서거일인 8월 2일까지 집필을 마치려고 노력하였다. 그렇지만 자료를 구하기 위하여 몇 개월이 늦어졌다. 그 동안 선생님의 호적등본을 발급받아 전해 준 3남 정병선 님의 도움이 컸음도 밝힌다. 정훈 선생님의 100세를 기념하여 〔정훈 시 읽기〕를 발간하면서, 100주년에는 더욱 알차고 훌륭한 기념행사가 이루어지기를 소망한다.

시와 시조를 창작하시며 지역 문단을 이끄신 선구자, 광복을 맞아 조국의 인재 교육에 헌신한 교육자, 나라의 미래를 염려하며 열정을 불사르시던 정훈 선생님께서 그렇게 발간하고 싶어 하셨던 남은 유고집 1권도 발간해 드릴 요량이다. 그러면 이 책은 선생님의 10번째 시집이 될 것이다. 그 날을 기다리며, 선생님의 명복을 빈다.

이한직 시인, 간극의 세월에 대하여

아침에 배달해 주는 시를 읽으면서 참 고맙다는 생각이다. 자신이 좋아하는 시를 매일 이메일로 전하는 분도 있고, 부정기적으로 전하는 분들도 있으며, 기관의 지원금을 받아 의무적으로 전달하는 분도 있다. 몇몇 일간 신문에서도 아침에 시를 배달한다.

그러다 보니 일상에서 시를 대하게 되고, 우리말로 빚은 절창을 만나 행복한 시간을 갖기도 한다. 정말 가슴이 뭉클할 정도로 감동을 받은 작품은 몇 부씩 복사하여 주위 사람들과 함께 감상하기도 한다. 시에 담긴 시인의 정서에 눈시울을 적실 때도 있고, 때로는 시인의 올곧은 기상에 압도되기도 한다.

그러던 중, 이한직 시인의 작품을 소개한 몇몇 작품을 배달받아 읽었다. 이한직 시인의 대표시라고 일컫는 〔낙타〕역시 공감이 가는 작품이다. 〈눈을 감으면// 어린 시절 선생님이 걸어오신다/ 회초리를 드시고〉라고, 동물원에서 낙타를 보며 은사(恩師)를 연상하는 것도 신선하고, 힘들게 살아갈 수밖에 없는 시대상과 자연스럽게 겹쳐진다.

<한 눈을 가리고/ 세상을 간다// 하나만 가지라고/ 구슬 두 개를 보이던 사람에겐/ 옥돌 빛만 칭찬하고 돌아서 왔다// 어디로 가는 길이냐고/ 묻는 사람이 있으면// 그냥 빙그레 웃어만 보이련다/ 남루(襤褸)를 감고 거리에 서서/ 마음은 조금도 번거롭지 않아라>라고 노래한 작품 「시인은」에서 순수한 시 정신을 만나기도 한다.

그러나 시를 자의적으로 해설하여 전달하는 것을 보게 될 때가 있다. 고개를 갸우뚱하게도 하고, 혹여 독자들에게 해를 주는 것 같아 답답할 때도 있다. 작품이나 작가를 선택할 때 친소(親疎)에 의한 것은 아닌가 의아심이 들 때도 있다. 그러면서도 주관적일 수밖에 없으려니 이해하고, 현명한 독자들이 속내를 알아채기를 바랄 뿐이다.

일부 한자어를 한글로 표기한 「높새가 불면」의 일부는 다음과 같다. <참대를 꺾어/ 지팽이 짚고// 짚풀을 삼아/ 짚세기 신고// 다시는 돌아오지 않을/ 슬프고 고요한/ 길손이 되오리// 높새가 불면/ 황나비도 날으리// 생활도 갈등도/ 그리고 산술도/ 다 잊어버리고// 백화(白樺)를 깎아/ 묘표(墓標)를 삼고// 동원(凍原)에 피어오르는/ 한 떨기 아름다운/ 백합꽃이 되오리>

이한직 시인의 이 작품에 대하여 어떤 시인은 <한 개결한 정신을 본다. 아버지가 친일파의 거두였다지만, 소년의 내면은 속죄의 마음이 있어서 시심을 키우고 또 우리말을 닦아서 마침내 열아홉 살의 어린 나이>에 등단을 완료한 분이라고 한다. 참대 지팡이와 짚세기를 신은 가난한 차림으로 영원을 생각한다고 한다.

그러나 이 작품은 이한직 시인의 다른 작품과 동일하게 평가할 수 없다는 생각이다. 자신이 쓰는 시의 내용과 동일하게 사는 것은 거의 불가능한 일이라는 것을 알고 있지만, 일본학생과 친일파 자녀들 중심으로 공부를 하던 경성중학교 학생의 삶과 이 작품은 도저히 일치시킬 수 없는 간극이 느껴진다.

눈으로는 참대 지팡이를 보았을는지 모르지만, 참대의 성향을 알지 못한 소치를 보인다. 보통 나무를 꺾어 지팡이를 만드는 것은 가능하고, 참대를 낫이나 칼로 베어 지팡이를 만드는 것도 가능하지만, 참대를 꺾어 지팡이를 만드는 것은 지난한 일이기 때문이다. 또한 친일파의 자손으로 부족한 것 없이 살았을 학창시절의 그가 짚신을 삼아 신었을 리 만무하다.

여러 상황을 감안하여 좀 너그럽게 생각해 보지만, 찜찜한 느낌은 여전하다. 6.25때 종군 문인으로 활약하였지만, 1960년에 일본으로 건너가 눌러 산 사실 또한, 다시 생각해도, 글쎄올시다.

박용래(朴龍來) 시인의 눈물과 오류동

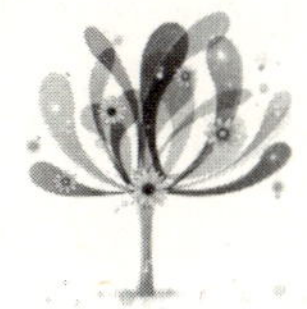

　눈물의 시인으로 유명한 고 박용래(朴龍來) 시인께 습작시를 보여 드리면, "이 작품을 쓸 때, 가슴이 떨리더냐?"라고 물으셨다. 이 말은 시 창작의 첫 단계인 발상과정에서 가슴 떨릴 정도의 홍분과 감동이 있어야 한다는 것이다. 가슴이 떨리고, 설레고, 두근거리는 정서를 언어로 빚어 독자들과 공감대를 형성하는 것이 문학이라는 정의를 한 말씀으로 확인하는 것이다. 자기 자신의 가슴도 떨리지 않는 제재로 시를 빚어 어떻게 다른 사람의 가슴에 떨림의 공감대를 마련할 수 있느냐는 가장 기본적인 명제를 말씀하신 것이다.

　박용래(朴龍來) 시인은 1925년 충청남도 논산시 강경읍 본정리에서 태어나, 강경 중앙보통학교와 강경상업학교를 졸업하였다. 은행원과 교사를 역임하면서 시를 창작하여 1956년 현대문학의 추천을 받아 등단하였다. 시집 〔싸락눈〕〔강아지풀〕〔백발의 꽃대궁〕, 유고시집 〔먼 바다〕가 있다. 제5회 충청남도 문화상, 현대시학 제1회 작품상, 사후에 제7회 한국문학작가상을 받았다. 1965년부터 대전광역시 중구 오류동 17-5번지에 집터를 마련하고 손수 집을 지어 당호를 청시사(靑柿舍)라 하고, 1980년 영면할 때까지 빛나는 작품을 창작하여 문학 발전에 기여하였다. 1984년 보문산 공원에 시비(詩碑)가 건립되어 시인의 문학 정신을 기리고 있다.

　박용래 시인은 25년간 대전의 오류동에 살며 눈물어린 서정시를 창작하셨다. 1980년에 별세하신 후에 비어 있는 집을 2008년에 대전 중구청이 매입하여 주차장을 설치하기로 하였다. 이러한 사실이 2008년 7월 26일 지역 언론에 보도되었다. 대전을 대표하는 시인의 정취가 남아 있는 건물이 흔적도 없이 사라질 처지가 되었다. 이에 즈음하여 유가족들은 [박용래 문학관] 건립을 중구청에 건의하였으나 수용되지 않았다. 그리하여 2008년 11월에 대전문인협회 류인석 회장이 [고 박용래 시인 옛집터 표지석] 설치를 중구청에 건의하여 2009년 5월 29일 오후 3시에 제막식을 하였다. 여기에 [오류동의 동전]이 실려 있다.

　한때 나는 한 봉지 솜과자였다가
　한때 나는 한 봉지 붕어빵였다가
　한때 나는 좌판(坐板)에 던져진 햇살였다가
　중국(中國)집 처마밑 조롱(鳥籠) 속의 새였다가
　먼 먼 윤회(輪廻) 끝
　이제는 돌아와
　오류동(五柳洞)의 동전(銅錢)

　'박용래(朴龍來) 시인이 살던 터' 표지석은 대전광역시 중구청 이은권 청장, 대전문인협회 류인석 회장의 이름으로 건립되었다. 표지석 제막 후에 그 내용을 확인하지는 않았지만, 필자가 정리하여 제공한 글은 다음과 같다. [이

곳 대전광역시 중구 오류동 17-15번지는 여린 감성과 눈물의 시로 유명한 고
(故) 박용래(朴龍來) 시인이 1965년부터 1980년까지 결 고운 문학작품을
창작하던 곳이다. 시인의 청시사(青柿舍)는 전국의 문인과 예술가들이 자주
들러 예술정신을 나누던 곳이었으나, 도시 개발과 주민 편익을 위하여 새로
운 시설로 거듭나게 되었다. 이에 서정 넘치는 시 창작의 요람이었던 이 터를
기념하기 위하여 비를 세운다.] 살아서도 눈물로 세상을 사셨던 시인, 고 박
용래 시인이 반가워하실까, 쓸 데 없는 일을 했다고 꾸중하실까, 궁금하여 더
욱 그리울 뿐이다.

고(故) 성찬경 시인을 기리며

존경하는 고 성찬경 선생님!

꽃봉오리가 새봄을 준비하는 2013년 2월 26일에, 선생님께서 갑자기 먼 길을 떠나셨다는 말씀을 듣고 옷깃을 여미며 묵상합니다. 존경하는 우리 동네 어르신을 갑자기 보내드리는 막막함 가운데에서도, 청색 바탕의 고구려 옷을 입으시고, 꽹과리를 두드리시며 시(詩)의 혼(魂)을 깨우시던 선생님의 모습이 또렷이 떠오릅니다.

고향의 후배들을 격려하시겠다면서 대전의 소극장에 찾아오신 선생님, 같이 오신 시인들과 함께 시낭송의 경지를 새롭게 펼쳐 보이시던 선생님, 오늘에사 불현듯이 그립습니다. 아나운서처럼 점잖게 또박또박 시를 읽는 것도 좋지만, 자신의 마음과 감정을 살려서 낭송하는 것이 감동적이라며 아름다운 시범을 보이셨습니다.

새로운 시를 개척하신 선생님!

선생님께서는 서울대학교 영어영문학과 3학년 재학 중에 〔미열〕 〔궁〕 〔프리즘〕이 조지훈 시인의 추천을 받아 등단하셨습니다. 천료(薦了) 작품에 대한 조지훈 시인의 말씀은 대한민국 현대문학계에 새로운 시의 탄생을 의미하였습니다.

〈심리학 위에 기초를 둔 사상으로서 쉬르리얼리즘의 꿈을 주지적 의미의 상징주의의 방법으로 불가사의하게 계량〉하였다고 하셨지요. 좀 더 이어지는 추천 말씀이 난해한 것처럼, 선생님의 작품을 깊이 있게 감상하는 일은 참으로 역부족이었습니다. 그러나 여러 번 반복하여 읽고, 이해가 되는 부분부터 감상하면서 시의 맛을 익혀 가던 중 선생님께서 멀리 가셨습니다.

지나가는 모든 것이
상징(象徵)이요 뜻이라면
우리 삶 또한
상징(象徵)이요 뜻이리니.
있음이란
기리기 위함이로라.
지나가는 뭇 그림자의 뜻은
기리기 위함이로라.
풀섶에 우는 벌레처럼
목숨의 악기(樂器) 하나
맑디 지순(至純)한 소리로
기리기 위함이로라.

선생님의 작품 〔상징(象徵)과 기림〕의 후반부를 다시 읽으며 선생님의 시안(詩眼)을 되새깁니다. 지나가는 모든 것이 상징이라면, 우리의 삶 모두가 상징이겠지요. 선생님께서 평생 궁구(窮究)하신 '그림자'의 실체는 어쩌면 풀섶에 우는 벌레 울음소리가 아니었을까요? 맑고 지순하게 가슴을 적시는 그 소리가 아니었을까요?

남달리 정이 깊으셨던 선생님!

시낭송 모임에서, 공주중학교 동창이던 지기(知己) 임강빈 선생님을 만나서 행복하다고, 만면에 웃음을 띠우시던 선생님이 그립습니다. 임강빈 선생님의 제자라고 인사를 드리자, 친구의 제자는 자신의 제자도 된다며 반가워하시던 그때가 오늘인 듯 그립습니다. 충남 예산에서 문학 활동을 시작하였다고 말씀을 드리자, 선생님의 고향에서 문학의 깃발을 들어 주어서 고맙다고 하시던 말씀이 아직도 귀 울림으로 남아 있습니다.

선생님! 그 동안 쌓으셨던 눈부신 업적들, 선생님께서는 수많은 '그림자'를 뒤로하고 가셨습니다. 번다(繁多)한 세상일들을 남은 이들에게 맡기시고 서둘러 가셨습니다. 그 길에 한국시인협회장, 한국가톨릭문인인회장, 대한민국예술원 회원 등의 '그림자'도 훌훌 벗으셨습니다. 월탄문학상, 공초문학상, 한국예술상 등의 '그림자' 역시 훌훌 벗으셨습니다.

고향을 사랑하시던 선생님!

이제 고향의 산자락에서, 어린 시절에 동무하던 바람소리를 들으시면서, 유유자적(悠悠自適), 산책을 하셔도 좋을 것 같습니다. 겨레의 정신이 아로새겨진, 빛 고운 고구려 옷을 입으시고, 아름다운 비단 모자를 쓰신 채 낭랑하게 시낭송을 하시며, 선생님을 잊지 못하는 저희들을 굽어 살피시기 바랍니다.

삼가 비옵나니, 뵙는 날까지 평안하소서! 영락(永樂)하소서!

고 원종린 선생님의 뜻을 기리며

존경하는 고 원종린 선생님 영전에 드립니다.

선생님께서는 우리나라 현대사의 어려운 굽이굽이마다 전신만고(千辛萬苦)를 극복하신 증인이셨습니다. 일제시대에 태어나셔서 일본인의 압제를 몸소 경험하셨고, 일본군 학도병 사건으로 옥고를 치르기도 하셨습니다. 민족 전쟁, 6.25의 혼란기에도 민주 교육의 근본을 지키시기 위하여 혼신을 다하셨습니다. 이렇게 현대사의 질곡을 슬기롭게 극복하시고, 교육입국의 페스탈로치로서 평생을 헌신하셨습니다.

존경하는 원종린 선생님, 선생님께서는 현대문학의 여명기에 대한민국 수필문학을 꽃피우기 위해, 격조 높은 수필을 창작하시어 아름다운 본을 보이셨습니다. 지역에서는 물론, 대한민국의 저명한 학자와 평론가들이 선생님의 작품을 높이 평가하여 여러 상을 드렸습니다. 그때, 저희들이 상을 받는 것처럼 기쁘고 행복하였습니다.

2007년에는 훌륭한 수필가들을 격려하시기 위하여 원종린수필문학상을 제정하였습니다. 대상에는 상패와 상금 500만원을, 작품상에는 상패와 상금 100만원을 시상하고 있습니다. 미국과 중국 교포 수필가들에게도 시상하여 격려하기 때문에, 명실 공히 대한민국에서 가장 정평 있는 수필문학상으로 자리 잡고 있습니다.

금년 6월 18일에 제7회 시상이 예정되어 있었습니다. 이 시상을 2주일 앞두고, 선생님께서는 다시 뵐 수 없는 길을 가셨습니다. 2주일만 더 계셨더라면, 2주일만 더 건강하셨더라면, 얼마나 다행이었을까만, 선생님께서는 서둘러, 정말 서둘러 길을 떠나셨습니다.

서둘러 가신 그곳에서, 선생님께서는 그곳에서도 먼저 가신 분들과 테니스 라켓으로 바람을 가르시겠지요. 작은 배낭을 등에 메고 다니시며 먼저 가신 분들과 산책도 하시겠지요. 먼저 가신 사모님과 만나셔서 오랜 회포를 푸시겠지요.

그러나 이 곳에서는 선생님의 인자하신 모습과 음성을 더 이상 뵐 수 없어 가슴이 먹먹합니다. 세월이 흐르면, 따님과 아드님, 손자와 손녀들이 많이 그리우시겠지요. 선생님의 높은 뜻을 제대로 받들지 못한 저희들도 가끔은 생각나시겠지요. 그러나 이제, 이 곳의 일은 이 곳의 저희들에게 맡기시고, 편히 쉬시옵소서!

선생님, 남은 일들을 마저 마치는 날, 찾아뵙고 문후 여쭙겠습니다. 비옵나니, 평안하소서! 부디 강녕하소서! 2011년 6월 5일 9시. 대전예술인장 장례위원장 삼가 올림.

*

앞의 글은 89세를 일기로 영면하신 수필가 고 원종린 선생님에 대한 대전 예술인장 영결식의 조사(弔辭)입니다.

선생님께서는 1923년 7월 20일(음력) 충남 공주군 정안면 보물리에서 태어나시고, 정안보통학교 휘문중학교 일본중앙대학을 졸업하셨습니다. 서울대학교 법과대학을 중퇴하시고, 중앙대학교와 단국대학교 대학원을 졸업하셨습니다. 1945년에는 일본군 학도병 사건으로 옥고를 치르시던 중 조국 광복으로 풀려나기도 하셨습니다.

보문중학교 공주농업중학교 봉황중학교 공주농업고등학교 공주사범학교 교사를 역임하시고 공주교육대학교 교수로 정년퇴임을 하셨습니다. 원로 수필가로서 여러 권의 수필집과 수필선집, 수필문학전집을 발간하시고, 원종린 수필문학상을 제정하시어 대한민국의 수필문학 발전에 기여하셨습니다. 한국 수필문학회 이사, 사단법인 대전예술단체 총연합회 고문을 맡아 연세가 높으심에도 불구하고 수필문학 발전에 사랑으로 일관하셨습니다.

선생님께서는 국민훈장 모란장, 제1회 수필문학대상, 문학사랑 대상, 제1회 대전예술가상, 제1회 올해의 수필인상 등을 수상하셨습니다. 2011년 6월 3일 6시 50분에 을지대학교병원에서 영면하셨고, 5일 9시 30분에 발인하여 대전공원묘원에 모셨습니다. 슬하에는 2남 1녀가 있으며, 차남 원준연 수필가는 중부대학교 교수로 부친의 뒤를 이어 수필을 창작하고 있습니다. 고 원종린 선생님을 먼 곳으로 영결하면서 비통한 마음으로 명복을 빕니다.

지역문단을 가꾸신 지광현 시인

8월의 푸른 하늘도 노랗게 변했습니다. 우리 지역 시문학의 밭을 열심히 일구시던 지광현 선생님의 갑작스런 부음은 무더운 여름을 서늘하게 하였습니다.

존경하는 고(故) 지광현 선생님!

〔시도〕 5집부터 선생님을 모시면서 수없이 들었던 말씀들, 우리 대전을 시문학의 중심으로 만들어보자고 다짐하던 선생의 옥음(玉音)이 아직도 귓가에 쟁쟁한데, 선생님은 이미 이 세상 분이 아니십니다. 아직 밭을 갈고 씨를 뿌리며, 김을 매고 타작을 할 일들이 수없이 쌓여 있는데, 선생님 먼저 허위허위 가시면, 남은 저희들은 어떻게 하란 말씀이십니까?

앞서 가신 선생님의 자취를 되새기면서, 저희들이 가야할 문학적 좌표를 다시금 찾아보겠습니다.

고(故) 지광현 선생님은 1935년 서울에서 출생하여 성장하시고, 공군에 입대하여 직업 군인으로 근무하고 전역하셨습니다. 1972년 〔현대시학〕에 추천되어 시인으로 등단하셨고, 시집 〔섭섭새소리를 들으며〕 〔빛의 그림자〕 등 10여권을 발간하셨습니다. 그 시집에서 눈을 반짝이고 있는 올곧은 시정신을 저희는 잊을 수 없습니다.

선생님께서는 한국문인협회 회원, 한국시인협회 회원, 한국참전시인협회 회원으로 활동하셨으며 대전문인협회 감사를 지내셨습니다. 국내 최장수 동인지 〔시도〕의 창립회원으로 참여하여 평생을 편집 책임자로 시종일관하신 선생님의 원대한 뜻을 오늘 다시 생각해 봅니다. 시도동인회 대표를 역임하시기도 했으나, 이도 잠시뿐, 후배들에게 회장자리를 물려주시고 초지일관하여 편집 실무자로 봉사하신 일은 스스로 낮추려는 시심의 발현이자, 인간정신의 승리라고 하겠습니다.

고(故) 지광현 선생님은 1978년에 창간한 '대한민국 최장수 동인지' 〔시도(詩圖)〕 발간의 주역으로, 지역 문학 발전에 크게 이바지하셨습니다. 해마다 2~4권씩을 발간하였는데, 수없는 경제적 어려움을 선생님의 노력봉사로 대신하셨으니, 가족에게는 그야말로 눈물어린 세월이었을 것입니다. 2006년 현재 89집을 발간하고 운명하셨으니, 평소에 〔시도〕 100호를 손수 발간하고 싶다고 하신 말씀, 그 애정이 넘치는 그 말씀 또한 바람결에서나 찾아야 할 것 같습니다. 남은 후진들이 선생님의 높은 뜻을 받들어, 100호, 200호 이어나갈 것이오니, 염려 놓으시고 평안히 쉬십시오.

고(故) 지광현 선생님!
선생님은 대전을 비롯한 충청권 문인들의 작품을 집대성하고자 하는 열망을 자주 역설하셨습니다. 그리하여 〔충청도 시인들〕이라는 제호의 책을 1차 발간하여, 당시 문학적 선구자로 자리매김 되기도 하셨습니다. 이후 몇 차례에 걸쳐 수정본을 발간하여, 충청권 시인들의 대표작품을 대외에 알리는데 혁혁한 공을 세우셨으니, 선생님의 시문학에 대한 사랑에 옷깃을 여밉니다.

또한 선생님께서는 시 이외의 다른 형식의 글에는 오불관언, 오직 시 창작에만 몰입하셨으니, 시에 대한 뜨거운 열망을 다시금 되새깁니다. 그래서 선생님이 가시고 남은 오늘에사 더욱 그립습니다.

존경하는 고 지광현 선생님!

선생님께서는 2006년 8월 23일 오전 6시 자택에서 세상을 떠나셨습니다. 평소에 말씀하신 것처럼 마음까지 비우시고 조용히 떠나셨습니다. 그리하여 대전성모병원에 모인 우리 문인들의 얼굴을 물끄러미 바라보고 계셨습니다. 평소에 가까이 하셨던 지인들이 선생님의 먼 길 떠나심에 안타까워하면서 눈물을 흘리고 있습니다. 사모님과 아드님, 그리고 두 따님의 가슴에서 흐르는 눈물, 우리들의 가슴에서 솟아나는 눈물이 영결식장을 적시고 있습니다.

선생님의 떠나심을 신문에서도 슬프게 보도하고 있습니다. 한수 시인의 추모시와 류환 시인의 조사를 중도일보를 통하여 다시 읽습니다. 너무나 슬프고 가슴 아립니다. 선생님께서는 국가유공자이시기 때문에 국립현충원 대전 국립묘지에 모시게 되었습니다. 국가를 위해 신명을 다하신 수많은 영령들과 함께 우리나라를 지켜주시고, 우리 문학의 발전을 위해 따뜻한 눈길로 지켜주시기 바랍니다.

2006년 8월 25일 오전 9시, 선생님을 마지막으로 보내드리면서, 우리 대전문인협회 문인들은 선생님의 자취를 따라, 우리 고장 문학의 발전을 위해 노력할 것을 다짐합니다. 하늘에서 지켜보시고, 평소처럼 '씨익' 웃으시기 바랍니다.

다시금 고 지광현 선생님의 명복을 빕니다.

2006년 8월 25일
대전문인협회 회장 리헌석

소산(素山) 신재후 선생님을 그리며

존경하는 고(故) 신재후 선생님!

선생님과 나누었던 전화 음성이 아직도 귀에 쟁쟁한데, 2010년 12월 19일, 비보(悲報)를 접하였습니다. 경황 중에 가슴이 먹먹해 왔습니다. 홀로 감당하기 어려워 대전시조시인협회 김영수 회장님, 김재수 전 회장님께 전언을 하고 함께 을지병원 빈소를 찾았습니다. 채 갖추어지지 않은 영대(靈臺)의 영정(影幀)에 예를 갖추고 나서도, 현실이 믿기지 않아서 돌아보고, 다시 돌아보았습니다.

어찌 보면 생사가 여일(如一)하다고 하지만, 마주잡던 손을 잡을 수가 없어 체온을 나눌 수 없습니다. 이승과 저승이 마음에 담겨 있다지만, 서정 깊은 작품을 남기신 서책(書冊)에서나 뵈어야 합니다. 따사하던 눈빛도 이제는 사진으로밖에 나눌 수 없음이 가슴 아픈 일입니다. 그리하여 지나간 추억을 되살리는 것으로 선생님을 그립니다.

존경하는 소산 선생님!

선생님을 처음 뵈었던 1995년을 뚜렷하게 기억하고 있습니다. 해마다 두세 번씩 개최하는 저희 문학축제에 참석하신 선생님께서는 중견 미남배우 같은 품격으로 미소를 지으셨습니다. 1년 전에 등단을 하셨다는 말씀을 하시기에, 지역 문학계에서 같이 활동하시기를 정중히 청하였더니, 선생님께서는 흔쾌히 허락하셨습니다. 그 인연으로 1996년에는 『오늘의문학』 여름호에 시조 「마음 한 자락」 「그 한마디」를 청하여 수록하셨습니다. 이후 매년 선생님의 작품을 초대하여 수록하였는데, 다시금 생각하니, 선생님께서 베푸신 사랑이 가없습니다.

1998년에는 첫 시조집 『나룻배에 달빛 싣고』를 저희 오늘의문학사에서 '오늘의문학 시인선 53'으로 발간하셨습니다. 문학전문잡지 『문학탐구』 『현대시조』 『시조문학』으로 등단을 하신 분이셨는데도 어찌나 겸손해 하시는지, 저희들은 몸 둘 바를 몰랐던 기억이 새롭습니다. 「서시」에서 〈현기증 다듬으며/ 초산의 아픔〉으로 둥지를 하나 엮는다고 하시면서, 〈건져 올린/ 부리 끝엔/ 남루한 시어(詩語) 하나〉라고 겸양을 보이셨습니다.

그래서였을까요. 김영배 선생님의 해설 제목 역시 「겸허와 인종으로 구워 낸 백자」라고 하시고, 소산 선생님을 〈조용한 선비요, 기도하는 크리스찬이다.〉〈바깥소리에 흔들리거나, 유행에 합류하지 않는다.〉고 평하셨습니다. 두 분의 덕이었을까요. 이 시조집은 독자들의 사랑을 받아 2005년에 2쇄를 발간하였습니다. 그 후 몇 권의 시조집을 발간하고자 하셨는데도, 그 뜻을 이루시지 못하고 먼 길을 떠나셔서 그리움이 더욱 새롭습니다. 특히 잊지 못하는 것은 1998년 9월 17일에 선생님의 저서 발간을 기념하는 축하 행사를 '오늘의문학회' 회장으로서 제가 주최하고, 선생님께 기념패와 꽃다발을 드린 일입니다.

　존경하는 신재후 선생님!

　2000년 『오늘의문학』 여름호에서는 신작특집으로 시조 5편을 초대하였습니다. 「씀바귀」 「패랭이꽃」 「초롱꽃」 「복수초」 「금불초」 등에서 아름다운 꽃의 서정을 보여주셨습니다. 작품과 함께 나누신 '말씀'은 지금까지 가슴에 울리는 감동으로 남아 있습니다. 〈꽃은 아름다움의 상징이요, 서정이며 시심이다.〉〈나는 화사하고 값비싸며 이름난 꽃보다 햇살에 푸른 숨결 번져가는 초록길 옆이나, 척박한 산비탈에 치렁한 머리채 흔들며, 제 빛깔과 독특한 향기를 발산하는 순수하고 겸손한 들꽃을 더 좋아한다. 그것은 못나고, 배고프고, 버림받던 옛날 민중들 처지와의 동질성을 느끼기 때문인지도 모른다.〉〈그들의 눈물을 하얀 손으로 받아주고 싶다. 여문 마음으로 오래오래 꺼지지 않을 꽃불을 켜 주고 싶다.〉 등 맑고 밝은 마음으로 일관하셔서 저희들은 선생님을 흠모합니다.

　2008년 『문학사랑』 봄호에서는 시조 「지리산」 「돌」 「가을 나무」 「도봉산」 「풀꽃」을 초대하여 '문학사랑이 선정한 신예작가 신작특집'으로 수록하였습니다. 이 특집 서두에서 선생님은 시에 대한 진정한 의미를 되새기셨습니다. 〈시는 영혼을 고양(高揚)시켜 주며, 시의 주소는 서정에 있고, 미를 추구한다. 정서의 미묘한 현(絃)의 움직임에 신묘함을 느낀다.〉 이어 〈밤이 깊으면 깊을수록 뒤척이는 고뇌와 피로한 작업〉이 문학 창작이라면서, 창작의 고통을 말씀하셨습니다. 또한 〈늘 가슴 속에 뜨거운 갈망을 위해, 무수한 나뭇잎들이 햇빛 속을 날아가는 숲 향기가 되어, 꽃들이 아름답게 사는 법을 배우려 한다.〉고 하시면서 작품 창작에 대한 열망을 보이셨습니다.

존경하는 소산 선생님!

선생님께서는 대한민국 중등교육 발전에 전심전력을 다하신 분입니다. 초등학교 교사와 중등학교 교사를 검정으로 합격한 것은 고등고시 예비고사 합격만큼이나 귀하고 빛나는 성취셨습니다. 1948년에 교직에 들어선 후 1997년에 정년퇴임할 때까지 50년 가까이 후진을 양성한 것은 찾아보기 힘든 공로입니다. 긍정적인 사고와 지칠 줄 모르는 체력에 힘입어 이룬 역사였을 터이니, 그야말로 하늘로부터 받으신 홍복(洪福)입니다.

국가의 백년지계(百年之計)를 위해 50년간 봉직하면서 면려포장(1960), 모범교육공무원 공로표창(1980), 국민교육헌장 공로표창(1984), 연공상(1986), 국민훈장 동백장(1997) 등을 수상하셨으니, 교육에 바친 선생님의 사제동행(師弟同行)은 아름다움 그 자체입니다. 문학 분야에서도 제8회 한밭시조문학상(2004), 옥로문학상(2005) 등을 수상하셨습니다. 성품이 워낙 담결(淡潔)하셔서 상(賞)과는 멀리하셨지만, 선생님의 훌륭한 문학정신이 아름답게 빛나고 있어서, 조금만 더 사셨더라면 선생님께서 더 훌륭한 상을 받으셨으리라 믿습니다.

존경하는 고(故) 신재후 선생님!

선생님을 부르는 것만으로도 우리는 울먹이게 됩니다. 어느 모임에서나 단정한 자세를 지키시던 선생님의 모습을 이제 이승에서는 뵐 수 없습니다. 해마다 개최하는 '대전문학 축전'에도 매번 참석하셔서 격려해 주신 은혜가 너무 깊습니다. 매년 3~4회 개최하는 '문학사랑 축제'에도 가장 먼저 오셔서 미소로 응원하시던 모습을 잊을 수 없습니다. 그래서 저희들은 멀리 가신 선생님을 더욱 그리워합니다.

이제 선생님께서는 영락(永樂)의 세상에서 사랑하는 분들과 행복하실 줄 믿습니다. 언제인가 저희들이 찾아뵙는 날, 그 동안 사무치던 그리움을 풀겠습니다. 선생님께서 떠나신 후에 저희들이 가꾸었던 세상일들을 낱낱이 고하겠습니다. 엊그제였듯이 반가운 마음으로 뵙기를 청하면서 그리움을 접습니다. 아직도 먹먹한 가슴을 진정시키며, 선생님의 명복을 빕니다.

2010년 12월 21일 영결(永訣) 날에

천상의 이시웅 아티스트를 기리며

이시웅 선생님!

아름다운 4월에 꽃구경을 가자시던 선생님께서, 환한 꽃실을 따라 민 나라로 가셨습니다. 이곳은 목련, 개나리, 영춘화, 산수유, 진달래가 만개하고 벚꽃도 사랑스런 꽃잎을 열고 있습니다. 하늘나라에서도 아름답게 보이시나요?

이렇게 아름다운 꽃 세상을 보시면서, 화가이셨던 선생님께서는 캔버스에 이 광경을 그대로 옮겨 하늘나라를 더 아름답게 꾸미실 것 같습니다. 성악가이셨던 선생님께서는 천상을 울리는 노랫소리로 봄의 아름다움을 찬양하실 것 같습니다. 수필가이셨던 선생님께서는 꽃과 잎의 조화에서 사랑을 길어 올리는 뿌리의 수고까지 표현하실 것 같습니다.

그리운 선생님!

떠나신 지 엊그제인데도 벌써 선생님이 그립습니다. 선생님을 그리며 병환을 감지하기 직전에 베풀었던 다섯 가지 예술 발표회를 떠올립니다. 건축 설계 전시, 미술 작품 전시, 사진 전시, 수필집 발간, 독창회와 출판기념회 등에서 토탈 아티스트로서의 역량을 마음껏 분출하시던 선생님을 그립니다. 그때 저는 선생님의 열정적인 모습에 감동하였고, 저도 모르는 사이에 존경심이 솟구쳤습니다.

어느 날엔가, 자동차를 운전하며 고향에 가는 길이었습니다. 선생님의 전화를 받고, 이어폰을 통하여 응대를 하는데, 말씀의 요지(要旨)는 간단하였습니다. 리헌석 회장이 지은 시에, 정태준 선생이 작곡한 '질경이의 노래'를 연습하고 있는데, 부를수록 그 맛이 살아나서 한번 부르겠다고 하셨습니다. 도저히 그냥 넘어갈 수가 없으니, 휴대폰으로라도 한번 들어보라는 말씀이셨습니다. 직접 피아노를 연주하며 부르는 노래에 감동하여, 운행하던 차를 갓길에 정차하고 끝까지 들었습니다. 가슴 바닥에서부터 밀려오는 감동의 물결로 한동안 움직일 수 없었습니다.

선생님, 선생님이 그립습니다.
노령산맥의 줄기 끝자락에 위치한 시골 마을에서 태어나고 자란 시골 어린이 이시웅, 선생님이 이름을 불러도 모기소리처럼 대답하여 다시 부르게 한 소심하고 순수한 초등학생 이시웅, 먹어도 먹어도 지치지 않던 중고등학교 시절의 이시웅, 초등학교 선생님으로 봉직하면서도 중등학교 교사 자격시험에 합격하였던 청년교사 이시웅 선생님을 떠올립니다.

중등학교 미술교사로 봉직하면서 건축학을 전공하여 석사와 박사가 된 의지의 인간 이시웅, 다시 국립 한밭대학교 건축공학과 교수로 우뚝 선 건축학자 이시웅, 사진에도 열정을 쏟아 여러 상을 받은 사진 예술가 이시웅, 타고난 소질은 물론 끈질긴 노력으로 일궈낸 성악가 이시웅, 내면의 울림을 언어로 직조하여 그 감동을 나누기 위해 심혈을 기울이는 수필가 이시웅, 이렇게 평생을 도전과 응전의 역사로 이루어낸 국보급 예술가의 진정성에 감동하지 않을 수 없습니다.

그러면서도 콩밭을 매는 어머니의 일손을 돕지 못해 미안해하는 청소년기의 이시웅, 가난한 살림살이에 자녀들에게 나누어 줄 감을 따다가 떨어져 작고하신 아버지에 대한 눈물어린 추모심을 보여주는 효심의 아들 이시웅, 선생님에 대한 존경과 순수한 사랑을 간직한 삶도 아름답습니다.

이시웅 선생님!
늪에 빠져서 죽을 운명을 구해준 친척을 잊지 못하는 의리의 사나이 이시웅, 자녀에 대한 눈물겨운 사랑과 배려로 모범을 보이는 멋진 아버지 이시웅, 고맙고 훌륭한 분들에게 사랑과 존경을 전하는 이시웅, 더 나아가 동물과 식물에 대한 사랑이 곡진한 생태환경학자 이시웅, 그리고 예술에 정진하는 토탈 아티스트 이시웅, 선생님의 모든 삶은 예술과 같은 분이셨습니다.

우리가 선생님을 그리워하는 것처럼, 선생님께서도 우리들과 만나 따뜻한 손을 잡고 싶을 것 같습니다. 환한 꽃길을 노래하면서 함께 걷고 싶어 하실 것 같습니다. 마음에서는 선생님이 또렷하게 보이지만, 눈을 뜨면 뵐 수 없는 선생님을 그리워하면서, 하늘나라의 평안을 기원합니다.

김명녕 수필가님, 벌써 그립습니다.

존경하는 김명녕 선생님!

선생님의 부음(訃音)을 들은 2012년 8월 6일은 온종일 정신이 아뜩하였습니다. 일기예보가 시작된 이래 가장 길게 이어지는 폭염 때문만은 아니었습니다. 지독하게 이어지는 열대야(熱帶夜)도 참아낼 수 있었습니다. 그렇지만, 선생님께서 새벽 운동을 나가신 후, 갑자기 이승을 뒤로 하셨다는 말씀을, 사모님, 이창희 여사님으로부터 듣는 순간 하늘이 빙글 돌았습니다.

'설마 사실이 아니겠지!' '만우절일지 몰라!' 다시금 달력을 확인하였지만, 농담도 꿈도 아니었습니다. 오전 8시 30분에 슬픈 소식을 접하였으니, 이 사실을 여러 문인들에게 알려야하였지만, 우두망찰한 채 오전 11시 30분까지 책상에 앉아 묵상에 잠기었습니다. 정신을 차리고, 문인들에게 휴대폰 문자와 이메일로 공지하고서야, 선생님과의 아름다웠던 인연을 되새길 수 있었습니다.

존경하는 수필가 김명녕 선생님!

새삼 헤아려보니, 선생님과의 인연이 꼭 10년째입니다. 이 소중한 인연은 2002년에 '사단법인 문학사랑협의회'가 출범했을 때 맺어졌습니다. 의욕적으로 계간 〔문학사랑〕을 발간할 때였습니다. 수필 작품 여러 편을 보여 주셨지요. 고향인 충청북도 충주 지역의 독특한 언어를 살려내어 직조한 아름다운 글이었습니다. 문장이 훌륭하기도 하였지만, 글 속에서 숨쉬는 맑은 영혼이 존경스러웠습니다.

소중한 인연은 2003년에 선생님의 작품이 〔문학사랑〕 신인작품상에 당선하면서 아름다운 꽃을 피웠습니다. '마라톤과 깨달음' '이 세상에서 가장 편한 삶' 두 편에서 선생님은 건강한 삶에 대한 소신을 밝히셨습니다. 2004년에는 그 동안 써 두었던 옥고를 편집하여 〔달리면서 만나는 세상〕을 발간하셨습니다. 건강하게 살기 위한 선생님의 생활과 철학이 우리를 감동시켰습니다.

존경하는 마라토너 김명녕 선생님!

선생님이 빚은 글을 통하여 마라톤 마니아였음을 알았습니다. 첫 번째 수필집은 물론, 두 번째 수필집 〔달리면서 넓어지는 세상〕에서 마라톤 42.195km를 30여 회 풀코스로 완주한 분임을 알았습니다. 3시간 초반에 달릴 정도로 집중하셨으며, 이를 통해 비만성 성인병을 극복하고, 건강을 회복할 수 있었다고 하여, 많은 분들이 박수로 격려해 드렸습니다. 그야말로 인간 승리였습니다.

마라톤은 선생님에게 삶의 바탕이었습니다. 새벽 3시에 뒷산 12km를 달리고 나서 하루 일과를 시작한다는 말씀을 들으며 경외하였습니다. 그후 한밭대학교 컴퓨터 공학교수로서 제자들을 지도하시다가 정년퇴임하셨습니다.

충남성악선교대학에서 수련한 성악에 열정을 보이셨습니다. 사진 창작에도 힘쓰셨습니다. 그 사이 사이에 승마를 하시고, 오토 바이크 질주를 즐기셨습니다. 참으로 멋진 삶이셨습니다.

존경하는 김명녕 선생님!

이처럼 뜨겁게 사시다가 떠나신 분이셔서 더욱 그립습니다. 이제 도착하신 그곳에서도 선생님은 아름다운 화음으로, 진실을 담은 글로, 산길을 달리듯이 바쁘게 뛰어다니며 아름다운 꽃을 피우시리라 믿습니다. 며느님의 추모사처럼 사랑을 듬뿍 주고 떠나신 분이시니, 그 곳에서도 넘치는 사랑을 주고받으시리라 믿습니다. 언젠가 선생님이 아름답게 가꾸신 그 곳에서 다시 만날 것을 기약합니다.

선생님, 이곳의 가족과 친지들은 멈출 수 없는 눈물 빛 그리움으로 삼가 명복을 빕니다. 김명녕 선생님, 평안하소서! 뵙는 날까지 여여(如如)하소서!

김주팔 회장님, 저승에서도 바쁘실 겁니다
— 김주팔 대전문협 후원회장님을 추모하며

*

아! 슬픕니다. 그 분은 서둘러 가셨습니다. 무에 그리 급하다고 갑작스레 떠나셨습니다. 남은 사람들은 눈물을 훔치며 빈 자리를 지키지만, 그리하여 향연(香煙)처럼 피어오르는 그리움으로 추모의 정을 나누지만, 이승과 저승은 멀기만 합니다. 떠난 분은 영정 속에서 어제런 듯 웃고 계시지만, 우리는 가슴에 흐르는 눈물빛 그리움을 닦습니다.

*

2009년 8월 17일, 김주팔 대훈서적 회장께서 별세하셨다는 소식을 들었습니다. 향년 68세, 만으로는 67세, 세상에서 해야 할 일들을 산더미처럼 쌓아 놓고 서둘러 가신 분을 묵상하였습니다. 지역 문학예술 발전을 위한 일들, 민족 통일을 염원하며 남북의 교량 역할을 해야 할 일들을 남겨 놓고 훌훌 떠나신 분을 비감한 마음으로 묵상하였습니다.

故 김주팔 회장은 대전과 충남의 대표 서점 '대훈서적'을 성공시킨 입지전적 사업가로서 널리 알려져 있는 분이지만, 1989년부터 2008년까지 20년간 대전문인협회 후원회장으로 도와주신 분입니다. 대전문학상 금메달 후원, 초창기 〔대전문학〕 발간비 후원, 대전문협 행사 후원 등에 물심양면으로 도와주셨습니다.

이를 인연으로 1999년부터 북한도서(특수자료) 취급을 정부로부터 인가받으면서 통일을 염원하는 여러 사업을 추진하셨습니다. 2000년에 〔조선문학〕 해외 출판권을 취득하였고, 2001년에는 서울 국제도서전 특설코너 '책으로 가는 북한'을 운영하였으며, 더 나아가 계간 〔통일문학〕을 발행하여 통일 운동에 앞장을 서신 분입니다. 2002년에는 사단법인 서울-평양 문화교류협회를 창립하여 이사장으로 취임한 뒤, 남북통일을 위한 문화 사업을 펼쳐 2007년에 국민훈장 석류장을 수훈하셨습니다.

대전문인협회 회장을 역임하신 분(조남익 김용재 최송석 신용협 이규식), 그리고 현임 류인석 회장에게 후원회장의 유고를 알렸습니다. 각자 시간을 내어 조문을 하시게 하고, 류인석 회장과 함께 당일 오후 충남대학교 병원 영안실을 찾았습니다. 빈소에 들어섰을 때, 국화꽃 사이에서 웃고 있는 고 김주팔 회장을 보면서 가슴이 아렸습니다. 저렇게 웃으면서 우리를 바라보고 있는데, 우리는 슬픈 마음으로 그 분을 가슴에 안아야 했습니다.

조홍상 대전일보 전 편집국장, 조성남 중도일보 주필, 오원균 충남대학교 총동창회장, 류인석 대전문협 회장, 그리고 몇몇 분과 같이 고인을 추모하며 동석하였습니다. 그러던 중에 한 분이 "그렇게 바쁘게 살더니, 이제 어떻게 살까?"라는 말을 하였습니다. 그때 저도 모르게 한 마디 말이 불쑥 나왔습니다. "김 회장님께서는 저승에서도 바쁘실 겁니다. 그 분께서는 이승에서 못다한 문학 사업, 통일을 위한 사업, 그리고 저승의 새로운 일을 하시느라 바쁘게 지내실 것입니다." 이렇게 말하고 나서, 저승의 출판문화를 위해 또 무거운 짐을 지지 않을까, 잠시 생각하였습니다.

발인을 하는 날, 김 회장의 사모님께서는 일찍 떠난 부군이 한없이 불쌍해 보였나 봅니다. "이 세상 아까워서 어떻게 가! 할일 놔두고 어떻게 가!" 이런 오열(嗚咽)을 들으며, 세상을 떠난 분에 대한 연민과 사랑의 정서를 나누었습니다. 적수공권(赤手空拳)에서 시작하여 여러 일을 성취하고, 저렇게 가는 것이 우리의 삶이라는 것을 새삼 느꼈습니다.

*

고 김주팔 회장께서는 한국문인협회 대전지회의 후원회장을 맡아 지역 문학 예술 발전의 공로자로 추앙받는 분입니다. 1989년에 충청남도와 대전직할시로 행정구역이 분리되었습니다. 이에 따라 한국문인협회 충남지회와 대전지회가 분리 독립하였습니다. 충남지회는 충남도로부터 문화예술진흥기금의 지원을 받아 〔충남문학〕을 발간할 수 있었습니다. 그러나 대전지회는 새로 시작하는 시청의 준비 소홀로 어떠한 도움도 받을 수 없을 때였습니다.

초대 회장으로 선출된 조남익 회장께서는 신천지를 개척하는 듯한 자세로 동분서주하였습니다. 7월의 무더운 여름에 조회장께서는 당시 대훈서적 사장인 김주팔 회장을 찾아가서 도움을 요청하였습니다. 그때 김주팔 회장께서는 개인적으로 후원금을 드리는 것도 좋지만, 근원적인 후원 체계를 갖추는 것이 무엇보다도 중요한 일이라는 말을 하고 후원회를 조직하셨습니다. 준비 기간을 거쳐 12월에 발족하여 〔대전문학〕 창간호 발간, 제1회 '대전문학상' 시상, 대전문학 축제 등을 후원해주셨습니다.

〔대전문학〕 창간호는 350쪽 분량에 5,000권을 발간하였는데, 전액을 후원 회장이 지원하셨습니다. 후원회가 발족을 하였지만, 후원금이 전무하였던 초 기여서 모든 금원을 후원회장 개인이 책임지는 형국이었습니다. 2009년 현 재 금액으로 환산하면 약 2500만원 정도가 됩니다. 〔대전문학〕 창간호와 1990년에 발간한 〔대전문학〕 2호, 3호의 발행인은 '김주팔'입니다. 그것은 모든 발행 경비를 김주팔 후원회장께서 책임을 졌기 때문이고, 이러한 사실 을 입증하고 있습니다.

제1회 대전문학상 금메달(순금 1냥)도 후원회에서 부담하였습니다. 현재 금액으로 약 130만원 정도가 될 것입니다. 이러한 후원은 2~3대 김용재 회 장, 4대 박명용 회장, 5대 최송석 회장, 6대 신용협 회장, 7~9대 리헌석 회 장, 10대 이규식 회장, 11대 류인석 회장에 이르기까지 지속되었으니, 김주 팔 회장의 항심(恒心)을 읽을 수 있습니다. 특히 2008년 12월에 있은 제20 회 대전문학상 금메달을 후원하기 직전에 김회장께서 폐암 진단을 받아 치료 하고 있을 때였습니다. 그러한 사실을 알고 대전문협에서는 금메달을 요청하 지 않으려고 했는데, 이러한 사실을 전해 듣고 자진하여 후원을 하였으니, 그 분의 고마움은 이루 헤아릴 수 없습니다.

1989년 〔대전문학후원회를 발족하면서〕 김주팔 회장께서 하신 말씀은 그 분의 높은 이상을 확인하게 합니다.

〈1989년〔월간조선〕10월호에는 대전직할시장의 특별 취재 기사인 '문화가 없는 대전'이라는 오명의 제목하에 장문의 기사가 실린 것을 보고 본인은 안타까움은 물론 그런 그들에게 분노심마저 느껴졌습니다. (중략) 현란한 현 사회 분위기를 바로잡기 위해서도, 또 이런 사회를 살아가는 많은 시민과 청소년들의 안정을 되찾아 주기 위해서도, 또 그들 모두가 추구하는 삶을 좀 더 폭넓고, 깊게 사고하는 지성인으로 자연스럽게 자리잡는 길은 바로 책이 아닐까 생각됩니다. 그것도 우리 지역의 전통과 숨결이 배어있는 문학작품을 많이 읽을 수 있도록 좋은 환경을 조성해 주는 것이 바로 오늘의 우리에게 주어진 큰 과제라고 본인은 판단했습니다. (중략) 1989년 12월 2일 여러 가지로 부족한 제가 문인협회 대전직할시 이사회의 결의를 얻어 초대 후원회장의 중책을 맡게 되었습니다. 오늘의 이 자리를 출발점으로 하여 뜻을 같이하는 여러 동지들과 함께 굳게 뭉치고 힘을 합해서 우리 대전문학이 더 나아가 우리 대전직할시의 문화가 한국 제일을 넘어 세계 제일의 문화도시로 발전하는 데 한 톨의 밀알이 되어 헌신할 것을 여러분 앞에 굳게 약속합니다. (중략) 우리의 고장 대전이 시와 문학과 예술이 숨 쉬는 세계적인 문화 도시로 꼭 발전하게 될 것입니다.〉(〔대전문학〕창간호에서 발췌)

임의단체로 출발한 〔대전문학 진흥회〕는 1990년에 〔사단법인 대전문학진흥 후원회〕로 격을 높였습니다. 〔대전문학〕2호에서 김주필 회장께서는 〈사단법인 설립 인가 통보를 받고 감회가 크다.〉〈우리의 작고, 그러면서도 어려운 산고를 거듭하면서 대전직할시 원년에 출발하여 오늘 여기 정부를 대표하여 문화부 제10호로 승인 통보된 사단법인 대전문학 진흥 후원회 설립 허가증을 보면서 느끼는 벅찬 감격이다.〉〈우리에게 용기를 불어 넣어주고 격려하여 주신 정한모 선생님, 이봉학 시장님, 조남익 선생님, 한문의 보조비도 없이 편집을 맡아주신 김정수 선생님, 그리고 한 푼의 보상도 없는 줄 알면서도 많은 성금을 주신 우리 문학후원회 이사님들의 뜨거운 정성이 오늘의 기쁨을 더하여 주는 것 같다.〉〈이제 우리는 새로운 사명감과 각오로 정말 우리 대전의 문화와 문학이 발돋움하여 한국 제일의 벽을 넘어서, 세계 제일의 문화와, 시와, 문학이 숨 쉬는 문화도시 건설에 우리의 온 힘을 다할 때라고 새롭게 다짐해 본다.〉고 '대전문학 후원회 새로운 다짐'에서 밝히셨습니다.

그리하여 〔대전문학〕 제4호에서부터는 문협회장이 발행인으로 등록이 변경되었지만, 후원회의 지원을 지속적으로 받았기 때문에 김주팔 회장에 대한 고마운 마음으로 '대훈문고'의 광고 역시 꾸준히 게재하였습니다. 3대 박명용 회장은 대전 중구 선화동 소재 '대훈빌딩'의 사무실을 무상으로 임대받아 활용하기도 하였습니다. 그 당시는 저도 부회장이어서 그 고마움을 잘 알고 있습니다. 세월이 흘러 2000년에 제가 대전문협 7대 회장에 당선되고, 다시 8대에 재선되고, 다시 9대에 삼선이 되어, 회장으로 활동하는 동안에도 김주팔 회장께서는 변함없이 도와주셨습니다.

그리하여 대전의 문학과 예술 발전에 기여한 김 회장의 공로를 돌아보면 필설로 다할 수 없이 고마운 마음입니다. 그 분을 보내드리면서 숙연하게 고개를 숙이는 소이연(所以然)도 여기에 있습니다. 세월은 흘러갔어도 고마움은 여전히 마음에 남아 한없이 슬프게 만듭니다.

*

대전문인협회와 대전문학후원회의 공적인 관계에서도 연관이 지어졌지만, 약간은 사적인 관계로도 특별하게 진행되었습니다. 오늘의문학사(출판사) 운영과 서점(대훈서적) 운영 사이의 돈독한 관계도 있었지만, 한국출판협동조합의 멤버로 상보적 관계를 유지하였습니다.

1990년 당시 저는 대전문인협회 사무국장이었습니다. 그때 선화동의 '대훈서적' 빌딩이 준공을 하였습니다. 김주팔 후원회장께서는 건물의 준공과 함께 3층을 청소년에게 개방하기로 하고 '청소년 쉼터'를 마련하였습니다. 그 방에 청소년을 위한 시화를 제작하여 문학을 보급하자는 취지를 밝히셨습니다. 그래서 20명의 시인들로부터 작품을 받아 호산 이완종 화백에게 부탁하여 시화를 제작하여 전시하였습니다. 청소년들이 어울려 대화를 나누는 방에 대전 지역 문인들의 시를 감상하게 한 것도 '대전문학후원회' 회장에 어울리는 발상으로, 지금도 고맙게 생각하면서, 그때 도와드린 것을 기쁘게 생각합니다.

1993년에 저는 문학전문잡지 [오늘의문학]을 창간하면서 출판사도 등록을 하였습니다. 문학잡지는 숙명적으로 운영상 적자가 예상되기 때문에, 혹여 출판사에서 이익이 실현되면, 잡지 손실금을 보전할 수 있으리라 믿고 출발하였습니다. 그때 한국출판협동조합에 가입을 주선해 주신 분이 김주팔 회장이십니다. 그때 김 회장께서는 몇몇 실화를 예로 들어 출판 사업과 잡지 발행을 시작하는 저에게 힘을 실어 주셨습니다.

〈나는 리어카를 끌고 다니면서 책장사를 하였습니다.〉〈헌 책을 팔면서도 책이 중요하다는 것을 알았습니다.〉〈평생 책장사를 하였지만, 후회는 없습니다.〉〈날더러 운 좋게 성공하였다고 하지만, 그 동안 흘린 땀과 눈물이 얼마인지 모릅니다.〉〈민족 통일을 염원하는 의미에서 [통일문학]을 발간합니다.〉〈통일 글짓기, 독후감 모집도 민족 통일을 염원하는 마음을 담은 행사입니다.〉 발병 이후 최근에는 계간 [통일문학]과 사단법인을 맡아줄 사람을 수

소문하였고, 맡아 줄 것을 간접적으로 제시하는 뜻도 짐작을 하였지만, 저의 그릇 크기가 그에 따를 수 없었습니다. 그래서 미안한 마음으로 김 회장님을 추모합니다.

가끔 저는 김 회장님과 조합의 임원 선거라든가, 크고 작은 여러 일에서 뜻을 모았습니다. 한 번도 이견이 없을 만큼 김 회장께서는 객관적이고 합리적인 의견을 말씀하셔서 저는 뒤를 따랐습니다. 그래서 가끔 김 회장을 모시고 서울 출장을 다녀오기도 하였습니다.

일이 있을 때마다, 김 회장께서는 회를 좋아하시는 분이어서 횟집에서 만나 소주 몇 잔씩을 나누면서 문학과 예술, 그리고 민족문화를 말씀하셨습니다. 2008년 11월에도 '복집'에서 만나 소주를 드시면서, 이렇게 좋은 술을 끊어야 한다니 참으로 답답하다고 하셨습니다. 어디 답답한 것이 금연과 금주뿐이었을까만, 건강 회복을 위해 우리들이 먹고 마시는 모습만을 바라보아야 했으니 상당히 괴로우셨을 것입니다.

이제 김 회장께서 멀리 떠나시고 계시지 않으니, 앞으로 어떻게 해야 할지 막막하기만 합니다. 어느 분을 찾아서 어려운 일을 상의하고 소주 한 잔을 나눌 수 있을지 걱정입니다.

평생을 일 속에 묻혀, 일하는 것을 보람으로 여기며 사시던 분을 추모합니다. 이제 일손을 놓으시고 편히 쉬시는지 궁금하지만, 마음에 그리움의 촛불을 켜고 명복을 빕니다. 존경하는 고 김주팔 회장님, 남은 일은 남은 사람에게 맡기시고, 그 곳에서 소주 한 잔을 나누시면서 빙그레 웃으소서! 언제나처럼 웃으시면서 행복하소서!

식장산 편지

리헌석 에세이

발 행 일 | 2013년 7월 3일
지 은 이 | 리헌석
발 행 인 | 李憲錫
발 행 처 | 오늘의문학사
출판등록 | 제55호(1993년 6월 23일)

주　　소 | 대전광역시 동구 삼성1동 125-6 한밭오피스텔 401호
전화번호 | (042)624-2980
팩시밀리 | (042)628-2983
홈페이지 | http://www.lito77.co.kr(홈페이지)
전자우편 | hs2980@hanmail.net

공 급 처 | 한국출판협동조합
주문전화 | (070)7119-1741~2
팩시밀리 | (031)944-8234~6

ISBN 978-89-5669-559-4
값 15,000원